Christian Knight

Freya Miles

Impressum

Bibliografische Information der Deutschen Nationalbibliothek: Die Deutsche Nationalbibliothek verzeichnet diese Publikation in der Deutschen Nationalbibliografie; detaillierte bibliografische Daten sind im Internet über www.dnb.de abrufbar.

Freya Miles c/o TEXTWERKSTATT
Sabrina Cremer, Körfken 80, 44227 Dortmund
FreyaMiles@web.de
Cover: Shutterstock
Lektorat: Textwerkstatt, Sabrina Cremer
Korrektorat: Nicole Bauer, Sabrina Grabowski, Christin Arnold
Umschlaggestaltung: Kreationswunder by Kathy Weber

Satz & Layout: Julia Dahl, sijudahl@gmail.com

ISBN-13: 9783757905279

Veröffentlicht über tolino media

Herstellung und Druck über tolino media GmbH & Co. KG,
Albrechtstr. 14, 80636 München. Printed in Germany.
Fragen zu Produktsicherheit an: gpsr@tolino.media.

FREYA MILES

CHRISTIAN KNIGHT

Triggerwarnung

Häusliche Gewalt, (chronische) Krankheit, toxische Beziehung, Reanimation

DIESES BUCH

Christian Knight ist bekannt als der Sonnenschein der Familie, an dem einfach alles abzuprallen scheint. Dabei ahnt niemand, mit welcher Gewalt die Dunkelheit versucht, ihn für immer zu umgeben.

Selbst Christian will es nicht wahrhaben und spielt sein Spiel weiter, bis ausgerechnet seine neue Haushälterin hinter sein Geheimnis kommt.

Er versucht, sie mit leidenschaftlichem Zwang zum Schweigen zu bringe, abern. Doch Brooke ist keine Frau, die schweigt.

Schon bald muss Christian einsehen, dass er sein Geheimnis nicht länger für sich behalten kann. Doch die wahre Bedrohung geht nicht von ihm aus, sondern von Brookes Vergangenheit.

Sie ist diejenige, die ihm etwas verheimlicht hat, was sein Leben plötzlich in allergrößte Gefahr bringt.

Vor allem, weil er es einfach nicht schafft, von ihr loszukommen ...

Jedes Buch dieser Reihe kann unabhängig voneinander und ohne jegliche Vorkenntnisse gelesen werden!

CHRISTIAN

Alles war besser, als allein zu sein. Selbst eine Frau, die ich nicht ertragen konnte. Eine Frau wie Taylor Furwell, deren schrilles Lachen mir entgegenschallte, während die Anwesenden sie gerade wahrscheinlich wieder mit Kopfschütteln bedachten.

»Okay, was genau stimmt mit dir nicht?« Es war James, der auf mich zugekommen war und mich mit stoischem Gesichtsausdruck musterte.

»Was soll mit mir nicht stimmen?«, konterte ich und wollte ein weiteres Glas Whiskey trinken. Doch er nahm es mir aus der Hand und stellte es zurück auf die Bar, an der ich lehnte. »Sag mal, gehts noch? Nur weil du nichts mehr trinken darfst, kannst du mir ja wohl den Spaß gönnen.«

»Wow!« In seinem Gesicht konnte ich sehen, dass ich ihn mit meinen Worten verletzt hatte. Es war das Letzte gewesen, was ich ihm gerade an den Kopf geworfen hatte.

Mein Bruder, der so stark war, der hier stand, obwohl ich wusste, wie viel Kraft und Überwindung es ihn kostete. Doch statt seine Leistung wertzuschätzen und ihm zuzusprechen, stark zu bleiben, kam ich ihm quer.

Ein Verhalten, das er von mir mit Sicherheit nicht gewohnt war ... ich war es ja selbst nicht gewohnt. Aber was war noch normal?

Mein verdammtes Leben jedenfalls nicht mehr.

Jahrelang hatte ich gekämpft. Jahrelang war ich davon ausgegangen, vollkommen unbeschadet aus dieser ganzen verdammten Familiengeschichte herauszugehen.

Und ausgerechnet jetzt, da der große Tyrann nicht mehr unter uns weilte und wir gerade wieder dabei waren, uns anzunähern und wirklich als Familie zu fungieren, geschah das Unfassbare.

»Scheiße, Mann, ich habs nicht so gemeint.« Die Entschuldigung kam wohl reichlich spät ...

»Komisch, klang für mich schon ziemlich ernst gemeint. Bestätigt mich allerdings in meiner Ausgangsfrage, was genau mit dir nicht stimmt. Der Christian, den ich kenne, hätte jetzt garantiert nicht so einen Spruch rausgehauen. Der Christian, den ich kenne, hätte ein Lächeln auf den Lippen und würde sich bestens unterhalten, statt allein an der Bar zu stehen und sich zu besaufen. Und verdammt noch mal, der Christian, den ich kenne, hätte garantiert nicht Taylor Furwell im Schlepptau.«

»Sie ist eine tolle Frau.«

»Sie ist toll im Bett. Aber es ist traurig, dass ich dir das als dein Bruder genauso bestätigen kann wie Evan.«

»Und Logan«, fügte ich trocken hinzu.

»Fuck, Christian ...«

Ich zuckte mit den Schultern und stieß mich von der Bar ab.

»Sonst noch was?«, fragte ich genervt, doch James schüttelte lediglich den Kopf.

»In deinem Zustand, nein. Wenn du wieder klar im Kopf bist, setzen wir diese Unterhaltung fort.« Er war wütend. Verdammt wütend – und das konnte ich ihm nicht verübeln.

Mit einem Seufzen blickte ich ihm nach. Er hatte keine Ahnung, was hinter meiner Laune steckte. Keine Ahnung von den Dingen, die gerade geschahen und die ich nicht aufhalten konnte ... niemand von uns konnte das.

»Süßer, hey. Was für eine tolle Party.« Taylor war bei mir angekommen und hakte sich bei mir unter. Entweder bekam sie nicht mit, wie ablehnend und genervt die Leute auf sie reagierten, oder es war ihr schlichtweg egal.

Immerhin hatte sie es geschafft, mit fünf von fünf Knight-Brüdern in der Kiste zu landen. Was sagte das eigentlich über meine Brüder und mich aus ...?

Dass Evan seinen Schwanz lange Zeit nicht unter Kontrolle hatte, war kein Geheimnis. James war nicht zurechnungsfähig gewesen. Liam und die Frauen … das war ein Thema für sich. Aber Logan ... von ihm hatte ich es genauso wenig erwartet wie von mir. Von meinem alten Ich. Von dem Mann, der noch positiv in die Zukunft geblickt hatte. Voller Hoffnung und der Meinung, dass das Beste noch vor mir lag. »Lass uns tanzen gehen. Das machen alle.« Sie zog mich an der Hand hinter sich her und ich ließ es über mich ergehen.

Ich tanzte gern, mit der richtigen Frau an meiner Seite, die ich gut führen konnte. Was auf Taylor definitiv nicht zutraf. Oder auf mich nicht. Weil ich keine Kraft hatte, zu führen. Weil die Dunkelheit mich verschluckte und alles scheiße war. Selbst ein Tanz.

Nicht allein sein.

Das war alles, worauf ich mich jetzt konzentrieren musste. Ich wollte nicht allein sein und darauf warten, dass ich noch tiefer abrutschte.

Mit Taylor war ich nicht allein. Außerdem fragte sie nicht nach. Hauptsache, sie konnte auf den Partys an meiner Seite glänzen, sich meine Freundin nennen und meine Kreditkarte benutzen. Letzteres war ihr dabei wichtiger als alles andere auf der Welt. Aber es war mir egal.

Alles war besser, als allein zu sein.

Mit meinen Brüdern konnte ich nicht darüber reden. Noch nicht, auch wenn es sich auf Dauer nicht verhindern ließ. Aber noch wollte ich, dass sie glaubten, es wäre alles in Ordnung. Was ich bereits heute Abend versaut hatte. James würde mich nicht mehr aus den Augen lassen und ich kannte ihn gut genug, um zu wissen, dass er auch meine anderen Brüder einweihte.

Es war ein Fehler gewesen, heute überhaupt hierherzukommen. Nachdem ich die ganze Wahrheit erfahren hatte ...

Aber für diese Erkenntnis war es ebenfalls zu spät.

Alles war zu spät. Das Unglück griff nach mir, zog an mir und ich hatte nichts, was ich als Waffe gegen diese Bedrohung einsetzen konnte.

Mein Schicksal war besiegelt, ob ich es akzeptieren wollte oder nicht.

»Du könntest auch mal lächeln. Was ist denn los mit dir? Als wir damals im Bett waren, dachte ich wirklich, du wärst ein Kerl, mit dem man auch mal Spaß haben könnte.«

Ich blickte Taylor an, die mich mit ihren großen Augen musterte. Nicht sie auch noch.

»Tja, falsch gedacht.«

»Es ist eine tolle Party und wir sind zusammen hier. Das ist doch wunderbar, oder? Du hast nicht mal etwas zu meinem Kleid gesagt, das ich extra für dich gekauft habe.«

Von meinem Geld. Und natürlich nur für mich ...

»Du siehst gut aus, ja.«

»Wow, danke für das Kompliment, Arschloch.«

»Taylor, kannst du einfach die Klappe halten? Wir legen hier einen tollen Auftritt hin und dann fahren wir nach Hause. Dafür brauchen wir uns nicht großartig zu unterhalten.«

»Aber im Bett darf ich dann wieder alle schmutzigen Dinge zu dir sagen, die mir einfallen, ja?«

»Klar.«

»Wow, so euphorisch wie du heute bist, fallen mir bestimmt viele Sachen ein.«

Der Sex mit ihr war gut, aber heute würde selbst das es nicht schaffen, mich auf andere Gedanken zu bringen.

Ich hätte definitiv nicht herkommen sollen.

Jetzt würde ich mir etwas einfallen lassen müssen, um mir James und die anderen vom Hals zu halten.

Ausreden, die überdecken würden, was wirklich mit mir los war.

Sie durften es noch nicht erfahren. Niemand durfte das. Nicht, bevor alle Optionen ausgeschöpft waren.

Ich hatte keinen Kontakt zu meinen leiblichen Eltern gehabt.

Nie!

Und das war es, was ich jetzt von ihnen bekam.

»Ich fahre nach Hause. Mach dir noch einen schönen Abend.«

»Aber ich dachte …«

»Falsch gedacht, Taylor.« Mit diesen Worten ließ ich sie auf der Tanzfläche stehen und suchte mir den Weg in Richtung Ausgang.

Ich musste weg von hier. Weg von meinen Lügen. Weg von der Fassade, dass alles in Ordnung war, während meine Welt gerade in tausend kleine Einzelteile zersprang, was ich nicht aufhalten konnte.

Es tat so unglaublich weh. Diese Erkenntnis. Diese Hilflosigkeit – und das war erst der Anfang.

Auch wenn ich mich bereits fühlte, als würde ich fallen. In einen Abgrund, der aus Dunkelheit bestand und nichts mehr mit meinem Leben zu tun hatte, wie ich es bis jetzt kannte.

Fuck!

Ich würde es nicht schaffen. Ich konnte es nicht schaffen.

Doch was hatte ich für eine andere Wahl?

BROOKE

Der beschissenste Job unter den beschissenen Jobs – und er gehörte ausgerechnet mir. Das waren meine Gedanken, als ich mich mit der Dame traf, deren Nachfolge ich ab morgen antreten würde.

Olga Ranow arbeitete seit acht Jahren für den Mann, den sie scheinbar nur »den Mister« nannte und hatte dabei ihre ganz klaren Regeln und Prinzipien.

Warum die Agentur dann ausgerechnet mich als ihre Nachfolge ausgewählt hatte, war mir ein Rätsel. Ich war neu in dem sonderbaren Haushälterinnen-Business und schon beim Zuhören erschlagen von der Perfektion, die hier wohl vorausgesetzt war. Aber gut, wie viele Frauen meldeten sich freiwillig, um in einer Angestelltenwohnung eines Wolkenkratzers auf fünfundzwanzig Quadratmetern zu hausen und den ganzen Tag für irgendwelche verwöhnten, stinkreichen Schnösel abrufbereit zu sein.

Höchstwahrscheinlich nur Frauen wie ich, von denen es hoffentlich nicht allzu viele gab.

Ich hatte in meinem Leben viele falsche Abzweigungen genommen und mehr als nur einen Fehler begangen.

Hatte keinen Mann mehr.

Keine Familie mehr.

Keine Wohnung mehr.

Keinen Job mehr.

Ich konnte sofort bei dem Mister anfangen. Also genau das, was die Agentur suchte, und genau das, was ich brauchte. Obwohl ich wirklich keine Lust auf diesen Job hatte.

Und das war noch untertrieben. Er wirkte wie die Hölle auf Erden für mich. Aber er kam mit einem Dach über dem Kopf und einem festen Gehalt. Also doch mehr, als ich je zu träumen gewagt hatte.

In meinen schlimmsten Albträumen war ich unter irgendeiner Brücke in der Bronx gelandet – da war eine Mini-Wohnung in der Billionaires Row wahrscheinlich nicht das Schlechteste auf der Welt. Auch wenn ich dafür putzen, kochen und hinterherräumen musste.

Ich konnte nicht mal kochen.

Gut, dass Olga davon nichts ahnte. Es würde ihr mit Sicherheit einen Herzinfarkt bescheren, wenn sie wüsste, an welche unorganisierte Person ihr perfekt geführter Haushalt übergehen würde.

Ich weitete die Augen, als wir die Wohnung des Misters über den Angestelltenaufzug betraten. Ach du scheiße! So viel Prunk und Protz kannte ich nur aus den Hochglanzmagazinen – und hier sollte ich jetzt also arbeiten?

Allein die Grundfläche der Wohnung sauber zu halten, mal ganz abgesehen von den riesigen Fensterfronten – o Gott, worauf hatte ich mich da nur eingelassen.

»Der Mister mag es nicht, wenn die Küche unaufgeräumt ist. Deshalb immer alles sofort sauber machen und wegräumen.«

Ich nickte, so wie ich es die ganze Zeit schon tat.

In der oberen Etage blieben wir vor einer Tür stehen.

»Das sind die privaten Räumlichkeiten vom Mister. Jeden Morgen muss das Bett gemacht werden. Alle zwei Tage wird es frisch bezogen. Das Badezimmer wird jeden Tag geputzt.« Das mit dem Badezimmer konnte ich ja noch verstehen, aber alle zwei Tage das Bett neu beziehen? Bei wem gab es denn so was?

»Gibt es auch eine Misses?«, fragte ich, was Olga dazu bewegte, mich streng anzusehen.

»Das Privatleben des Misters ist für uns tabu.«

Okay, okay, es war eine reine Interessensfrage. Schließlich gab es hier nichts, was irgendetwas über die Persönlichkeit des Misters verriet. Vielleicht ja in seinem Schlafzimmer, das wir aber natürlich nicht betraten, schließlich war ja nicht Freitag.

Keine Bilder.

Einfach nichts.

Im Ankleidezimmer bestätigte sich mein Eindruck, dass er Anzugträger war. So viele Anzüge, die sich an einer langen Stange in der Mitte des Raumes befanden, brauchte doch kein Mensch. Aber gut, was verstand ich schon davon?

Ich gab mir wirklich Mühe, Olga zuzuhören und all ihren Schilderungen zu folgen, obwohl es mich deutlich weniger interessierte, als ich es jemals in Worten beschreiben konnte. Eine scheiß Einstellung, denn egal, wie sehr ich diesen Job auch hasste – ich brauchte ihn. Die Brücke in der Bronx wäre sonst ganz schnell mein nächstes Zuhause.

»Ist er denn nett?«, fragte ich, nachdem wir die große Wohnung zweimal abgegangen waren, was Olga dazu brachte, mich erneut sträflich zu mustern. Diese kleine, zierliche Frau mit den weißen Haaren, die jetzt endlich in ihre wohlverdiente Rente ging, wirkte alles andere als glücklich darüber.

»Er ist ein sehr netter Mann.«

Oh, immerhin bekam ich eine Antwort. Das war mehr, als ich für möglich gehalten hatte. »Aber wir haben keinen persönlichen Kontakt zum Mister. Es sei denn, wir besprechen besondere Wünsche oder das Essen, wobei der Mister das nicht wünscht. Es gibt einen Essensplan, den sie in der Mappe finden, die ich unten zusammengestellt habe.«

»Okay.«

»Brooke, der Mister ist einen ordentlichen Ablauf gewohnt. Ich hoffe, Sie bringen die notwendige Genauigkeit und Ernsthaftigkeit mit, welche dieser Job voraussetzt.«

»Natürlich«, antwortete ich schnell und ohne zu zögern, obwohl ich es nicht einmal ansatzweise ernst meinte. Ich würde mir Mühe geben müssen, ganz egal, was ich von dem Job und der Tatsache hielt, irgendeinem Kerl mit dem goldenen Löffel im Mund seine Scheiße hinterherzuräumen.

»Ich werde jetzt gehen. Der Mister ist heute Abend auf einer Veranstaltung. Er mag es, einen kleinen Snack zu bekommen, da er das Essen auf den Firmenfeiern meist meidet. Für heute Abend habe ich eingekauft, damit Sie ihm ein Sandwich zubereiten können. Er mag es, wenn das Hähnchenbrustfilet noch warm ist.«

»Ich fange heute Abend schon an?«, fragte ich irritiert. Ich hatte damit gerechnet, mich erst einmal einleben zu können, doch das war wohl nichts. Na ja, dann wurde ich halt ins kalte Wasser geschmissen.

»Natürlich. Ihre Sachen können Sie auspacken, wenn der Mister alles hat, was er braucht.«

Klar ... wie hätte ich auch eine andere Antwort von ihr erwarten können.

Dann würde ich wohl mal ein Sandwich für den Mister vorbereiten und garantiert würde ich so lange bleiben, bis er nach Hause kam. Egal, ob das gewünscht oder angebracht oder sonst was war. Ich wollte ein Gesicht zu dem großen Mister, der hier in Saus und Braus lebte und sich alles hinterher räumen ließ. Wenigstens durfte ich noch mit nach unten kommen, um schon mal einen Teil meiner Sachen einzuräumen. Es war ein seltsames Gefühl, da diese Frau wirklich gerade in diesem Moment aus- und ich bereits einzog. Sie nahm quasi ihre Anziehsachen aus dem Schrank, den ich dann sofort mit meinen befüllte. Okay, das war übertrieben. Ihre Sachen hatte sie schon alle verpackt und das kleine Appartement, war auf Hochglanz poliert – was anderes wäre für diese Frau wahrscheinlich auch nicht akzeptabel.

»Jetzt machen Sie sich aber an die Arbeit. Die Küche muss wieder aufgeräumt sein, bevor der Mister nach Hause kommt.«

»Aber Sie sagten doch, dass er auf einer Party ist. Es ist ja noch nicht sonderlich spät.«

»Wir wissen nie, wann er nach Hause kommt.« Ich nickte nur, denn die Frage, wie ich dann bitte dafür sorgen sollte, dass die Hähnchenbrust noch warm war auf dem Sandwich, konnte sie mir wohl auch nicht beantworten.

Gut, dass ich eh geplant hatte, so lange zu bleiben, bis er zu Hause war.

»Hat der Mister eigentlich auch einen Namen?« In der Agentur war alles mit größter Geheimhaltung abgelaufen und ich hatte gefühlt eine Million Unterschriften geben müssen, die mich allesamt zum Stillschweigen zwangen. Ganz egal, was ich sah oder erlebte.

Würde ich gegen einen dieser Verträge verstoßen, drohten mir so viele Strafen, dass ich den Überblick verloren hatte. Gut, dass ich so oder so ein verschwiegener Mensch war, der nicht gern quatschte. Zumal ... mit wem sollte ich auch über ihn oder meine Arbeit hier reden? Es war nicht gerade so, als hätte ich irgendwelche Freunde. Es gab nur mich.

»Sein Name ist Christian Knight. Er ist Mitglied der Knight-Dynastie.«

Ich nickte, obwohl mir das rein gar nichts sagte.

Eine Dynastie.

Alles klar. Also kannte er es nicht anders, als dass jemand ihm die Sachen hinterhertrug.

Ich war gespannt auf diesen Mann. Auf sein Auftreten.

Hoffentlich war er mir wenigstens einigermaßen sympathisch.

Davon ging ich jetzt erst mal nicht aus.

CHRISTIAN

Ich lehnte den Kopf gegen den Sitz des Wagens, während der Fahrer mich von der Party nach Hause fuhr. Es war noch früh, aber ich hatte meine einzige Verpflichtung an diesem Abend erfüllt und war aufgetaucht.

Wenn nur ein einziger Mensch wüsste, unter welchen Bedingungen, hätte ich wohl eine Auszeichnung bekommen. Doch davon ahnte niemand etwas. Weil ich es nicht wollte.

Der Fahrer fuhr direkt vor die Tür, sodass ich schnell in die hell erleuchtete Halle treten konnte, von wo aus mich der Fahrstuhl in mein Appartement bringen würde.

Hoffentlich hatte Olga mir etwas zu essen gemacht. Ich verhungerte, obwohl mir eigentlich nicht nach Essen zumute war. Doch mein Körper verlangte danach. Vermutlich weil der Alkohol ein Loch in meinen nüchternen Magen brannte.

Im Aufzug lockerte ich die Krawatte und atmete tief durch. Ich war nicht bereit dazu, mit meinen Gedanken allein zu sein, aber Taylor noch eine Nacht zu ertragen, wäre definitiv zu viel für mich gewesen. Ganz egal, was für eine Granate sie auch im Bett war.

Vielleicht war es jetzt einfach an der Zeit, mich endlich mit der ganzen Situation auseinanderzusetzen, statt sie weiterhin ignorieren zu wollen. Das würde zu nichts führen.

Ich wusste nur nicht, wo ich die Kraft hernehmen sollte. Die ganze Sache machte mir eine Heidenangst und es gab einfach keine Antworten. Die Fahrstuhltüren öffneten sich, wobei ich sofort die Nase rümpfte, als mir ein verbrannter Geruch entgegenschlug.

Was um alles in der Welt? Hatte ich irgendwas angelassen? Wenn ja, wäre das Olga doch aufgefallen.

Ich bog schnellen Schrittes um die Ecke, wo mein Blick auf eine Frau fiel, die am Herd stand und hektisch mit einem Topflappen über der qualmenden Pfanne wedelte.

»Muss ich die Feuerwehr anrufen?«, fragte ich, was sie erschrocken herumfahren ließ.

Wow.

Große blaue Augen musterten mich erschrocken, während sie resigniert den

Topflappen sinken ließ.

Sie war definitiv nicht Olga.

»Hey, aber die Hähnchenbrust ist noch warm.« Ich musste grinsen bei ihren Worten und den schwarzen Kohlenstücken, die sich in der Pfanne befanden.

»Hähnchenbrust, ja? Sieht irgendwie eher wie Kohlebriketts aus.«

»Man kann das Schwarze auch abschneiden.«

»Kochen ist dann wohl nicht so Ihre Stärke, was?« Dieses Lächeln. Ich hatte noch nie einer Frau in die Augen gesehen, die mich dermaßen in den Bann gezogen hatte – und das nur mit einem Blick und einem Lächeln. Ich wusste nicht mal, was sie überhaupt hier in meiner Küche machte. »Wer sind Sie überhaupt und wo ist Olga?«

»Ähhhh, die ist in Rente. Das war heute ihr letzter Tag. Sie ist aus der Angestelltenwohnung ausgezogen und ich bin eingezogen.«

»Was?« Wow. Olga war nie eine gesprächige Frau gewesen. Ich hatte es immer darauf geschoben, dass sie die Sache mit der Diskretion und Privatsphäre im Vertrag einfach zu ernst nahm. Aber dass sie mir noch nicht mal sagte, dass sie in Rente ging, und dass sie sich nicht verabschiedete – das war schon ein starkes Stück.

»Wussten Sie das etwa nicht? Ich war auch reichlich überrascht, dass ich heute direkt anfangen musste.«

»Ich hatte keine Ahnung. Na, dann sollten wir uns wohl vorstellen. Christian Knight«, sagte ich und ging auf sie zu.

Sie ergriff meine Hand sofort, wobei wir uns für einige Sekunden einfach nur in die Augen sahen. Es war ein so intensiver Blickkontakt, dass ich mich zwingen musste, wegzugucken. Sie schien bis tief in mich reingucken zu können, was mich zutiefst irritierte.

So hatte mich noch nie eine Frau angesehen.

Was zum Teufel ...

Vielleicht sah ich aber auch einfach Gespenster, weil ich komplett überfordert war mit diesem Tag – oder besser gesagt mit der gesamten Situation.

Sie schluckte und atmete tief durch, bevor sie mir ihren Namen verriet. Also hatte sie auch gespürt, wie verdammt intensiv dieser Moment gewesen war.

»Brooke. Brooke Aberdien.«

»Schön, Sie kennenzulernen, Brooke. Ich habe übrigens einen Bärenhunger. Wie wäre der Pizzaservice? Dann haben Sie morgen Zeit, sich hier zurechtzufinden.«

»Pizzaservice klingt himmlisch. Ich verhungere ebenfalls.«

Okay, so war das jetzt nicht gemeint gewesen, aber gut ... ich hatte nichts gegen ein bisschen Gesellschaft einzuwenden. Obwohl es mit Sicherheit sonderbar war, mit meiner Haushälterin zu Abend zu essen. Schließlich verlangte ich von ihr definitiv Diskretion. »Oh, oder meinten Sie, ich soll Ihnen etwas bestellen? Das war jetzt dumm von mir. Bitte entschuldigen Sie. Das ist meine erste Stelle als Haushälterin und irgendwie weiß ich noch so gar nicht, was mich erwartet oder von mir erwartet wird.«

»Ihre erste Anstellung? Hatten Sie denn wenigstens eine vernünftige Einarbeitung?«

»Nein. Nichts. Nur den kleinen Rundgang mit Olga vorhin. Aber ich werde mich da schon reinfinden. Ist ja schließlich kein Hexenwerk. Es sei denn, Sie haben viele besondere Vorstellungen. Aber das werde ich wohl noch herausfinden. Olga hat ein Buch unten, in dem alles drinsteht.«

»Es gibt ein Buch über meine besonderen Vorlieben?« Ich grinste, denn das waren Neuigkeiten für mich.

»Keine Ahnung. Es ist nicht so, als hätte ich schon Zeit gehabt, reinzulesen.«

»Stimmt. Dem Zustand der Hähnchenbrust nach zu urteilen, haben Sie viel Zeit damit verbracht, das Fleisch zu verbrennen.«

Grinsend zuckte sie mit den Schultern.

»Also, soll ich jetzt Ihnen oder uns etwas bestellen, Mister Knight?«

»Bestellen Sie sich ruhig auch etwas und benachrichtigen Sie mich, wenn das Essen da ist. Ich bin oben.«

Mit ihr zusammen zu essen, kam mir einfach falsch vor. In ihrem Gesicht konnte ich einen Anflug von Enttäuschung entdecken. Also alles richtig gemacht mit meiner Absage. Ich wollte keine falschen Hoffnungen in ihr wecken.

Sie arbeitete für mich. Nicht mehr und nicht weniger. Schon bald würde sie mit Sicherheit mehr über mich wissen, als mir lieb war.

Sollte sie doch jetzt noch ein gutes Bild von mir haben.

Ich nannte ihr meinen Essenswunsch und die Pizzeria, wo sie bestellen sollte, und verschwand nach oben.

Bald würde alles anders sein.

Nichts davon im Positiven. Und jetzt war auch noch Olga weg, der ich vertraut hatte.

Das machte die Situation nicht gerade besser. Genauso wenig wie die Tatsache, wie unglaublich heiß diese Frau war, die gerade in meiner Küche stand und jetzt immer in meiner unmittelbaren Nähe sein würde.

Fuck!

BROOKE

Ich sah ihm hinterher, bis er in der oberen Etage verschwunden war, und lehnte mich erst einmal gegen die Küchenanrichte, um tief durchzuatmen.

Wow.

Ich hatte mit einem alten Knacker gerechnet oder mit einem absolut unfreundlichen Arschloch, aber garantiert nicht damit, dass der Mister so heiß war. Und so charismatisch.

Scheiße.

Er weckte ein viel zu großes Interesse in mir, das absolut nicht da sein durfte. Schließlich war er mein Boss und ich hatte all die Geheimhaltungs- und Privatsphäreknebelverträge unterschrieben.

Außerdem war der Mann so weit außerhalb meiner Liga, dass ich es in Worten nicht beschreiben konnte.

Aber egal, es war nicht verboten, ihn heiß zu finden – und das war er nun mal.

Ich bestellte ihm seine gewünschte Pizza und mir ebenfalls, bevor ich mich um das Chaos in der Küche kümmerte. Was für ein gelungener Einstand. Wenn er wüsste, dass ich im Putzen genauso schlecht war wie im Kochen. Einfach genau die richtige Wahl für eine Haushälterin und die absolute Idealbesetzung für diese Stelle ... Nicht.

Hoffentlich war er ein geduldiger Kerl. Auch wenn ich mir das irgendwie nicht vorstellen konnte. Schließlich war er es gewohnt, dass alles perfekt lief. Dank Olga. Die ich absolut nicht ersetzen konnte.

Ich rief nach oben, dass die Pizza da war, was er mit einem »Danke« quittierte, bevor ich mit meiner Pizza nach unten in meine kleine Wohnung fuhr.

Es war noch nicht zu spät, sodass ich mich gestärkt von der Pizza bestimmt noch ein bisschen einrichten konnte.

Es war nicht so, als hätte ich viele Sachen dabei. Ein Koffer voller Anziehsachen war alles, was ich besaß. Und das mit Anfang dreißig. Eine wirklich traurige Wahrheit, aber das war mein Leben.

Ich öffnete die Tür mit meiner Schlüsselkarte und betrachtete den kleinen Raum, in dem es einen Esstisch mit zwei Stühlen gab, sowie ein gemütliches Bett und einen Fernseher. Ich beschloss, mein Bett direkt einzuweihen, sodass ich es mir mit dem Pizzakarton gemütlich machte und den Fernseher einschaltete.

Ich sollte dankbarer sein für diese Unterkunft und diese Stelle. Ganz egal, wie wenig Lust ich auch auf diesen Job hatte. Er war meine letzte Rettung. Ein wirklich großes Geschenk.

Normalerweise interessierte ich mich nicht für Kochsendungen, doch heute schaltete ich bewusst durch die Programme auf der Suche nach einer dieser stinklangweiligen Sendungen. Es war wohl an der Zeit, etwas zu lernen.

Sonst würde Mister Knight noch oft etwas vom Lieferdienst essen müssen. Heute Abend hatte er es ja noch mit Fassung getragen, aber auf Dauer verlangte er womöglich etwas anderes von seiner Haushälterin, die er schließlich bezahlte und von der er auch verlangen konnte, dass sie ihren Job richtig ausführte.

Putzen war nicht so schwer. Ordnung halten ebenfalls nicht. Aber kochen ... Ich hatte es nie gelernt. Von wem auch? In meinem Elternhaus war Fast Food das Hauptnahrungsmittel gewesen, aber auch nur, wenn neben dem ganzen Alkohol noch genug Geld dafür übrig gewesen war. Nein, jetzt darüber nachzudenken war nicht gut. Es war die Vergangenheit, die lange hinter mir lag und um die ich mir jetzt keine Gedanken mehr machen musste.

Ich würde Mister Knight schon sattkriegen. Irgendwie.

Am nächsten Morgen stand ich bereits früh auf und las mir die Notizen von Olga durch, sodass ich wusste, wie ich das Frühstück für Mister Knight anzufertigen hatte.

Gott sei Dank aß er morgens nur ein Müsli. Dabei konnte ich nichts falsch machen.

Davon war ich jedenfalls überzeugt, bis ich vor dem Kaffeevollautomaten stand und nicht mal den On-Schalter fand.

Olga hatte es mir gestern noch gezeigt und erklärt, doch es waren einfach so viele Informationen gewesen ... Mist. Ich hätte besser aufpassen sollen.

In meinem Handy googelte ich nach einem Video, das ich Gott sei Dank auch schnell fand, und mit dem ich mich durch die Tastenkombinationen der Maschine kämpfte. Bis der heiße Kaffee endlich in die Tasse lief.

Bingo!

Die Videoplattform auf meinem Handy würde in den nächsten Tagen und Wochen wahrscheinlich zu meinem besten Freund werden. Dort gab es bestimmt auch Kochvideos für Dummies – also genau das, was ich brauchte.

Oben hörte ich Bewegung und die Dusche, während ich den Kopf schüttelte, als ich mich bei der Vorstellung erwischte, was der Mister wohl unter seinem Anzug verbarg. Er hatte so durchtrainiert und fit gewirkt, doch das waren natürlich nur Mutmaßungen.

Mist, ich musste diese verwerflichen Gedanken zur Seite schieben. In irgendeinem Vertrag war bestimmt geregelt gewesen, dass sie streng verboten waren.

Ich grinste über meine eigenen Vorstellungen, während ich alles auf den großen Esstisch räumte und die Zeitung für Mister Knight bereitlegte. Es war ihm wohl sehr wichtig, morgens in Ruhe darin zu lesen. Zumindest laut Olgas Aufzeichnungen.

Für einen kurzen Moment blickte ich nach draußen und bestaunte diesen unendlich großartigen Blick über den Central Park. Zumindest dachte ich, dass es nur ein Moment gewesen wäre, bis eine tiefe männliche Stimme hinter mir einen Guten Morgen wünschte.

Erschrocken fuhr ich herum und blickte Mister Knight an, der in einem maßgeschneiderten Anzug dastand und mich mit einem Grinsen betrachte.

»Ich bin schon weg. Sorry. Es war nur der Ausblick ... Ich befürchte, ich habe etwas die Zeit vergessen.«

»Es ist schön, diese hektische Stadt von hier oben zu betrachten, nicht wahr?« Er trat neben mich ans Fenster, wobei sich mir die Nackenhaare aufstellten aufgrund der Nähe, die plötzlich zwischen uns entstanden war. Er stand so nah, dass ich sein Aftershave riechen konnte.

Männlich.

Markant.

Unglaublich sexy. Genau passend zu diesem Mann in seinem perfekten, maßgeschneiderten Anzug.

Keine Ahnung, wie lange wir so dagestanden hatten, wahrscheinlich waren es nur Sekunden, doch es kam mir vor wie eine halbe Ewigkeit. Mister Knight seufzte leise neben mir, bevor er sich umdrehte und zum Esstisch ging.

Er nahm Platz und schlug die Zeitung auf, während er einen kurzen Blick über die Dinge schweifen ließ, die ich vorbereitet hatte.

»Olga scheint eine sehr detailgetreue Liste geführt zu haben.«

»Also habe ich den Frühstückstest schon mal bestanden?«

»Ich wusste gar nicht, dass wir uns in der Testphase befinden.«

»Nach meiner Glanzleistung bei der Zubereitung des Abendessens gestern bin ich davon ausgegangen, dass Sie vielleicht leise Zweifel haben.«

»Ach was, die Pizza war himmlisch.«

»Ja, fand ich auch. Ich bin dann jetzt mal weg, damit Sie in Ruhe frühstücken können. Olga hat farbig markiert, dass Sie kein Morgenmensch sind.« Sein Lachen war wunderschön. Nicht nur der Klang davon, sondern auch die Art und Weise, wie sich seine Gesichtszüge veränderten. Es ließ ihn jünger aussehen. Und verdammt noch mal noch attraktiver.

»Ich glaube, ich brauche dieses Buch mal. Es erscheint mir sehr interessant.«

»Dürfte eigentlich nichts drinstehen, was Sie noch nicht wissen. Falls doch, würde ich mir an Ihrer Stelle Sorgen machen.«

»Ja, sollte ich dann wohl.«

Ich wünschte ihm einen schönen Tag, bevor ich den Aufzug nahm und nach unten fuhr. Jetzt war es Zeit für mein Frühstück, bevor ich mich um seine Wohnung kümmern musste.

Dumm nur, dass sich in meiner Vorratskammer rein gar nichts befand. Wie auch, schließlich hatte ich noch nicht die Zeit gehabt, einzukaufen. Außerdem verfügte ich auch noch nicht über die finanziellen Mittel. Ich war mit nichts gekommen und das war nicht mal übertrieben.

Aber bei den vielen Vorräten in Mister Knights Küche, fiel es garantiert nicht auf, wenn ich mich ausnahmsweise ein wenig bediente.

Mit knurrendem Magen wartete ich darauf, bis die Uhr halb neun anzeigte, sodass ich wieder nach oben gehen konnte. Das war die Uhrzeit, zu der Mister Knight das Haus spätestens verlassen hatte. Zumindest laut Olgas Aufzeichnungen.

Ich wappnete mich schon, ihn noch in der Wohnung anzutreffen. Doch als ich ankam, standen nur noch die leere Müslischüssel und die leere Tasse auf dem Tisch.

Mochte das fröhliche Hinterherräumen der Sachen beginnen. Auch wenn ich mir geschworen hatte, das nie wieder zu tun!

Aber das war eine andere Situation. Jetzt räumte ich keinem faulen Arschloch mehr hinterher, sondern einem Mann, der mich dafür bezahlte.

Trotzdem konnte ich meine Abneigung dagegen nicht so ganz unter Kontrolle halten. Erst mal musste ich jetzt frühstücken und mir einen schönen Kaffee gönnen.

Nachdem ich aufgeräumt hatte, widmete ich mich dem heutigen Mittagessen, wobei ich es mir besonders leicht machte. Aus allen Gerichten hatte ich einfach die Pasta gewählt. Olga hatte sie morgens gekocht und dann alles in die Mikrowelle gestellt, damit der Mister sie sich nur noch warm machen musste.

Das sollte ich hinkriegen.

Tatsächlich blickte ich vierzig Minuten später stolz auf das Ergebnis. Nichts war angebrannt und es schmeckte sogar. Gut, dank des sehr detaillierten Rezepts von Olga konnte ich auch kaum was falsch machen ...

Grinsend brachte ich die Küche in Ordnung, bevor ich mich dem Rest der Wohnung widmete. Badezimmer putzen.

Ich stieg die Treppe nach oben und blieb vor den privaten Räumlichkeiten von Mister Knight stehen.

Hä?

Olgas Plan trieb mir gerade ein großes Fragezeichen auf die Stirn. Ich sollte alle zwei Tage das Bettzeug wechseln, durfte aber die persönlichen Räume nur freitags betreten. Oder nur freitags komplett säubern?

Egal. Ich öffnete die Tür, wobei mir direkt der männliche Geruch in die Nase stieg, den ich eben schon an Mister Knight gerochen hatte.

Sex auf zwei Beinen. Danach roch es hier.

Grinsend sah ich mich in seinem Schlafzimmer um. Endlich ein Raum, der nicht so unpersönlich und steril wirkte wie die restlichen Zimmer dieses Hauses. Hier gab es Fotos. Mister Knight schien gern zu verreisen und hola ... er hatte ziemlich gut aussehende Freunde.

Das sah ich natürlich nur, weil ich die Bilder abstaubte, nicht weil ich sie ganz genau studierte, denn sie gingen mich natürlich nichts an und fielen unter Mister Knights Privatsphäre, die ja heiliger war als der Papst.

Ich schüttelte sein Bett auf, wobei ich mir die Frage nicht verkneifen konnte, warum ein Mann wie er noch single war und hier allein schlief.

Das Aussehen sagte nichts über seinen Charakter aus, aber er hatte die Sache mit dem verbrannten Essen echt cool hingenommen.

Ich würde ihn wohl während der Zeit als seine Haushälterin ein wenig kennenlernen und vielleicht auch die Antwort auf diese Frage finden.

In seinem Badezimmer angekommen, erschlug mich die Tatsache, dass er aus der Dusche heraus die Skyline New Yorks betrachten konnte. In wie viel Luxus konnte man eigentlich schwelgen?

Ein Panoramafenster in der riesigen Dusche war schon dekadent. Mal ganz davon abgesehen, dass dieses Badezimmer größer war als meine Angestelltenwohnung.

Ob Mister Knight wohl auch mal auf Geschäftsreise ging? Dieser Whirlpool. Was würde ich für ein heißes, entspannendes Bad in diesem Teil geben. Was natürlich nie geschehen würde. Aber träumen durfte ich ja.

Nachdem ich mit den privaten Räumlichkeiten fertig war, fragte ich mich, was ich hier noch aufräumen oder gar putzen sollte. Es war alles auf Hochglanz poliert. Aus diesem Grund ging ich nach unten in meine Angestelltenwohnung und kümmerte mich endlich darum, meine Sachen einzuräumen. Jetzt wäre der perfekte Zeitpunkt, um einkaufen zu gehen, doch dafür musste ich erst mal Geld verdienen.

Je länger ich es in diesem Job aushielt, umso länger verdiente ich Geld, was ich an die Seite legen könnte – und hatte ein Dach über dem Kopf. Ich befürchtete nur, dass es nicht daran liegen würde, dass ich diesen Job nicht mehr aushielt, sondern dass der Mister mit meinen Leistungen nicht zufrieden sein könnte.

Die Zeit würde es zeigen.

Hauptsache, ich musste nie wieder zurück.

Ich konnte nicht mehr zurück.

Clyde würde mich umbringen, wenn er mich in die Finger bekam. Ich konnte nur hoffen, dass er nicht nach mir suchte.

Denn dann würde alles eskalieren ...

Ein Schauer überrollte mich, denn ich wusste ganz genau, dass er nach mir suchte, um sich zurückzuholen, was ihm gehörte.

Ich konnte nur dafür sorgen, dass er mich niemals fand.

Da half es auch nichts, mir die Situation schönzureden.

Wenn er mich fand, würde es mein Ende bedeuten.

Clyde traute ich alles zu.

CHRISTIAN

Ich nahm an meinem Schreibtisch Platz und atmete tief durch, bevor ich das Nachrichtenprogramm öffnete und nach dem Bruderchat suchte, den wir seit einigen Tagen hatten. Etwas, das vorher durch die Probleme zwischen Liam und James unmöglich gewesen war. Umso schöner war es, jetzt so ungezwungen schreiben zu können.

Mit einem Grinsen auf den Lippen tippte ich:

»Sorry, war scheiße drauf gestern. Gleich zur Entschädigung Frühstück im Sankt Claires. Und ja – auch du kannst dir bestimmt so lange freinehmen, Liam. Und ja, wir holen alle die Arbeitszeit nach, die wir mit der Pause verschwenden.«

Heute war ein guter Tag.

Keine Ahnung warum. Es gab keinen Grund dafür, gute Laune zu haben. An meinen Problemen hatte sich nichts verändert. Rein gar nichts.

Und trotzdem fühlte ich mich heute gut.

»Die Zeit wird so was von nachgearbeitet. Zehn Uhr direkt bei Sankt Claires. Ich komme von einem Außentermin.«

»War klar, Liam. Wie könntest du uns auch mal so was wie Spaß gönnen? Bin dabei«, antwortete Evan.

Dicht gefolgt von James, der lediglich einen Daumen nach oben schickte. Mhm ... er war mit Sicherheit noch sauer wegen gestern – und das zu Recht. Ich hatte ihn scheiße behandelt, mich absolut bescheuert verhalten. Aber irgendwann würde er es hoffentlich verstehen und mir diesen

Ausrutscher verzeihen. Irgendwann, wenn ich bereit war, mein Geheimnis mit meinen Brüdern zu teilen.

Doch so weit war ich noch lange nicht – und hoffentlich hatte ich auch noch ein wenig Zeit, bevor es sich nicht mehr verhindern ließ.

Logan war der Letzte, der antwortete.

»Ich hab Zeit«, schrieb er, was sich ganz klar auf unser Gespräch vor ein paar Tagen bezog, in dem ich ihn damit aufgezogen hatte, worin jetzt eigentlich seine Aufgabe bestand, nachdem James zurückgekehrt war und die Finanzen wieder verwaltete.

Aber Liam wäre nicht Liam, hätte er nicht schon einen ganzen Schwung neue Aufgaben an Logan verteilt. Quasi zeitgleich mit Logans Abgabe an James. Langeweile oder zu wenig Arbeit duldete Liam nicht. Wobei, dank James war er wirklich bemüht, uns alle gut im Blick zu behalten, sodass sich keiner ins Unglück stürzte wie er damals.

Bis zehn konnte ich noch arbeiten, wobei für heute wirklich nichts anstand, was mir Spaß machte. Es herrschte momentan eine recht üble Fluktuation in vielen Bereichen der Firma, was allerdings nichts mit Kündigungen zu tun hatte, sondern damit, dass viele in Rente gingen. Leute, die seit der ersten Stunde in dieser Firma tätig waren und geholfen hatten, sie aufzubauen. Gemeinsam mit dem Tyrannen, den ich zeitlebens Vater nennen musste, obwohl er nicht mein leiblicher Vater war.

Leiblicher Vater ... Ich schob die Gedanken schnell zur Seite.

Keine Ahnung, wer von beidem für die jetzige Situation verantwortlich war, aber das interessierte mich auch nicht.

Wenn ich das herausfand, änderte es trotzdem nichts.

Mein Schicksal war besiegelt.

Um Punkt zehn kam ich im Sankt Claires an, wo Logan bereits wartete.

»Hätte ich mir ja denken können, dass du schon hier bist. Hast ja auch sonst nichts zu tun.«

»Haha. Witzig. Wirklich witzig. Ich überlege aktuell, ob ich nicht besser im Büro übernachten soll, um mich in diese ganze Scheiße einzuarbeiten.«

»Such dir lieber 'ne Frau, zu der du nach Hause gehen kannst. Ich hätte ja nie gedacht, dass ich das mal sage, aber ich kann es nur empfehlen.«

»Waschlappen«, warf Logan meinem Bruder Evan direkt an den Kopf, der gerade gekommen war und sofort seinen Senf zum Thema dazugeben musste.

»Es kostet mehr Eier, eine Beziehung zu führen, als jede Nacht mit einem anderen Häschen im Bett zu landen. Das kann ich dir sagen.«

»Hab ich immer gesagt, aber wollte ja nie jemand hören.« Ich war der Einzige der Knight-Brüder, der es je geschafft hatte, eine Beziehung zu führen. Eine richtig ernsthafte, wunderschöne Beziehung über mehrere Jahre. Abby und ich waren friedlich auseinandergegangen, weil sie nicht nur die Frau an der Seite eines Knight sein wollte, sondern ihren eigenen Weg brauchte.

Ich konnte sie verstehen und war damals sogar neidisch gewesen auf ihre Freiheit, einfach zu gehen. Was sich jetzt geändert hatte, denn ich spürte gerade, wie sehr ich die Sicherheit brauchte, die mir meine Brüder, mein Job und dieses prädestinierte Leben, das ich führen durfte, gaben.

»Dann wüsste ich jetzt gern, wie ausgerechnet du mit Taylor Furwell enden konntest.« James. Ich hatte nicht mal mitbekommen, dass er ebenfalls da war, als er sich auch schon direkt neben mich setzte.

»O ja, das ist etwas, das wir wohl alle gern wissen möchten«, stimmte Logan zu.

»Was denn? Sie ist nicht so übel und ich brauchte gestern Abend einfach eine Begleitung.«

»Du hast noch nie eine Begleitung gebraucht. Noch nie. Also …?« James würde nicht lockerlassen, doch ich konnte ihm keine Antwort geben. Was sollte ich denn auch sagen? Weil Taylor Furwell bei mir bleiben würde, solange ich genug Geld auf der Kreditkarte hatte, ganz egal, was sonst geschah? Weil ich einfach Angst davor hatte, allein zu sein? Nichts davon wollte ich jetzt preisgeben. Sie würden es wahrscheinlich verstehen, wenn irgendwann alles an Licht kam.

»Mir war gestern Abend einfach danach, eine Begleitung zu haben.«

»Das war aber nicht das erste Mal, dass du dich mit ihr gezeigt hast.« Logan blickte mich durchdringend an.

»Macht euch um mich keine Sorgen. Ich habe einfach nur ein bisschen Spaß mit ihr.«

»Nach Spaß hat das gestern Abend nicht ausgesehen. Außerdem ist der Satz, dass man sich keine Sorgen machen soll, immer der Satz, der mir am meisten Sorgen macht.«

»Was hab ich verpasst?« Liam kam genau im richtigen Moment, denn so konnte ich James' Kreuzverhör entgehen, dem ich nichts entgegenzusetzen hatte.

Es gab jeglichen Grund, sich Sorgen zu machen, doch noch würde ich nicht mit ihnen darüber reden.

»James hat den Kleinen gerade ins Kreuzverhör genommen, wegen der Sache mit Taylor Furwell«, klärte Evan unseren großen Bruder kurz auf.

»Ja, dazu hätte ich auch einige Fragen.«

»Leute, könnt ihr mich bitte einfach in Ruhe lassen? Es ist doch meine Entscheidung. Ich weiß, dass sie mit euch allen im Bett war.«

»Mit allen?«, fragte Logan, wobei alle Augen sich automatisch auf Liam richteten, der kurz einen Schwall Luft ausstieß.

»Leute, lasst uns einfach frühstücken.« Jetzt war das Gegröle groß. Der unfehlbare Liam. Der immer korrekte Liam.

»Du? O Gott, jetzt wird es echt spannend. Mit Taylor Furwell? Du?« Evan klopfte vor Lachen auf den Tisch.

Wenigstens lag der Fokus nicht mehr auf mir, auch wenn es mir ein wenig leidtat für Liam, dass ich diesen Joker ziehen musste. »Danke fürs Reinreiten, Christian«, sagte er in meine Richtung, während ich nur unschuldig mit den Schultern zuckte.

Wir schafften es, zu frühstücken, ohne Taylors Namen noch einmal zu erwähnen, vermutlich weil jeder am Tisch darauf verzichten konnte, dass seine Geschichte mit Taylor ans Licht kam.

Ich genoss das lockere Zusammensitzen, das natürlich von Liam beendet wurde, der uns alle darauf hinwies, wie spät es war und dass sich die Firma nicht von allein führte.

»Bist du nicht mit dem Wagen da?«, fragte Logan, als wir das Café verließen.

»Nein, ich brauchte ein bisschen frische Luft.«

»Deine Zeit möchte ich haben.« Liam hetzte bereits wieder zu seinem Auto.

Ich arbeitete heute Abend lieber ein wenig länger, als jetzt nicht zurückzulaufen.

Meine Prioritäten hatten sich verlagert. Schneller, als ich es je für möglich gehalten hätte.

Nichtsdestotrotz legte die Arbeit in der Firma keine Pausentaste ein, weshalb ich an diesem Abend viel länger in meinem Büro blieb, als mir lieb war.

Der Fahrer wartete bereits unten in der Tiefgarage, um mich nach Hause zu bringen. »Mister Knight, entschuldigen Sie bitte die Unannehmlichkeiten, aber Sie müssen bereits hier aussteigen«, sagte er.

»Wo sind wir?«, hakte ich nach, obwohl die Frage für ihn wahrscheinlich irritierend war. Schließlich fuhren wir jeden Tag hier entlang und ich sollte die Gegend um mein Appartement wohl kennen.

»Eine Querstraße von ihrem Appartement entfernt. Die Straße vorn ist durch einen Unfall gesperrt. Es gibt keine andere Möglichkeit, zu ihrer Wohnadresse zu fahren.«

Fuck!

Genau das durfte nicht passieren. Es konnte nicht passieren. »Dann suchen Sie einen Weg.«

»Mister Knight, es tut mir wirklich leid.«

Fluchend öffnete ich die Tür und stieg aus dem Auto aus, wobei ich binnen Sekunden spürte, wie mein Herzschlag sich beschleunigte.

Fuck!
Genau so eine Situation hätte nicht passieren dürfen.
Nicht jetzt.
Nicht hier.
Nicht während ich ganz allein war.
Hektisch blickte ich mich um.
Es war schlimmer als erwartet.
Viel, viel schlimmer.
Ich stolperte über etwas und landete auf den Knien, während ich versuchte, mich zu beruhigen.

»Mister Knight?« Eine noch fremde und doch bekannte Stimme, gepaart mit dem Geruch nach diesem Parfüm, das mir von der ersten Sekunde an die Sinne vernebelt hatte.

»Brooke, bringen Sie mich einfach nach Hause«, sagte ich, nachdem sie mir geholfen hatte, wieder aufzustehen.

Ich würde ihr nichts erklären. Einfach nur weg von hier. Weg von der Straße. Weg aus der Dunkelheit.

Das war alles, was gerade für mich zählte.

Gott sei Dank fragte sie nicht nach. Nicht mal, als wir im Appartement angekommen waren, wo ich sofort nach oben stürmte und die Tür meines Schlafzimmers hinter mir in die Angeln warf.

Langsam sank ich auf mein Bett, versuchte, meinen hämmernden Herzschlag und die Panik unter Kontrolle zu bekommen.

Fuck!
Ich war nicht so weit.
Danke Mom.
Danke Dad.
Fuck!

BROOKE

Ich stand noch immer unten an der Treppe und versuchte zu verstehen, was gerade passiert war.

Im Schutz der Dunkelheit hatte ich es gewagt, rauszugehen, um mir die Umgebung hier anzusehen, doch weit war ich nicht gekommen.

Ich hatte Mister Knight fallen sehen und wieder einmal schockiert dabei zugesehen, wie scheißegal es den Leuten war, wenn so etwas passierte. Niemals hätte ich einfach so weitergehen können. Selbst dann nicht, wäre der gestürzte Mann ein Fremder für mich gewesen.

Vielleicht nahm er Drogen.

Nach Alkohol hatte er jedenfalls nicht gerochen. Aber er war so sehr geschwankt. Es war ja nicht so, als hatte ich keine Erfahrungen mit Männern, die sich gern einmal auf diese Art und Weise aus dem Leben schossen. Bei ihm hatte ich es nur nicht erwartet.

Koks war doch für diese Gesellschaftsschicht, in der er sich befand, eine gängige Droge, oder? Aber keine Ahnung, auf was er gewesen war. Jedenfalls hatte die Mischung ihm wohl nicht den gewollten Kick gegeben, sondern ihn dahingerafft.

Ich haderte mit mir, ob ich nach oben gehen und nach ihm sehen sollte oder nicht. Aber bevor ich morgen früh in sein Zimmer kam und ihn tot im Bett vorfand …

Seufzend stieg ich die Treppen hinauf. Es war fast wie in meinem alten Leben – nur nobler: Ein Mann, der sich mit irgendwelchen Substanzen die Sinne benebelte und dem ich den ganzen Tag hinterher räumen und putzen durfte.

Nur für Geld, statt für Schläge und Bestrafungen.

»Mister Knight? Ist alles in Ordnung?«

»Ja, danke. Alles bestens«, erklang seine Stimme von der anderen Seite der Tür.

»Kann ich Ihnen noch etwas bringen?«

»Nein. Schönen Feierabend.«

Ich holte tief Luft, bevor ich wieder nach unten ging und mit dem Angestelltenfahrstuhl in meine kleine Wohnung fuhr.

Scheiße, wie sollte ich heute Nacht auch nur ansatzweise schlafen können? Auf der anderen Seite ... er war nur mein Boss. Ich hatte keinerlei Verantwortung dafür, was er da oben trieb und welche Substanzen er sich in seinen Organismus knallte.

Ich musste nur morgen früh da sein und ihm das Frühstück machen.

Trotzdem konnte ich nicht schlafen, wobei das weniger an der Sorge um Mister Knight lag als an den Bildern, die dieses ganze Szenario doch in mir heraufbeschworen hatte.

In der New Yorker High Society sah der Absturz eines Mannes wenigstens noch ein bisschen eleganter aus als in der Gosse, aus der ich kam.

Ich hatte Menschen schon viel zu oft in einem solchen Zustand gesehen. Es war mir einfach nicht fremd, was Drogen und Alkohol aus ihnen machte – und ich hatte Angst, genau das jetzt wieder miterleben zu müssen.

Schließlich war ich diesem ganzen Elend gerade erst entflohen. Wenn man es denn so nennen konnte, denn eigentlich versteckte ich mich nur. Es gab kein Entkommen. Nicht vor diesem Mann. Es gab nur eine kurze Verschnaufpause, bevor er es schaffen würde, mich zu finden. Auch wenn ich diese Tatsache nicht wirklich in meinen Kopf durchdringen lassen wollte.

Clyde machte keine halben Sachen, er machte keine Späße. Er würde sich zurückholen, was in seinen Augen ihm gehörte. Und das war nun mal ich.

All meine Gedanken änderten nichts an der Tatsache, dass Mister Knight anscheinend ein großes Problem hatte.

Etwas, wovon in Olgas Notizen natürlich nichts stand. Was hätte sie auch aufschreiben sollen? Immer genug Alkohol kaufen oder Drogen für Mister Knight bereithalten. Wohl kaum. Außerdem ging es mich auch nichts an. Ich war seine Haushälterin und kein Babysitter.

Dieser Kerl gehörte zur High Society New Yorks – er traf seine eigenen Entscheidungen für sein eigenes Leben.

Ich war pünktlich oben, um alles fürs Frühstück vorzubereiten, als Mister Knight bereits die Treppe herunterkam. Er trug keinen Anzug, sondern Jeans mit einem Pullover. Scheiße, bei diesem Mann war es definitiv nicht der Anzug, der ihn so sexy machte.

»Guten Morgen«, sagte ich, was ihn sichtbar zusammenzucken ließ. Hatte er mich etwa nicht bemerkt?

Okay, mit diesem Kerl stimmte wirklich etwas nicht.

»Morgen«, murmelte er, bevor er sich an den Esstisch setzte.

Von dem gut gelaunten Kerl mit dem attraktiven Lächeln war am heutigen Morgen nichts zu sehen. Garantiert litt er unter den Nachwehen des gestrigen Absturzes. Vielleicht hätte ich ein ordentliches Katerfrühstück vorbereiten sollen, damit kannte ich mich jedenfalls bestens aus.

»Geht es Ihnen heute besser?«, fragte ich.

»Brooke, ich bin Ihnen dankbar dafür, dass Sie mich gestern nach Hause gebracht haben, aber ich wünsche keinen Small Talk, verstanden?«, fuhr er mich an.

Kein Sonnyboy – ich hatte ihn unterschätzt. Seine Worte ließen mich zusammenzucken, wobei ich mir verdammt dumm vorkam. Normalerweise folgten auf böse Worte auch Schläge. Er würde mich nicht schlagen, das wusste ich, aber er machte mir Angst. Dieser Tonfall triggerte mich. Viel zu sehr! Was auch Mister Knight nicht entgangen war. Seine Gesichtszüge wurden augenblicklich sanfter, wenn auch nur für einen kurzen Moment.

»Entschuldigung. Ich wollte Sie nicht erschrecken. Sie überschreiten nur Ihre Grenzen in einem Maß, das ich nicht dulden kann.«

»Schmeißen Sie mich bitte nicht raus. Bitte nicht, Mister Knight. Es tut mir wirklich leid und es wird nicht wieder vorkommen. Ich muss mich nur erst zurechtfinden.«, flehte ich ihn an, während mich seine unergründlichen Augen für einige Sekunden musterten.

»Davon ist nicht die Rede. Ich wünsche nur meine Privatsphäre.«

»Natürlich.« Ich eilte aus dem Raum. Weg von ihm. Mein Auftritt war schon peinlich genug gewesen.

Klar, von Olga war er es bestimmt nicht gewohnt, dass sie Small Talk mit ihm hielt. Ich hatte mich vollkommen danebenbenommen. Es war meine Aufgabe, hinter ihm herzuräumen, für Sauberkeit zu sorgen und sein Essen zuzubereiten. Nicht mehr und nicht weniger.

Wir hatten einfach einen viel zu positiven Einstand gehabt, der jetzt einem anderen Bild gewichen war.

Wahrscheinlich auf beiden Seiten.

Hoffentlich dachte er jetzt nicht, ich wäre ein schnell einzuschüchterndes Mäuschen, denn genau das wollte ich nicht mehr sein. Nie wieder. Ich wusste, wo ich im Leben stand und was ich wollte!

Es war nur schwer für mich, erst einmal den richtigen Weg zu finden.

Scheiße, dieser Tag konnte weg – und das um diese Uhrzeit.

Ich wischte mir einen Schwall Tränen von der Wange und verfluchte mich selbst dafür, dass ich jetzt auch noch heulte.

Es gab keinen Grund!

Noch hatte ich diesen Job und ich würde alles dafür tun, um ihn auch zu behalten. Kein Wort würde mehr in Richtung von Mister Knight über meine Lippen kommen.

Das schwor ich mir eisern. Ich hatte bei so was nur leider kein sonderlich gutes Durchhaltevermögen ...

CHRISTIAN

Fuck, was war das denn bitte? Wie sie zusammengezuckt war und sich entschuldigt hatte. Ich musste kein Therapeut sein, um zu verstehen, dass dahinter wohl mehr steckte als nur die Angst, ihren Job zu verlieren. Vielleicht interpretierte ich aber auch etwas hinein. Es war nicht gerade so, als hätte ich heute einen guten Tag ...

Mich mit den Problemen einer mir fremden Frau zu beschäftigen, die nur für mich arbeitete, war etwas, das ich jetzt nicht auch noch leisten konnte.

Heute war in vielerlei Hinsicht ein mieser Tag.

Es ging mir nicht gut, denn es war schlechter geworden.

Ich nahm mein Handy zur Hand, um Liam eine Nachricht zu schreiben, dass ich mich für heute krankmeldete, woraufhin natürlich sofort mein Telefon klingelte.

»Was ist los?«, fragte er ohne große Umschweife.

»Auch wenn ich ein Knight bin, kann mich mal eine Erkältung dahinraffen, Mann«, konterte ich.

»Du hörst dich aber rein gar nicht erkältet an.«

»Meine Güte, Liam, willst du zu mir nach Hause kommen und mir ein verdammtes Fieberthermometer in den Arsch schieben, um dich davon zu überzeugen, dass ich mich nicht vor der Arbeit drücke?«

»Schon gut, schon gut. Dann komm schnell wieder auf die Beine. Hast du alles da, was du brauchst?«

»Ja, alles da.«

»Gute Besserung, Mann.«

»Danke.«

Wenn es nur so einfach wäre.

Mein Arzttermin war Gott sei Dank so oder so für heute angesetzt, auch wenn ich mir davon keine guten Nachrichten versprach. Wie auch, schließlich konnte niemand Wunder vollbringen. Und so schlecht, wie es heute Morgen war ...

Fuck.

Es ging zu schnell.

Viel zu schnell.

Der Fahrer wartete in der Tiefgarage auf mich und fuhr mich schweigend direkt ins Krankenhaus. Der Termin beim Spezialisten, der mir so oder so nur eine Prognose mitteilen würde, die ich gar nicht hören wollte, belastete mich.

Wie viel Zeit mir wohl noch blieb?

Wenn ich die Verschlechterung der letzten Woche als Maßstab nahm, dann höchstens ein paar Monate.

Erbkrankheit.

Was für ein Hohn und Spott. Ich hatte mich dagegen gewehrt, irgendetwas von ihnen zu übernehmen. Hatte mich gewehrt, überhaupt Informationen über sie einzuholen, um nicht zu wissen, wie sie waren. Und dann bekam ich eine Erbkrankheit. Das Schicksal war unberechenbar. Ganz egal, wie hart man kämpfte und wie viel Mühe man sich gab, spätestens das Schicksal schaffte es, einen zu brechen.

So wie bei mir.

Ich musste nicht lange warten, bevor ich in das Büro des Arztes gebeten wurde, der mir unzählige Fragen stellte, bevor er zu den Untersuchungen ging, die ich am heutigen Tag durchlaufen musste.

Tests, deren Ergebnisse mich nicht überraschten.

Signifikante Verschlechterung.

Stark voranschreitend.

Ach was ...

Darauf wäre ich niemals selbst bekommen.

Genauso wenig wie auf die klaren Worte des Arztes, dass diese Krankheit unheilbar war. Auch das wusste ich bereits.

Der Spezialistentermin war nicht mehr und nicht weniger als Zeitverschwendung.

Er wollte den Verlauf nun engmaschig kontrollieren. Als ob ich nicht selbst wüsste, wann die Zeit gekommen war.

Ich wusste wirklich nicht, was ich mir von dem Termin versprochen hatte, doch Enttäuschung, Frustration und Angst überkamen mich auf dem Weg nach Hause.

Es gab keine Wunderheilung. Es gab nichts, was man tun konnte, ganz egal, wie viel Geld man auch in die Hand nahm.

Mein Schicksal war besiegelt und lange würde ich es nicht mehr verheimlichen können.

Schon heute wäre es mir mit Sicherheit nicht gelungen dank der starken Verschlechterung, die anscheinend über Nacht eingetreten war. Meine Brüder hätten es gemerkt.

Ich musste sie darauf vorbereiten. Aber erst einmal musste ich mich darauf vorbereiten, wie ich es ihnen wohl sagen würde.

Zu Hause angekommen ging ich die Treppe nach oben in mein Schlafzimmer, wo ich mich von meinen Klamotten befreite.

Ein entspanntes Bad. Das war es, was ich mir jetzt gönnen würde. Um nachzudenken, um runterzukommen und um mich an die neue Situation zu gewöhnen.

Wenn man sich daran gewöhnen konnte.

Ich stieß die Badezimmertür auf, wobei ich einen erschrockenen Schrei wahrnahm und meinen Kopf direkt in die Richtung drehte.

Brooke.

Dort stand sie. Mit Gummihandschuhen an ihren Händen und starrte mich mit großen Augen an – oder besser gesagt meinen Schwanz.

Na wunderbar. Diese Frau war einfach katastrophal darin, sich unauffällig zu benehmen und sich aus meinen Privatangelegenheiten herauszuhalten.

Olga hatte ich nie getroffen, nie wirklich mit ihr geredet. Und Brooke war einfach immer da!

»Was zum Teufel?«, fragte ich, während sie die Handschuhe auszog. In aller Seelenruhe.

»Entschuldigung. Ich ... verdammt, ich dachte, Sie wären nicht da. In dem Buch steht, dass Sie um diese Zeit arbeiten sind und dass es meine Aufgabe ist, täglich das Badezimmer zu reinigen.«

Dieses beschissene Buch. Aber gut, ja, ich konnte Brooke nicht mal einen Vorwurf machen, denn normalerweise befand ich mich um diese Uhrzeit immer auf der Arbeit.

»Gefällt dir, was du siehst?«, fragte ich geradeheraus und verzichtete auf alle Höflichkeiten. Ihr verdammter Blick war bereits wieder zu meinem Schwanz gewandert.

Diese Frau.

Statt sich umzudrehen oder aus dem Badezimmer zu verschwinden, besaß sie auch noch die Dreistigkeit, meinen Schwanz anzustarren. Und nicht nur das. Sie leckte sich über die Lippen. Ernsthaft?

Fuck, wenn sie mich dabei nicht so heißmachen würde.

Ich hatte nichts mehr zu verlieren. Wenn ich das Leben nicht jetzt genoss ...

Die Distanz zwischen uns war nur kurz, sodass ich mit drei Schritten bei ihr angekommen war. Sie wich zurück, prallte gegen die Glaswand der Dusche, die sie gerade geputzt hatte.

In ihren Augen konnte ich das Verlangen erkennen. Sie loderten. Wieder leckte sie sich mit der Zunge über die Lippen. Ich wollte ihr keine Angst machen, doch das war anscheinend auch nicht der Fall. Ganz im Gegenteil.

Ich konnte ihren Atem auf meinem Hals spüren, so nah stand ich vor ihr, während ich sie einfach nur ansah. Die Luft zwischen uns war elektrisiert. Ihr Körper zitterte leicht, während mein Schwanz lustvoll pulsierte.

»Geh, solange du noch kannst«, raunte ich ihr ins Ohr. Doch sie machte keine Anstalten, sich auch nur einen Millimeter zu bewegen. »Ich bedeute nichts Gutes.« Worte, die ich noch nie gesagt hatte, die jetzt allerdings stimmten.

»Das bin ich gewohnt. Vielleicht fühle ich mich zum Guten auch einfach nicht hingezogen«, flüsterte sie und versetzte mir damit den letzten Stoß, um die wenigen Millimeter zwischen uns noch zu überbrücken. Ich presste meinen Körper gegen ihren, wobei sie sofort ihre Hände in meinen Nacken legte und dafür sorgte, dass auch unsere Lippen miteinander kollidierten.

Fuck, ich hatte noch nie mit einer Angestellten geschlafen, aber das war mir gerade scheißegal.

Ich konnte in ihren Augen sehen, wie sehr sie es wollte, und ich brauchte gerade dringend eine Ablenkung von diesem verdammten Arzttermin und den Dingen, die auf mich zukamen.

Mit einem Ruck hob ich sie auf meine Hüften, drückte sie noch fester gegen die Glasscheibe und intensivierte den Kuss. Sie schmeckte nach Kaugummi und nach mehr. Viel mehr. Die Art und Weise, wie sie meinen Kuss erwiderte, wie sie sich auf den Kampf mit meiner Zunge einließ, ließ mich mehr von ihr wollen.

Ich ließ sie zurück auf ihre Beine sinken, doch nur, um sie von ihren Klamotten zu befreien, die meinen Körper noch von ihrem trennten.

Natürliche Brüste – was in der Gesellschaft, in der ich mich bewegte, schon fast zu einer Seltenheit geworden war. Es gefiel mir, sie zu kneten und ihre Reaktion darauf zu erleben, statt mit Silikon zu spielen.

Brooke stöhnte in meinen Mund, während ich ihr Bein hochhob und daran entlangfuhr bis zu ihrer Mitte. Es überraschte mich, zu spüren, wie feucht sie bereits war.

Das erhöhte meine Vorfreude darauf, gleich in sie einzudringen.

Doch nicht so. Ich musste dabei die Erinnerungen an diesen Tag nicht nur auslöschen, sondern sie auch abwaschen. Ich hob Brooke zurück auf meine Hüften und ging mit ihr in die große Dusche, wo ich hinter ihrem Rücken blind nach der Armatur tastete und das Wasser einschaltete. Ein kurzer, kalter Schwall Wasser ließ uns beide nach Luft japsen, bevor sich eine wohlige Wärme auf unserer Haut ausbreitete.

Langsam setzte ich Brooke auf den Vorsprung in der Dusche ab und sank vor ihr auf die Knie.

Ihre Füße positionierte ich auf meinen Schultern, während ich mit meinem Kopf zwischen ihren Beinen versank. Ein leises Wimmern, gefolgt von einem kehligen Stöhnen, als ich mit meiner Zunge ihre empfindlichen Bereiche ertastete. Diese Frau war definitiv nicht schüchtern, was Sex anging.

»Christian«, keuchte sie, doch ich hatte nicht vor, sie schon von ihren süßen Qualen zu befreien und erhob mich, um sie ebenfalls hochzuziehen, doch Brooke hatte wohl andere Pläne. Ohne Vorwarnung legte sie ihre Hand um meinen Schwanz und begann ihn hart zu massieren.

Fuck!

Ein Katz-und-Maus-Spiel, bis wir uns endlich gegenseitig erlösten? Okay, ich war mehr als bereit dazu. Statt von ihr abzulassen, nahm ich jetzt meine Finger zur Hilfe und drang damit in Brooke ein.

Wow. Sie war so eng, dass ich noch mehr Lust auf den Sex mit ihr bekam. Eine Erwartung, die nicht enttäuscht wurde, als ich sie wenig später wieder auf meine Hüften nahm, ihren Arsch gegen das Panoramafenster presste und in sie eindrang.

Ich vögelte sie unter meiner Dusche, bis sie meinen Namen schrie und ich ihr mit einem lustvollen Stöhnen folgte.

Fuck, um ein Haar hätte es mir vor lauter Erregung die Beine unter meinem Körper weggerissen. Doch ich blieb stehen, bis der Orgasmus verebbt war und ich Brooke zurück auf ihre Beine stellte.

Erst jetzt öffnete ich die Augen und sah sie an.

Sie strahlte. Verdammt, ich hätte ihr beim Orgasmus in die Augen sehen sollen. Wir würden das hier nicht wiederholen. Egal, wie gut es gewesen war.

Nein.

Ich schlief nicht mit Angestellten und ich zog sie schon gar nicht in die Scheiße mit rein, die jetzt auf mich zukam.

Das hier war ein großer Fehler gewesen.

Was auch Brooke durch den Kopf zu gehen schien, denn ihr Gesichtsausdruck hatte sich nach einem Blick in meine Augen verändert.

Sie strahlte nicht mehr. Stattdessen entdeckte ich dieselbe Angst und Besorgnis darin wie am heutigen Morgen.

Eine Angst, der ich kaum standhalten konnte. Ich wusste nicht, was sie erlebt hatte, war mir aber zeitgleich sicher, dass ich es gar nicht wissen wollte.

BROOKE

Mein Körper kribbelte. Jede verdammte Pore stand unter Strom, seit der Sekunde, in der er mir mit dieser ungefilterten Lust in die Augen gesehen hatte. Eine Lust, die ich genauso verspürte ... und doch hätte das hier nicht passieren dürfen. Ganz egal, ob es der großartigste Sex war, den ich je in meinem Leben gehabt hatte.

Ich spielte mit allem, was mich gerade über Wasser hielt. Mit diesem Job, dem Verdienst und der Wohnung. Wie konnte man nur so unendlich doof sein. Und das alles nur wegen eines durchtrainierten Körpers und einer Ausstrahlung, der ich irgendwie nicht widerstehen konnte.

Dieser Kerl hatte bereits mit meinen Gefühlen und meinem Kopf gespielt, als er die Wohnung betreten hatte. Ohne etwas dafürzukönnen. Obwohl, wahrscheinlich wusste Mister unnahbarer Sonnyboy ganz genau, welche Wirkung er auf Frauen hatte.

»Lass mich raten, ich bin jetzt gefeuert, oder?«, fragte ich direkt, denn ich hatte keine Lust, um den heißen Brei herumzureden.

»Nein. Du bist nicht gefeuert. Aber das hier wird nicht noch einmal vorkommen, klar?«

»Klar.« War es jetzt verwerflich, dass ich das schade fand? Christian Knight spielte in einer anderen Liga. Ich war nicht mehr und nicht weniger als seine Haushälterin und daran würde sich auch nichts ändern.

Ich war Gott sei Dank nicht naiv und dumm genug, mir da irgendwelche Illusionen zu machen.

Aber träumen durfte selbst ich.

Christian reichte mir ein Handtuch, mit dem ich mich abtrocknete, was er auch tat. So hatte ich mir meinen zweiten Arbeitstag garantiert nicht vorgestellt.

»Ich habe übrigens etwas gekocht, falls du Hunger hast. Dieses Mal sind es auch keine Kohlebriketts.«

»Danke, vielleicht später. Ich arbeite heute von zu Hause aus.«

»Oh, okay. Soll ich da irgendetwas beachten? Rufst du dann an, wenn ich etwas bringen soll, oder wie läuft das? Dazu habe ich nichts in Olgas Buch gefunden. Oh, ich meine Sie. Also Mister Knight. Ich ... ich bin verwirrt.«

Christian lachte auf, während er das nasse Handtuch über die Duschstange warf.

»Es wäre reichlich albern, jetzt zu den Förmlichkeiten zurückzukehren. Ich werde eh lieber mit Christian als mit Mister Knight angesprochen. Komplizierte Sache.

Ich habe bis jetzt äußerst selten von zu Hause aus gearbeitet, deshalb wird das schlaue Buch dazu wohl keine Tipps bereithalten. Ich würde einfach anrufen, wenn ich etwas brauche. Das Essen steht in der Mikrowelle, nehme ich an.«

Genau. Es waren noch die Nudeln von gestern, die er nicht gegessen hatte. Aber das war egal. Sie waren mir so gut gelungen, das würde ich so schnell wahrscheinlich nicht noch einmal schaffen, deshalb sollte er sie ruhig heute essen. Auch, wenn ich laut Olga jeden Tag frisch kochen sollte. Als ob er das schmeckte.

»Ich würde mir die Zutaten für das Essen von morgen mit nach unten nehmen und dann dort kochen, dann störe ich dich hier oben nicht.« Ich drückte die Daumen, dass diese Ausrede funktionieren würde, denn ich wollte in Ruhe mit meiner Videoanleitung kochen. Das hatte schon einmal geklappt.

Außerdem brauchte ich definitiv auch etwas zum Mittagessen.

»Klar. Wie du willst.« Er ging ins Schlafzimmer, während ich meine Sachen anzog und nach unten verschwand. Diese ganze Situation war schon sonderbar genug, da musste ich nicht noch unnötig Zeit mit ihm gemeinsam verbringen.

In meiner kleinen Wohnung angekommen, sank ich erst einmal aufs Bett und schloss die Augen, um das, was gerade oben geschehen war, irgendwie zu verarbeiten.

Die Art und Weise, wie er mich angesehen hatte, die Verzweiflung und das wilde Verlangen in dem atemberaubenden Kuss. Keine Ahnung, wie es geschehen war oder warum. Ich wusste nur, dass ich jetzt mehr davon wollte.

Scheiße, das war ein großes Problem.

Ein ganz, ganz großes Problem!

Als ich am nächsten Morgen pünktlich bei Christian ankam, hörte ich bereits die Kaffeemaschine laufen. Besorgt warf ich einen weiteren Blick auf meine Uhr. Ich war pünktlich. Obwohl ich in der letzten Nacht kaum geschlafen hatte.

»Guten Morgen«, sagte ich, was er mit einem »Guten Morgen« quittierte, ohne sich zu mir umzudrehen. Ich eilte zur Besteckschublade, um einen Löffel für das Müsli zu holen, damit ich es ihm reichen konnte, sobald er am Tisch saß, wobei Christians Hand im selben Moment ebenfalls dorthin packte. Unsere Hände berührten sich, was mir eine Gänsehaut über den gesamten Körper jagte. Diese klitzekleine, vollkommen zufällige und unbedeutende Berührung. Sein Blick war ebenfalls nach oben geschnellt, wobei wir uns für einige Sekunden stumm in die Augen sahen, bevor ich einen Schritt zurücktrat. Die Luft zwischen uns brannte, aber er hatte mehr als deutlich gesagt, dass es nicht noch einmal so weit kommen durfte.

Also musste ich Abstand gewinnen, bevor ich aus purer Lust etwas Dummes tat, das ich hinterher nur bereuen konnte.

»Ich mache mir schon Frühstück. Du kannst wieder gehen. Sieh es als deinen freien Tag an. Ich werde von zu Hause aus arbeiten.«

Damit hatte ich nicht gerechnet. Vielleicht war er auch froh, wenn er mich nicht um sich hatte.

Ich verschwand einfach, ohne noch ein Wort zu sagen, sodass ich erst am nächsten Morgen wieder hochging. Leicht verdientes Geld für einen ganzen Tag voller trashiger TV-Shows, auf die ich mich allerdings wegen meiner Gedanken an den Sex mit ihm und an die Hitzewelle, die die Berührung unserer Finger in mir ausgelöst hatte, leider nicht konzentrieren konnte.

Ich war mitten in der Hölle, aber dieses Mal war es eine andere Hölle als die, die ich gewohnt war.

Es war eine verführerische Hölle, die von mir verlangte, dass ich mich unter Kontrolle behielt. Ganz egal, wie sehr ich mich auch zu diesem Mann hingezogen fühlte und wie sehr mein Körper danach schrie, dass ich mehr Sex mit ihm wollte.

Es ging nicht. So weit durfte es nicht kommen. Das hatte er mehr als deutlich gemacht.

Bevor ich aus dem Aufzug stieg, holte ich tief Luft und versuchte, mich davor zu wappnen, ihn wieder in der Küche anzutreffen. Doch er war noch nicht unten.

Vielleicht ging er heute wieder ins Büro und alles würde normal laufen?

Ich hatte gerade das Müsli auf den Tisch gestellt, als ich ihn oben hörte. Mit einem Lächeln auf den Lippen drehte ich mich um, gerade noch rechtzeitig, um zu sehen, wie Christian die letzten zwei Treppenstufen runterfiel.

»Christian!«, rief ich erschrocken und eilte zu ihm, während er sich bereits aufsetzte.

»Hast du dir wehgetan?« Ich fasste ihn am Arm, den er allerdings wütend abschüttelte.

»Alles okay«, raunte er und richtete sich wieder auf. Es sah nicht danach aus, als wäre irgendwas in Ordnung. Weder an der Art und Weise, wie er sich bewegte, noch an seiner Laune.

Aber das alles ging mich einen Scheißdreck an – und das würde er mir nicht noch einmal sagen müssen.

Ich zog mich zurück, da er alles hatte, was er brauchte, und würde erst zu meiner regulären Arbeitszeit wieder hier auftauchen, um sauber zu machen. Falls er nicht im Büro war, konnte ich ja immer noch wieder verschwinden.

Christian war aufgestanden und kam zur Arbeitsfläche, wo er mich anpflaumte, dass ich vergessen hatte, ihm den Zucker hinzustellen.

Nachdenklich zog ich die Augenbrauen zusammen und blickte an ihm vorbei zum Tisch. Der Zucker stand da. Ganz klar.

»Mister ›gute Laune‹, ich will mich ja nicht einmischen, aber der Zucker steht auf dem Tisch.«

»Aber nicht da, wo er immer steht!«

Im Buch stand nichts davon, dass es unendlich wichtig war, alles immer an denselben Platz zu stellen, aber gut, ich würde es mir für die Zukunft merken. Ich wollte gerade etwas entgegnen, als Christian vor mir tief durchatmete und sich auf einen der Barhocker setzte, mir direkt gegenüber. »Es tut mir leid, ich wollte dich nicht so anfahren.«

»Schlecht geschlafen?«, hakte ich nach, während er sich mit der Hand durchs Gesicht fuhr.

»Wenn es nur das wäre.« Sein Tonfall war nicht länger wütend. Ganz im Gegenteil. Er klang traurig und irgendwie resigniert.

»Du weißt, dass ich eine Million Schweigepflichtssachen unterschrieben habe, oder? Also ganz egal, was es ist, du kannst mit mir reden, ohne dass ich jemals ein einziges Wort darüber verlieren darf.«

»Ich bin krank, Brooke.« Ich schluckte bei dem Tonfall in seiner Stimme und den Worten.

»Krank?« Es war nicht mehr als ein Flüstern.

»Hast du schon mal etwas von der Krankheit Retinitis Pigmentosa gehört?«, fragte er, was mich nur den Kopf schütteln ließ. Ich wusste nicht einmal ansatzweise, wovon er sprach.

»Es ist eine erbliche Augenerkrankung. Die Nacht, als du mich auf der Straße gefunden hast ... ich bin nachtblind und ich rede jetzt nicht davon, dass ich nachts schlecht sehen kann. Ich sehe nichts. Höchstens Schatten. Es ist vor nicht allzu langer Zeit aufgetreten. Genau wie meine Schusseligkeit. Ich bin immer öfter gestolpert. Es hatte nur leider nichts mit Schusseligkeit zu tun. Gewisse Dinge meines Blickfelds ... ich sehe wie durch einen Tunnel. Ein Tunnel, der immer kleiner wird. Die Erkrankung verschlechtert sich in unglaublich rasanter Geschwindigkeit. Der Tunnel wird immer kleiner.

Der Spezialist, bei dem ich war, hat mir geraten, mich mit einem Coach zu treffen und alles dafür vorzubereiten, dass ich erblinde. Keiner kann sagen, ob es eintritt oder ob ich noch eine gewisse Restsehfähigkeit behalten werde und wenn ja, wie viel. Ich kann auch nicht bei meinen leiblichen Eltern nachfragen.

Von denen habe ich mich immer bewusst ferngehalten, damit ich nicht werde wie sie.

Was für ein blanker Hohn das doch ist, oder?«

Ich konnte nicht dagegen ankämpfen, dass sich meine Augen mit Tränen füllten.

Dieser unglaubliche Mann. Er besaß alles, war erfolgreich – und doch konnte ihn der Reichtum nicht dagegen schützen, dass ihm das Leben mit voller Wucht in den Arsch trat.

O Gott. »Christian ...«

»Nein, du musst jetzt nichts sagen. Es ist einfach nur wichtig, dass alle Dinge am selben Platz stehen, okay? Bitte räum nichts weg, denn das macht es nur noch komplizierter für mich. Keine Ahnung, wie wir das hinkriegen sollen, aber irgendwie muss es funktionieren.«

»Kann ich irgendwas tun?«

»Nein. Ich will auch nicht weiter darüber reden oder sonst was. Außer dir weiß es niemand und ich möchte, dass es so lange wie möglich dabei bleibt.« Mit diesen Worten erhob Christian sich von seinem Stuhl und verschwand zurück nach oben, während ich vollkommen geschockt zurückblieb.

Scheiße!

Wie unfassbar schrecklich es sein musste, wenn das Augenlicht immer weiter schwand. Ich konnte und wollte mir so etwas Grauenvolles gar nicht vorstellen.

Etwas, das für Christian jetzt bittere Realität war.

Es würde eine Weile dauern, zu verdauen, was er mir gerade erzählt hatte.

CHRISTIAN

Ich ging zurück nach oben und nahm vor dem Computer Platz, doch statt auf den Bildschirm zu starren, schloss ich meine Augen und atmete tief durch.

Jetzt war es raus. Warum ich es zuerst Brooke erzählt hatte, wusste ich selbst nicht. Vermutlich war es wirklich reizvoll gewesen, weil sie nichts darüber erzählen durfte.

Und natürlich war es einfach verdammt wichtig für mich, dass die Sachen an ihrem Platz blieben. Den Zucker heute Morgen auf dem Tisch hatte ich einfach nicht gesehen und hätte ihn auch nicht gefunden, außer ich hätte mit der Hand danach gesucht.

Scheiße. Es ging so unglaublich schnell. Klar hatte der Arzt gesagt, es – meine Augenkrankheit, die ich immer nur es nannte, könnte auch für eine Weile stehen bleiben oder sich gar nicht mehr verschlechtern, doch es gab leider auch die andere Möglichkeit, dass ich irgendwann vollkommen blind war.

So oder so war ich eingeschränkt. Jetzt schon. In der Mitte konnte ich noch scharf sehen, aber alles um diesen Mittelpunkt herum war dabei, schwarz zu werden. Vor allem mein unteres Sichtfeld.

Ich sah die Treppen nicht mehr, wenn ich sie runterging. Ich sah den Boden nicht mehr, auf dem ich mich bewegte.

Ich wusste selbst, dass es Zeit war, Hilfsmittel in Anspruch zu nehmen, doch ich wollte es mir nicht wirklich eingestehen. Solange ich noch so zurechtkam, war es nicht real.

Bullshit.

Ich konnte froh sein, dass es gerade nur die letzten beiden Stufen gewesen waren und nicht alle!

Der Arzt hatte davon gesprochen, dass es Pech war, dass sich gerade der untere Teil meines Sichtfelds direkt am Anfang dermaßen rasant verschlechterte. Pech. Ja, das war wahrscheinlich die richtige Ausdrucksweise. Ich hatte einmal zu oft die Arschkarte gezogen, nur dieses Mal konnte ich nichts daran ändern. Egal, wie ich mich auch verhielt oder dagegen arbeitete.

Kopfschüttelnd öffnete ich die Augen, um mich wieder auf meine Arbeit zu konzentrieren. Ich verfügte zum Glück über einen großen Bildschirm, mit dem ich gut zurechtkam, auch wenn es mich zwischendurch wirklich anstrengte, davor zu sitzen und zu arbeiten. Ich musste immer die Mitte meines Auges auf den Bildschirm fixieren, sonst war ich chancenlos.

Ewig würde ich mich hier nicht verstecken können, doch bevor ich ins Büro zurückkehren konnte, mussten erst meine Brüder eingeweiht sein.

»Christian, bist du da?« Ich zuckte zusammen, als ich von unten eine tiefe männliche Stimme hörte. »Christian?« Es war Logan. Ich hatte schon damit gerechnet, dass er irgendwann hier vorbeikam. Wobei, nein, eigentlich war ich davon ausgegangen, dass es Liam persönlich war oder James, der sich eh nicht davon überzeugen ließ, dass alles in Ordnung war.

»Ich komme«, rief ich nach unten und atmete tief durch. Hoffentlich würde mir jetzt nicht wieder ein Missgeschick passieren.

Langsam und bedächtig ging ich die Treppe nach unten, wo ich Logan Gott sei Dank am Fenster stehen sehen konnte. Er hatte die Hände in der Hosentasche begraben und blickte nach draußen. Zumindest deutete ich das so.

»Weißt du, dass ich es jedes Mal krass finde, wie unterschiedlich die Stadt aus den verschiedenen Blickwinkeln aussieht?«

»Sagt der Typ mit einem Appartement im höchsten bewohnten Wolkenkratzer der Stadt.«

Liam und Logan wohnten beide im berühmten Central Park Tower in meiner direkten Nachbarschaft.

»Trotzdem denke ich jedes Mal, dass du von hier den schöneren Ausblick hast.«

Ich musste mir ein bitteres Lachen verkneifen. Von diesem ach so tollen Ausblick konnte ich mir auch keine neuen, funktionierenden Augen kaufen. Er würde mir bald nichts mehr nützen. Ach, was sagte ich da eigentlich, ich konnte ihn schon jetzt nicht mehr richtig genießen. Dafür war mein Sichtfeld schon viel zu eingeschränkt.

»Schickt Liam dich?«

»Nein. Ich weiß aber, dass er heute auch noch vorbeikommen wollte. Wir machen uns Gedanken, wenn einer unserer Brüder plötzlich tagelang nicht mehr im Büro auftaucht.«

Die Fahrstuhltüren öffneten sich erneut, was dazu führte, dass Logan auflachte. »Wenn man vom Teufel spricht.«

»Was machst du denn hier?«, fragte James, während ich kurz den Kopf schüttelte. Keine Ahnung, ob es wirklich Zufall war, aber jetzt könnten wir auch Liam und Evan noch dazu bestellen und es hinter uns bringen. Sonst würde es wahrscheinlich erst geschehen, wenn es gar nicht mehr anders ging ...

Es ging schon jetzt nicht mehr anders.

»Wie wärs, wenn ihr Liam und Evan noch anruft?«, schlug ich vor, was Logan direkt in die Tat umsetzte, während James auf mich zukam.

Er blieb ganz nah vor mir stehen und sah mir direkt in die Augen.

»Bist du high? Machst du einen Entzug? Was ist es?«, fragte er.

»Du bist echt paranoid, Mann. Hat dir das schon mal jemand gesagt? Nicht jeder, der mal ausfällt, hat automatisch Probleme mit Drogen oder Alkohol.«

Er atmete tief durch. Es war eher ein Schnauben.

»Ich weiß, aber ich mache mir Sorgen, okay? Wir alle machen uns Sorgen. Wie hat Liam es gestern noch so schön zusammengefasst: Seine Alarmglocken schrillen im Zusammenhang mit deinem Verhalten auf der Party und der Krankmeldung.«

Dank der Sache mit James war nicht nur Liam jetzt vorsichtiger. Wir waren es alle. Was wirklich gut und wichtig war. Ich hatte nur nicht gedacht, dass einmal ich derjenige sein könnte, der diese Art von Aufmerksamkeit nötig hätte.

»Wir warten auf Liam und Evan.«

»Die sich auf den Weg machen werden«, bestätigte Logan, während ich mich auf meinen Platz an den Tisch setzte. Mist, ich sollte ihnen jetzt definitiv etwas zu trinken anbieten, aber dann würde es auffallen, dass ich ...

»Hallo die Herrschaften«, erklang im selben Moment Brookes Stimme. »Darf es etwas zu trinken sein?« Scheiße, konnte diese Frau meine Gedanken lesen, oder was?

Sie unterhielt sich in ihrer lockeren Art mit meinen Brüdern, bediente die Kaffeemaschine und brachte auch mir etwas zu trinken, ohne dass ich sie darum gebeten hatte, bevor sie wieder verschwand. Für Evan und Liam hatte sie ebenfalls direkt Kaffee bereitgestellt, wie sie mir ganz beiläufig mitteilte.

Als wäre alles in Ordnung.

»Woah, Christian! Evan bekommt einen Kerl nach Hause und du diese absolut hammermäßige Frau? Das wird er dir eine Million Mal vorhalten, sobald er sie zum ersten Mal zu Gesicht bekommen hat.«

»Das liegt daran, dass ich nicht mit meinen Haushälterinnen schlafe.« Also eigentlich nicht ... Hups. Wie gut, dass man mir nicht direkt an der Nasenspitze ansah, wenn ich log.

Die Türen des Fahrstuhls öffneten sich. Ich konnte noch niemanden erkennen, doch anhand der Stimmen und der Begrüßung wusste ich, dass Evan und Liam zusammen hierhergefahren waren.

»Wenn ihr jetzt glaubt, dass diese Treffen während der Arbeitszeit zur Normalität werden könnten, dann werde ich euch diesen Zahn mal direkt ziehen! Das ist jetzt die letzte Ausnahme. Danach wird das wieder schön auf den Abend verschoben.«

»Meine Güte, Liam, jetzt entspann dich doch mal. Er hat heute Morgen mal wieder ein bisschen zu viel Spießigkeit in den Kaffee geschüttet. Das geht übrigens schon die ganze Fahrt so«, erklärte Evan, bevor er mich wie Liam auch begrüßte und am Tisch Platz nahm.

»Es gibt Kaffee. Eigens zubereitet von Christians neuer, sehr netter, unter dreißigjährigen blonden Haushälterin.« Logan konnte es nicht lassen, es Evan direkt auf die Nase zu binden, doch das konnte ich ihm nicht verübeln. Bei mir wäre es nicht anders gelaufen.

»Pffff, was für eine Verschwendung, da Christian doch nie mit irgendwelchen Angestellten vögelt. Aber ich bin extrem glücklich mit Pawel, meiner Putzmaschine. Haushälterinnen sind so oder so nicht mehr interessant für mich.«

»Wie gehts Kathy?«, hakte ich nach.

»Sehr gut. Sie hat eine neue Stelle angefangen und muss sich jetzt wenigstens nicht mehr mit ihrem sonderbaren Juniorchef rumschlagen. Dort gefällt es ihr echt gut. Falls ihr also mal einen neuen Zahnarzt braucht ... Apropos Arzt, du siehst hochgradig fit aus und ich denke, James hat dich schon in die Mangel genommen. Also?« Evan kam direkt zum Punkt. Ich war noch nicht so weit. Das Geplänkel mit meinen Brüdern war gerade so lustig und unbeschwert.

»Ach fuck«, murmelte ich, was für sofortige Stille am Tisch sorgte. »Ich hatte gehofft, es noch eine Weile für mich behalten zu können, aber jetzt, da wir alle zusammen sind, ist es wohl an der Zeit, mein Schweigen zu brechen.«

»Du weißt, dass du mit uns über alles reden kannst, richtig?«, fragte James.

»Ja, das weiß ich, aber das macht es nicht einfacher. Es ist eine Weile her, seit ich das erste Mal festgestellt habe, dass ich nicht gut sehen kann. Damals dachte ich, meine Augen wären einfach nur überarbeitet oder ich müsste eine Brille tragen, aber das wäre dann wohl zu einfach gewesen. Ich leide an einer Augenkrankheit, die dazu führt, dass sich mein Gesichtsfeld immer weiter verengt. Bei mir schreitet die Erkrankung schnell voran.

James, ich weiß, dass du rechts neben mir sitzt, aber ich kann dich nicht sehen, weil das einer der schwarzen Bereiche ist, die schon erblindet sind. Gleiches gilt für dich, Logan. Wenn ich meinen Kopf in eure Richtung drehe, dann kann ich euch sehen. Aber ich weiß nicht, wie lange noch. Die Farben werden schwächer, die Umrisse unschärfer. Niemand weiß, wie es sich weiterentwickelt oder wie weit es voranschreitet.«

Stille.

Unheilvolle Stille, während meine Brüder gerade versuchten, zu verarbeiten, was ich ihnen erzählte.

Natürlich war es Liam, der seine Stimme als Erster wiederfand.

»Warst du bei einem Spezialisten? Ich kann mich umhören, ich bin mir sicher, dass es bestimmt irgendwas gibt, das man dagegen tun kann. Ich meine, du bist noch so jung und ...«

»Und trotzdem gerade dabei, meine Sehkraft zu verlieren. Es gibt nichts, was man dagegen tun kann. Gar nichts.«

»Aber fuck, Christian, das kann doch nicht sein! Ich meine, wie kommt denn so was und dann so plötzlich? Das ist doch ...« Evan verstummte. In seiner Stimme konnte ich die Wut hören, die Hilflosigkeit. Alles Dinge, die ich auch empfunden hatte, die ich teilweise auch jetzt noch empfand. Obwohl sie mich nicht weiterbrachten.

»Es ist eine Erbkrankheit. Meine leibliche Mutter, mein leiblicher Vater oder sonst wer in der Familie hat mir wohl ein Geschenk mitgegeben.«

Ich zuckte zusammen, als Evan auf den Tisch schlug und sich ruckartig von seinem Platz erhob.

»Ich werde nicht sterben und es ist nicht das Ende der

Welt, aber es wird sich einiges verändern.«

»Wie kannst du dabei nur so ruhig bleiben?«, hakte Evan nach, während ich mit den Schultern zuckte.

»Was soll ich denn tun? Glaubst du, ich war nicht wütend? Glaubst du, ich bin nicht verzweifelt? Ich bin es noch, aber es ändert nichts, Evan. Das hier ist jetzt mein Leben, ob ich es will oder nicht.«

»Was können wir tun, um dich zu unterstützen?« James legte seine Hand auf meinen Arm, während ich mit den Schultern zuckte.

»Keine Ahnung. Mich nicht anders behandeln. Mir helfen, diese ganze Scheiße hinzukriegen, so gut wie möglich. Liam, wir müssen darüber reden, wie ich das arbeitstechnisch hinkriegen kann.«

»Mach dir um die Arbeit keine Sorgen, Mann.«

»Das tue ich aber. Weil ich sie brauche. Weil ich weiter Teil der Firma sein möchte. Ich kann nicht einfach darauf warten, dass mir die Lichter ausgehen und ich dann nur noch zu Hause sitze.«

»Okay, ich werde alles in die Wege leiten, damit dein Arbeitsbereich beh... auf deine Bedürfnisse angepasst wird.«

»Du kannst das Wort ruhig aussprechen, Liam.«

»Das erklärt deinen rasanten Auftritt, als wir uns wegen Dads Beerdigung getroffen haben.« Logan hatte seine Stimme ebenfalls wiedergefunden. Damals war ich lang im Foyer des Knight-Hauses gelandet. Einfach hingefallen, weil ich die Türschwelle vergessen hatte.

»Sehr richtig. Der untere Bereich meines Sehfeldes ist eine Katastrophe. Ich bin heute Morgen erst die letzten beiden Stufen runtergerauscht. Ich schätze, die Zeit ohne Hilfsmittel ist langsam Geschichte.«

»Was es jedoch nicht erklärt, ist Taylor Furwell. Alter, ganz egal, ob du blind wirst oder nicht, aber diese Frau geht gar nicht. Auch nicht als Rettungsanker oder Gott weiß was durch deinen Kopf gegangen ist bei ihr.« Evan sorgte dafür, dass wir alle auflachen mussten. Ein schönes Geräusch.

Hauptsache, das betretene Schweigen endete, denn genau das wollte ich nicht hören. Es würde nichts mehr so sein wie früher, weil ich auf die Hilfe meiner Brüder vertrauen musste. Aber im Umgang miteinander musste sich nichts ändern. Wir waren gerade noch dabei, wirklich zusammenzufinden. Ich wollte nicht, dass dieser wunderbare Prozess den Bach runterging, weil sie glaubten, sich mir gegenüber irgendwie anders verhalten zu müssen.

»Ja, ich gebe zu, vielleicht war da der Gedanke, dass es besser ist, Taylor an meiner Seite zu haben, als ganz allein dazustehen. Bei ihr weiß ich, dass sie bleiben würde.«

»Ja, wegen deiner verdammten Kreditkarte! Mann, du wirst nicht allein dastehen. Dafür hast du uns doch an der Backe.«

Ich grinste bei Logans Worten, der natürlich noch hinzufügte, dass Grundvoraussetzung allerdings die Verbannung von Taylor Furwell war.

»Können wir das genauso beibehalten? Ihr wisst jetzt, was mit mir los ist, aber ihr behandelt mich bitte einfach nicht anders, okay?«

»Heißt also, wenn du vor eine Tür rennst, sollen wir dich einfach rennen lassen? Nur fürs Verständnis.«

»Arsch!«, konterte ich James' Worte, über die ich verdammt froh war.

Genau so. Ich brauchte es, dass sie so damit umgingen, auch wenn es gerade bedingt durch den Schock garantiert noch etwas erzwungen war.

Die Normalität würde sich in den nächsten Wochen wahrscheinlich eh noch einige Male wandeln, genauso wie sich auch das Level meiner Einschränkungen änderte.

Komplett blind oder nur eingeschränkt – darin lag ein himmelweiter Unterschied. Ich konnte einfach nur hoffen, dass mir die totale Dunkelheit erspart blieb. Doch so schnell, wie es bergab ging ...

BROOKE

Wow, das waren dann also seine Brüder. Die Familie musste sich wirklich nicht verstecken. Wobei es schon der Wahnsinn war, wie sie sich ähnelten, obwohl sie alle aus unterschiedlichen Herkunftsfamilien kamen.

Ich hatte meine Recherche im Internet an meinem freien Tag erledigt, denn ich wollte wissen, für wen ich arbeitete ... und ja, auch mit wem ich da im Bett gelandet war.

Die Knight-Familie war in New York über alle Maße bekannt. Reich und erfolgreich, mit einem schier unfassbaren Imperium, in dem auch Christian arbeitete. In der Personalabteilung, wie ich dank der Suchmaschine nun auch wusste.

Im Internet wurde er als der Sonnyboy beschrieben. Als der Knight-Bruder, der mit beiden Beinen im Leben stand.

Gestolpert war ich lediglich über das Detail, dass er in festen Händen sein sollte. Davon hatte ich neulich in der Dusche jedenfalls nichts bemerkt.

Vielleicht nahm er es aber auch einfach nicht so genau mit der Treue.

Oder es war nur die Klatschpresse, auf der Suche nach einer perfekten Story. Möglich war so einiges. Ich haderte allerdings noch sehr stark mit mir, inwieweit ich ihn einfach darauf ansprechen sollte. Schließlich war es nicht so, als würde mich das irgendetwas angehen. Ich war seine Haushälterin und er hatte mehr als deutlich gemacht, dass diese schnelle Nummer zwischen uns auch genau das bleiben würde.

Als ich gegen Mittag nach oben ging, um das vorgekochte Essen in die Mikrowelle zu stellen, verabschiedete Christian gerade den Letzten seiner Brüder und kehrte ins Esszimmer zurück.

»Nicht erschrecken, ich bin gerade reingekommen, um das Essen in die Mikrowelle zu stellen«, warnte ich ihn vor, wobei er sich direkt zu mir umdrehte.

»Danke. Es schmeckt übrigens sehr gut, was du kochst.«

Nun wurde ich rot. Ich gab mir die größtmögliche Mühe und war auch stolz auf das, was ich schaffte, aber im Gegensatz zu dem Essen von Olga musste es einfach eine krasse Verschlechterung für ihn sein.

»Das ist lieb, dass du das sagst. Danke. Du weißt ja, Kochen ist nicht meine Stärke.«

»Ja, ich kann mich daran erinnern.«

»Hast du mit deinen Brüdern geredet?«

»Genau. Es ist endlich raus.« In seinem Gesicht befand sich ein trauriges Lächeln.

»Gehts dir gut?« Ich konnte mir diese Frage nicht verkneifen, obwohl sie mich wahrscheinlich nichts anging.

»Keine Ahnung. Ich bin auf jeden Fall froh, dass es raus ist. Lange werde ich es wohl eh nicht mehr verstecken können. Ich bin jetzt oben, um zu arbeiten.«

»Okay, ich werde ...«

»Christian!« Ich weitete die Augen, als eine schrille Frauenstimme den Raum erfüllte, und wandte mich zur Seite. Eine Blondine, vollkommen überschminkt, mit High Heels und einem Kleid, das gerade einmal ihren Hintern bedeckte, stürmte in den Raum und direkt auf Christian zu, bevor sie sich zu mir drehte.

»Wer bist du und was willst du hier?«, fragte sie schnippisch. Ich erkannte sie. Die Frau aus dem Bericht. Christians Freundin. O Mann, also war doch was an der Sache dran. Zeit für mich, zu verschwinden. Bevor es noch richtig unangenehm wurde.

»Ich bin Brooke. Die neue Haushälterin von Mister Knight«, sagte ich freundlich und betonte dabei das Mister

Knight vielleicht etwas zu sehr. Es sollte schließlich auch schön förmlich und distanziert klingen.

»Dich braucht jetzt hier niemand, also mach, dass du verschwindest.« Wow, eine äußerst nette, zuvorkommende und freundliche Freundin, die er hatte.

»Taylor! Wag es nicht, so mit ihr zu reden.« Ich hatte nicht damit gerechnet, dass Christian so böse klingen konnte. Er hatte einen Schritt nach vorn gemacht und seinen Zeigefinger angehoben, während die Autorität in seiner Stimme anscheinend nur mich beeindruckte. Miss »volle Lippen und künstliche Wimpern« war davon wenig eingeschüchtert. Er verteidigte mich! Wäre die Situation gerade nicht so schräg, hätte ich mich wahrscheinlich geschmeichelt gefühlt.

»Ich rede mit ihr, wie ich mit ihr reden will. Wer vermittelt dir denn bitte solches Personal? Sie sollen doch dezent im Hintergrund arbeiten. Merkt man bei ihr nichts von!« Ah ja, das war also der Platz, wohin ich in ihren Augen gehörte. Sie markierte gerade ganz eindeutig ihr Revier und ich brauchte wirklich nicht noch mehr Hinweise, um das zu verstehen.

»Sie haben recht, ich sollte gehen. Das Essen steht in der Mikrowelle. Falls Sie noch etwas brauchen, wissen Sie ja, wie Sie mich erreichen können.«

»Er braucht nichts, Schätzchen. Nichts, außer mich.«

Puuuuh. Ich war froh, nun das Weite suchen zu können.

Was für eine Schnepfe. Wie konnte man sich selbst denn bitte so wichtig nehmen?

Kopfschüttelnd verließ ich den Raum und war erleichtert darüber, diese Frau nicht früher kennengelernt zu haben. Für sie würde ich definitiv keinen Finger krümmen, so viel schwor ich mir. Hoffentlich führten die beiden eine Fernbeziehung oder so was.

Dann lieber unter der Brücke in der Bronx!

Erschreckend, dass Christian sich mit so einer einließ. So hätte ich ihn nicht eingeschätzt.

Aber, was wusste ich schon? Es war ja nicht so, als würde ich ihn oder sie kennen. Vielleicht war sie ja gar nicht so übel.

Ach verdammt, wie sie mit mir geredet hatte ... als wäre ich Abschaum. Ein minderwertiger Mensch. Es war einfach viel zu offensichtlich, was sie von mir hielt.

Ich musste mich dringend abreagieren, bevor ich noch explodierte.

Schokolade.

Ich besaß nur keine und Christian anscheinend auch nicht, zumindest hatte ich nirgendwo auch nur eine Tafel gefunden. Alles nur gesunde Sachen. Ich hatte seinen Körper gesehen. Seine Muskeln. Eigentlich klar, dass dieser Mann keine Schokolade aß.

Fuck, ich hatte mit ihm geschlafen, obwohl er vergeben war? Irgendwie fühlte sich diese Erkenntnis verdammt schäbig an!

Aber ich hatte nichts davon geahnt. Wenn sich jemand schlecht fühlen sollte, dann der liebe Mister, der wohl kein Heiliger war. Was hatte ich erwartet? Wir kannten uns nicht mal richtig, hatten aber schon miteinander unter der Dusche gevögelt.

Seufzend fiel ich auf mein Bett und brüllte laut in mein Kissen.

Was machte ich hier überhaupt?

Wieso bildete ich mir ein, von diesem Typen träumen zu dürfen, der so weit außerhalb meiner Liga spielte?

Es war lächerlich.

Ich war lächerlich.

Mein gesamtes Leben war lächerlich. Und scheiße, es regte mich auf, dass ich diese Gedanken gerade zuließ, woran nur diese dumme Ziege schuld war.

Sie hatte erreicht, was sie erreichen wollte, und das machte mich nur noch wütender!

CHRISTIAN

»Ist meine Haushälterin noch da?«, fragte ich, was Taylor zu ihrem berühmten »Häääääääää?« verleitete.

»Bist du bescheuert, oder was? Sie ist doch gerade gegangen«, sagte sie, während ich nur kurz nickte. Taylor sollte nicht erfahren, dass ich immer schlechter sah.

Ich war mir mittlerweile sicher, dass ich sie loswerden wollte. Ja, sie würde mit Sicherheit bei mir bleiben, auch wenn ich absolut nichts mehr sah, aber was sollte das dann bitte bringen?

Mitleidsficks und dass sie mir fremdging, ohne dass ich es mitbekam, denn so war Taylor Furwell nun mal.

Danke, aber die Blöße konnte ich mir auch einfach ersparen. Allein die Tatsache, wie sie gerade mit Brooke geredet hatte. Es war ein Witz, sie so zu behandeln!

»Wie bist du überhaupt hier reingekommen?« Sie kannte den Code für den Fahrstuhl nicht und ich hatte dem Portier auch nicht erlaubt, sie zu mir hochzulassen.

»Dein Bruder war so frei und hat mich reingelassen.«

Logan. Er war als Letzter gegangen ... natürlich hatte er sie reingelassen. Damit ich direkt in die Tat umsetzen konnte, worüber wir vorher gesprochen hatten.

Kein Problem!

»Taylor, ich will dich nicht mehr in meinem Appartement sehen und auch sonst solltest du darauf verzichten, mir noch einmal nah zu kommen oder mich anzurufen. Du kannst dir sicher sein, dass ich dir ansonsten meine Anwälte auf den Hals hetze, die dich fertigmachen werden.«

Ich sah ihre Hand nicht kommen, weshalb ich zusammenzuckte, als sie mich vollkommen unvermittelt ins Gesicht schlug.

»Du mieses Arschloch! Du bist kein bisschen besser als deine verdammten Brüder. Ich habe gedacht, mit dir bin ich endlich am Ziel.«

»Am Ziel von was? Am Ziel des unbegrenzten Kreditkartenlimits? Sorry, Süße, aber ich glaube, da hast du bei keinem der Knights keine Chance.«

»Mistkerl! Elendiger, dummer Mistkerl!«, schrie sie, während ihre Fäuste auf mich einprasselten. Ich machte mich innerlich schon auf die nächste Ohrfeige bereit, doch stattdessen stöckelte Taylor zurück zum Aufzug. Gepaart mit Fluchtiraden und Beschimpfungen, die ich allerdings ohne Probleme überhörte.

Diese Frau war es nicht wert, dass ich mich über sie aufregte.

Nachdem sich die Fahrstuhltüren geschlossen hatten und ich sicher sein konnte, dass sie weg war, ging ich zum Angestelltenaufzug und fuhr zu Brookes Etage. Ich wollte mich in aller Form bei ihr entschuldigen, denn das, was Taylor gesagt hatte, wie sie sie behandelt hatte ... das ging nicht in Ordnung.

Brooke hatte mir bereits so viel geholfen und mir zugehört. Ich wollte einfach nicht, dass sie sich schlecht fühlte.

Ich kopfte an Brookes Tür und blickte nur Sekunden später in ihr überraschtes Gesicht.

»Christian«, sagte sie und trat zur Seite, sodass ich reinkommen konnte. Scheiße, ich hatte gerade zum ersten Mal seit Tagen mein Appartement verlassen und spürte so krass, wie unsicher ich war. Ich konnte nicht mehr sehen, wohin ich meine Füße setzte. Außer ich senkte meinen Kopf vollkommen und blickte auf den Boden. Dann wiederum sah ich allerdings nicht, was sich direkt vor mir befand.

Eine wirklich beschissene Situation.

Jetzt war mir auch klar, was der Arzt damit meinte, dass meine starke und schnell voranschreitende Verschlechterung im unteren Gesichtsfeld ein wirklich großes Problem darstellte.

Ich löste das Problem, indem ich einfach stehen blieb und nicht reinkam.

»Bitte entschuldige das Verhalten von Taylor. Sie ist eine sehr anstrengende Frau und definitiv nicht meine Freundin, falls du das denken solltest. Sie hat die Gunst der Stunde genutzt und ist dank Logan bis zu mir ins Appartement gefahren. Ich habe ihr deutlich gesagt, dass sie nicht wieder hier auftauchen soll.«

Es war mir wichtig, dass Brooke diese Dinge erfuhr. Für sie musste es sich beschissen angefühlt haben, als Taylor einmarschiert war. Als wäre sie nur ein Mittel zum Zweck gewesen, um sich abzureagieren. Ich war ihr keinerlei Rechenschaft schuldig, aber ich wollte definitiv auch nicht, dass sie so über mich dachte. Das war nicht meine Art.

»Ich habe wirklich die letzten Minuten damit verbracht, mich über diese Frau aufzuregen.«

»Verständlich. Ich bin jetzt wieder oben«, sagte ich und hoffte, dass sie die Tür schließen würde, um nicht zu sehen, wie unbeholfen ich den Weg zum Aufzug zurücklegte.

Dort angekommen atmete ich tief durch, doch zu früh gefreut. Auch hier musste man einen Code eingeben, um in mein Appartement zu kommen. Einen Code, den ich natürlich kannte, nur das Tastenfeld zu finden, wo ich ihn eingeben konnte, gestaltete sich als größere Suchaktion. Es war recht dunkel in diesem Fahrstuhl, was es nicht besser machte, sondern die ganze Sache noch verkomplizierte.

Zum ersten Mal nahm ich meine Hände dazu und tastete den Fahrstuhl zusätzlich ab, bis ich unterhalb der Tasten für die Etagen endlich ein Feld fand.

Fuck!

Einfach nur Fuck!

Wieder im Appartement angekommen, ging ich direkt durch nach oben, wobei ich fluchte, als ich vor einen Stuhl lief, den wohl einer meiner Brüder nicht an seinen Platz zurückgeschoben hatte.

Ich würde jetzt sofort diese Hotline anrufen und das erledigen, wozu mich mein Arzt schon die ganze Zeit über gedrängt hatte. Ohne Hilfe würde es nicht mehr lange gut gehen und bevor ich mir noch den Hals brach, musste ich dann wohl einen Blindenstock in die Hand nehmen oder was sonst auf mich zukam.

Am nächsten Morgen öffnete ich die Augen und atmete tief durch, denn heute war ein Tag, vor dem ich mich wirklich fürchtete.

Am späten Abend hatte Liam noch angerufen und mir mitgeteilt, dass ich am nächsten Tag ins Büro kommen musste. Es gab eine Vorstandssitzung, bei der wir alle anwesend sein mussten. Natürlich gab es einen Masterplan. Liam persönlich würde mich unten am Wagen abholen und doch konnte einfach superviel schiefgehen, worüber ich gar nicht nachdenken wollte.

Ich duschte, rasierte mich und ging dann rüber ins Ankleidezimmer, wo ich seufzend auf die Bank sank, auf der ich mir normalerweise die Schuhe anzog. Ich konnte nicht unterscheiden, ob die Anzüge schwarz oder blau waren. Dementsprechend war es mir auch nicht möglich, mir eine passende Krawatte rauszusuchen oder passende Schuhe.

Unten in der Küche hörte ich das Klappern von Geschirr. Vor Brooke war es mir nicht peinlich, um Hilfe zu fragen.

Und scheiße, ich brauchte nun mal wirklich Hilfe.

»Brooke?«, rief ich nach unten.

»Jaaaaa?«

»Könntest du kurz hochkommen?« Ich ging zurück ins Ankleidezimmer, wo sie nur Sekunden später erschien. Gott sei Dank hatte ich noch mein Blickfeld, durch das ich sie klar erkennen konnte. Mit ihrem wunderschönen Lächeln, mit dem sie mich musterte.

»Ein neuer Tag, eine neue Überraschung. Ich kann Schwarz und Blau nicht mehr unterscheiden. Zumindest bei diesem Licht.«

»Oh, verstehe. Und du möchtest nicht durch einen schönen Colorblock auffallen, sondern etwas Einheitliches tragen, nehme ich an?«

»Absolut.«

»Gut, also alles in Dunkelblau und Blau, ja? Warum hast du so viele Anzüge, wenn sie doch eigentlich alle gleich aussehen?«

»Keine Ahnung. Ich habe sie anfertigen lassen.«

»Das ist natürlich ein ganz klarer Grund.« Sie verschwand aus meinem Blickfeld, weshalb ich meinen Kopf drehte und ihr folgte. Wie viel Prozent Restsehfähigkeit ich wohl noch hatte?

Es war dem Spezialisten wichtig gewesen, genau das regelmäßig zu kontrollieren, doch ich war eigentlich davon ausgegangen, es gar nicht wissen zu wollen. Gerade jedoch …

Aber es würde auch nichts an der Gesamtsituation ändern oder daran, dass ich Schwarz nicht mehr von Blau unterscheiden konnte.

»Ich hab dir alles vorn auf die Kommode gelegt. Kaffee und Müsli, wie immer?«

»Wie immer«, erwiderte ich und rief Brooke dann noch einmal zurück.

»Danke.«

»Ach was, kein Problem.« Sie verschwand nach unten, während ich mich in Ruhe anzog und ihr dann folgte.

»Ich schlussfolgere aus dem schicken Anzug, dass du wieder ins Büro gehst?«

»Zwangsweise, ja. Ich muss an einer Sitzung teilnehmen. Sollte ich nicht pünktlich wieder da sein, um sechzehn Uhr kommt eine Frau von der Annaley Foundation. Sie wird mir helfen … zurechtzukommen«, sagte ich, denn ich wusste nicht, wie ich es anders umschreiben sollte.

»Kein Problem. Ich warte dann hier auf sie. Wirst du abgeholt?«

»Nein, ich dachte, ich fahre selbst.«

»Was?«

Ich lachte auf.

»Natürlich werde ich abgeholt. Ich hab gestern nicht mal das Touchpad im Aufzug gefunden, um den Code einzugeben.«

»Ach Mist, das hätte ich dir auch sagen können. Das ist selbst schwer zu finden, wenn man zwei vollkommen gesunde Augen hat. Keine Ahnung, wer für eine solche Fehlkonstruktion verantwortlich ist.«

»Ja, gute Frage.« Ich trank grinsend einen Schluck Kaffee. Olga hatte ich nie gesehen, geschweige denn zwischendurch mal ein Wort mit ihr gewechselt. Eine Unsichtbarkeit, die ich gewohnt war, und die Brooke rein gar nicht beherrschte. Doch das war okay so. Ich genoss es, nicht allein zu frühstücken, und heute Morgen hatte sie mir den Arsch gerettet. Ansonsten wäre ich wahrscheinlich sehr farbenfroh in der Firma aufgetaucht.

Eine halbe Stunde später fuhr ich mit dem Fahrstuhl nach unten, wo mich bereits ein Fahrer erwartete. Es war so schrecklich unbeleuchtet hier, dass ich kaum etwas erkennen konnte.

»Mister Knight?«, fragte der Fahrer daher wohl auch etwas verwirrt. Aber es war gut, dass er etwas gesagt hatte, so konnte ich mich wenigstens an seiner Stimme orientieren.

»Würden Sie mir kurz helfen?« Eine Frage, die mich beinah würgen ließ. Ich wollte nicht nach Hilfe fragen, ich wollte nicht auf Hilfe angewiesen sein.

»Natürlich.« Er fasste mich am Arm und führte mich zum Auto, wo ich auf dem hinteren Sitz Platz nahm.

Fuck!

Ich musste zu diesem Spezialisten, auch wenn er nichts ändern konnte, aber es war einfach zu schnell viel zu schlecht geworden.

In der Firma angekommen streikten meine Augen sofort, als wir in die Tiefgarage hinabfuhren.

»Ist mein Bruder schon da?«, fragte ich, was der Fahrer mit einem Ja beantwortete. Gott sei Dank. Ohne Liam wäre ich nicht ausgestiegen.

Ich öffnete die Tür und rief sofort seinen Namen.

»Ich bin hier. Direkt ... fuck ... ist es, ich meine ...«

»Nachtblindheit. Es ist so dunkel hier, dass ich kaum etwas sehe. Gleich oben wird es wieder besser.« Die Panik in seiner Stimme war mir nicht entgangen. Irgendwann würde es so weit sein. Obwohl ich das noch von keinem Arzt bestätigt bekommen hatte, aber seit heute war ich mir sicher.

Ich musste mich mit diesem Gedanken auseinandersetzen. Ob ich es nun wollte oder nicht.

Langsam stieg ich aus dem Wagen aus und griff sofort nach Liams Arm, der mit mir zum Aufzug ging und mich vor der Stufe warnte, damit ich nicht stolperte.

Bereits im Aufzug war es deutlich besser, sodass ich Liam loslassen konnte. Ich wollte nicht an seinem Arm hängend zu diesem Meeting erscheinen.

»Sicher?«, fragte er nach, als ich seinen helfenden Arm ablehnte, was ich ihm bestätigte.

»Sag mir nur Bescheid, falls irgendwas im Weg steht oder es eine Stufe gibt.«

»Versprochen.«

Wir gingen nebeneinander in den Raum, wo er mich galant zu meinen anderen Brüdern führte, sodass ich zwischen Logan und Evan Platz nehmen konnte.

Es war äußerst langweilig, aber eine Pflichtveranstaltung. Gleichzeitig war ich irgendwie froh, dass sie mich aus dem Haus gelockt hatte. Wahrscheinlich wäre ich freiwillig nicht aus meinen vier Wänden gekommen. Einfach, um mir nicht eingestehen zu müssen, wie sehr ich doch am Arsch war – doch das merkte ich zu Hause ja mittlerweile auch schon.

Liam war komplett in seinem Element, während er einen Vortrag hielt und sämtliche Stimmen gegen das, was er sagte, abschmetterte. Weil er recht hatte.

Da war ich ausnahmsweise mal auf seiner Seite.

Am Ende unterschrieben wenigstens alle, wenn auch nicht zu ihrer eigenen Zufriedenheit.

Ich blieb sitzen, selbst wenn hier alles so gut beleuchtet war, dass ich auch allein klarkommen würde.

»Können wir kurz in mein Büro?«, fragte ich an Logan gewandt, der sich von seinem Stuhl erhob.

»Klar. Brauchst du einen Arm oder ...«

»Nein, brauche ich nicht. Sag mir nur, wenn etwas im Weg steht.«

»Alles klar.« Wir gingen gemeinsam zu meinem Büro, wo mir direkt der vertraute Geruch in die Nase stieg. Ja, vielleicht vermisste ich es mehr, hier zu sein, als ich dachte.

Die Tiefgarage ... wenn mich einer meiner Brüder abholte oder der Fahrer mich bis zum Aufzug brachte ...

Heute stand erst mal der Termin mit der Frau an, die mir helfen sollte mich auch ohne mein Augenlicht zurecht zu finden. Danach konnte ich immer noch weitersehen.

Ich nahm einige Unterlagen mit, die ich dringend benötigte, bevor ich mich von Logan zur Tiefgarage bringen ließ oder besser gesagt direkt ins Auto. Der Fahrer wusste ja schon Bescheid.

»Ich muss nicht sagen, dass alles mit äußerster Diskretion zu behandeln ist, oder?«, fragte ich, nachdem wir uns in den zähen Verkehr New Yorks und somit zurück ans Tageslicht gekämpft hatten.

Mein Herzschlag beruhigte sich langsam wieder, jetzt da ich mich wenigstens einigermaßen orientieren konnte.

»Natürlich. Meine Diskretion ist Ihnen sicher, Sir.«

»Gut. Sie müssten mich gleich in der Tiefgarage zum Aufzug führen.«

»Natürlich.«

Ich nickte und schloss die Augen, um mich für einige Minuten zu entspannen und mich darauf vorzubereiten, was mich bei dem Termin wohl noch alles erwartete.

Irgendwie war ich fast überrascht, als ich mein Appartement betrat und Brooke nicht da war.

Ich schaltete die Mikrowelle ein, gespannt darauf, was sie heute gekocht hatte. Klar, ihr Essen schmeckte nicht halb so gut wie das von Olga, aber ich war mir sicher, dass sie sich Mühe gab. Spätestens seitdem ich gesehen hatte, was sie mit Hähnchenbrustfilets so alles anstellen konnte.

Bei dem Gedanken daran musste ich noch immer grinsen. Es kam mir vor, als wäre es eine halbe Ewigkeit her.

Ich war gerade fertig mit essen, als das Telefon neben dem Aufzug klingelte. Die Dame von der Beratung musste angekommen sein.

Ich versicherte dem Concierge, dass er sie zu mir schicken durfte, und wartete neben dem Aufzug auf Lucinda. Wir hatten gestern miteinander telefoniert, und sie war mir wirklich sympathisch.

Eine ältere Dame mit einem großen Rollkoffer stieg aus dem Aufzug aus.

»Schön, dass das so kurzfristig geklappt hat, Christian. Was für eine unglaubliche Wohnung Sie doch haben.«

»Vielen Dank.«

»Wird eine richtige Herausforderung, sich in diesem offenen Raum zurechtzufinden, falls die Lichter ganz ausfallen sollten.« Ihr barscher Tonfall vom Telefon war also auch live Programm.

»Ja, darüber habe ich mir ehrlich gesagt auch schon meine Gedanken gemacht.«

»Ach, werden wir schon hinkriegen. Also, unteres Sichtfeld ist schon mal eher schlecht, habe ich gerade festgestellt. Es sei denn, du magst es nicht, Hände zu schütteln. Außerdem bin ich mal so frei, das du anzubieten. Schließlich werden wir noch viel besprechen.«

»O verdammt. Sorry.« Ich hatte ihre Hand nicht gesehen. »Und das du ist vollkommen in Ordnung.«

»Dann checken wir mal, wie es so aussieht.« Sie hob ihren Finger, wobei ich ihr immer sagen musste, bis wohin ich ihn sah. »Alles klar. Du kommst also noch gut ohne Hilfsmittel klar, aber im unteren Bereich wird es langsam, aber sicher kritisch. Ist das so richtig?«

»Leider ja. Ich kann die Farben Schwarz und Blau seit heute nicht mehr auseinanderhalten.«

»Okay. Also verschlechtert sich auch das Farbsehen. Ja, das ist leider normal bei dieser Krankheit. Komm, wir setzen uns mal.« Ich nahm auf einem Stuhl Platz, während Lucinda ihren Koffer öffnete.

»Ich hab hier ein erstes Geschenk für dich. Also nicht wirklich geschenkt, weil ich dir natürlich eine Rechnung darüber schreiben werde, aber Geschenk hört sich halt immer ein bisschen freundlicher an. Es gibt mehrere Varianten eines Blindenstocks. Für dich ist es wichtig, zu wissen, was vor deinen Füßen passiert, weshalb ich dir diesen empfehlen würde.« Sie reichte mir einen Stock, den ich kurz betrachtete. Er war recht lang und am unteren Ende befand sich eine Kugel. »Das da unten ist dein neues Auge. So musst du es betrachten. Steh mal auf und schieb ihn einfach nur vor dir her. Gern kannst du ihn auch ein wenig von links nach rechts gleiten lassen, wie es sich für dich besser anfühlt. Ich bin mir sicher, dass schon bald nicht das komische Gefühl überwiegen wird, so einen Stock zu benutzen, sondern die Erleichterung, zu wissen, dass nichts vor einem ist, über das man stürzen kann. Richtig?«

Ich ging langsam, wie immer, doch es fühlte sich wirklich gut an. Obwohl ich am liebsten losgeheult hätte, aufgrund der Tatsache, dass ich nun auf so etwas angewiesen war.

Auf einen Blindenstock ...

Ich wollte es gar nicht aussprechen.

Die nächsten zwei Stunden waren gefüllt mit Informationen, Ratschlägen und mit einem Gerät, das mir Farben verriet. Was es nicht alles gab. Ich musste es nur vor das Kleidungsstück halten und erfuhr, ob es schwarz oder blau war. Außerdem erzählte sie mir von einer App, mit der man sich Hilfe bei sehenden Personen holen konnte. Eine unfassbar spannende Sache, von der ich noch nie zuvor etwas gehört hatte.

Irgendwie hoffte ich darauf, sie niemals nutzen zu müssen.

Auf der anderen Seite war ich allerdings auch froh, immer jemanden anrufen zu können.

»Oh, Entschuldigung, ich wusste nicht, dass Sie noch da sind«, erklang Brookes Stimme, nachdem wir wieder am Esstisch Platz genommen hatten, um noch ein wenig den Papierkram durchzugehen.

»Sind Sie Misses Knight?«, fragte die Lucinda, während ich irritiert aufsah.

»Nein! Nein, nein, nein. Ich bin nur die Haushälterin.«

»Perfekt. Das ist ja wunderbar, dass Sie da sind. Dann können wir ja gleich auch noch etwas besprechen.«

»Okay.« Sie klang zögerlich, was ich ihr nicht verübeln konnte. Gerade erst hatte sie hier angefangen und jetzt wurde sie schon so mit eingespannt.

Doch wenn ich bei Brooke in einer Sache sicher war, dann dass sie das gut meistern würde.

BROOKE

Ich hatte damit gerechnet, dass die Frau von der Hilfsorganisation schon längst weg war, doch da lag ich falsch. Und jetzt wollte sie ausgerechnet mit mir reden.

Misses Knight! Himmel, dass Sie mich überhaupt für die Frau an seiner Seite halten konnte.

Sie erklärte mir, wie wichtig es war, alles an Ort und Stelle zu belassen, die Stühle anzuschieben und auf gar keinen Fall etwas auf dem Boden zu verschieben. Dinge, die ich mir auch selbst hätte denken können.

Danach wandte sie sich wieder Christian zu, wobei mein Blick erst jetzt auf den Blindenstock fiel, der neben ihm am Tisch lehnte. Wahrscheinlich war es besser so. Ich wusste, dass er gestern nicht in mein Appartement gekommen war, aus Angst, zu stürzen. Das hatte ich eindeutig bemerkt, doch ich war mir auch nicht sicher gewesen, inwieweit ich ihm helfen sollte.

Scheiße, wir hatten beide keine Erfahrung mit so was. Aber dafür war die Fachfrau ja jetzt da.

Sie erklärte Christian noch einige Dinge, bevor sie sich von uns beiden verabschiedete. Anscheinend kam sie noch mal wieder, um mit Christian draußen zu üben.

»Puh, das war ein Informationsoverload. Die Frau kann reden.« Christian schüttelte den Kopf, nachdem sich die Fahrstuhltüren geschlossen hatten, und setzte sich lachend auf die Couch, während ich unsicher stehen blieb.

»Allerdings. Ich hab nur wie viel davon mitgekriegt? Zehn Minuten? Aber das war schon ... puuuh. Konnte sie denn wenigstens helfen?«

»Ja, absolut.« Sein Gesichtsausdruck hatte sich verhärtet. Von dem Lachen und der Ausgelassenheit war nichts mehr zu sehen. Nun wirkte er nachdenklich, fast schon ein bisschen gebrochen. Es tat mir unendlich weh, ihn so zu sehen.

»Kaffee?«, fragte ich unbeholfen. Ich wusste, dass er Kaffee liebte, und irgendwie wollte ich ihm jetzt etwas Gutes tun, auch wenn mir nicht so wirklich klar war, wie. Ob man einer Person, die gerade so etwas durchleiden musste, überhaupt helfen konnte?

Dieser Mann verlor sein Augenlicht und das nicht schleichend, sondern in einer rasanten Geschwindigkeit. Es war beängstigend, wie schnell es sich verschlechterte. Fuck, dort drüben stand ein Blindenstock. Als ich bei ihm angefangen hatte, hatten wir noch fröhlich am Küchentresen gestanden und er hatte mich angesehen.

»Gern.« Seinen Lippen entwich ein leiser Seufzer, als er den Kopf an die Rückenlehne des Sofas legte und die Augen schloss. Ich musste wirklich dem Impuls widerstehen, ihn einfach in den Arm zu nehmen, denn das war weit außerhalb von allem, was angebracht war.

Ich ging zur Küche, wobei mein Blick die vielen Unterlagen auf dem Tisch streiften. Aufklärungsmaterial über Blindenschrift.

»Wirst du Blindenschrift lernen?«, fragte ich, während ich eine Tasse aus dem Schrank holte, um sie unter die Kaffeemaschine zu stellen.

»Keine Ahnung. Ich denke schon. Falls das Licht noch mehr ausgeht, möchte ich nicht für den Rest meines Lebens nur Hörbücher hören.«

»Liest du gern?«

»Ich habe immer gern gelesen, aber die liebe Zeit ...«

Zeit. Es gab immer eine Million andere Dinge zu tun. Ich kannte es selbst. In einer solchen Zeit wurde einem alles vermutlich schlagartig bewusst: Alles, was man verpasst hatte, und alles, was man bald nicht mehr tun konnte.

Er musste sich doch bestimmt täglich fragen, wie viel Zeit ihm noch blieb, bevor es dunkel wurde um ihn herum – falls es dunkel wurde. Eine Situation, die ich mir so unendlich schrecklich vorstellte ...

»Hast du eigentlich eine Bucket List?«

»Eine was?« Er sah mich verwirrt an, als ich den Kaffee vor ihm auf dem Wohnzimmertisch abstellte.

»Na, Dinge, die du unbedingt noch erleben möchtest, solange du noch sehen kannst.«

Christian stieß hörbar Luft aus.

»Darüber sollte ich mir vielleicht mal Gedanken machen, stimmts?«

»Das sollte jetzt nicht übergriffig wirken oder falsch rüberkommen. Es war nur eine Frage aus Interesse.« Sein Gesicht war so ernst, dass ich nicht wusste, ob er mir die Frage übel nahm.

»Nein, es kommt nicht falsch rüber. Du hast recht. Ich sitze den ganzen Tag zu Hause und versuche, meine Arbeit hinzukriegen, während mein Augenlicht immer weniger wird. Vielleicht sollte ich wirklich darüber nachdenken, eben weil mir niemand sagen kann, ob mir noch etwas von meiner Sehfähigkeit erhalten bleibt.«

»Was fällt dir spontan ein?«

»Ein Sonnenuntergang in Kailua-Kona.«

»Wo?« Christian lachte auf bei meiner Frage.

»Eine Kleinstadt auf Hawaii, wo ich ein paarmal war. Ich würde dort gern noch mal hinreisen und den Sonnenuntergang ansehen.« Zuvor hatte ich noch gedacht, dass der Ausdruck in seinem Gesicht nicht noch trauriger werden konnte, doch da hatte ich definitiv falschgelegen.

Mein Herz brach bei seinem wütenden Kopfschütteln. »Egal, dafür ist es jetzt eh schon zu spät.«

»Wieso das? Du ... noch bist du nicht blind. Also ist es auch nicht zu spät.«

»Ich würde nicht mal den Flug schaffen, geschweige denn mich überall zurechtfinden.«

»Dann nimm jemanden mit! Ich würde dir sofort helfen, egal bei was. Hauptsache, du lebst dein Leben noch, damit du es hinterher nicht bitterlich bereust. Wenn dein Augenlicht verschwunden ist, wird es dir niemals jemand zurückgeben können!«

»Danke für die freundliche Erinnerung.«

»Vielleicht muss dir das jemand mal so richtig vorhalten, damit du es nicht immer verdrängen kannst, denn ich glaube, darin bist du ein wahrer Meister.«

»Wie soll ich bitte verdrängen, dass ich kaum noch etwas sehe? Dann hätte ich wohl gerade nicht stundenlang über dieses Thema geredet und mir Hilfe gesucht!«

»Ich rede nicht davon, dass du dieses Thema verdrängst. Ich rede davon, dass du ausblendest, wie wenig Zeit dir im schlimmsten Fall noch bleibt.«

»Bullshit! Ich blende überhaupt nichts aus! Was bildest du dir eigentlich ein? Der Sex war eine einmalige Sache, verstanden? Mein Leben geht dich einen Scheißdreck an.«

»Mach ruhig weiter. Wenn es dir hilft, dann hass und verfluch mich. Ist okay, ich kann das ab.« Ich wusste, dass er nichts von diesen Worten so meinte, denn so ein Typ war er nicht.

Ich traf gerade mit meinen Worten nur voll ins Schwarze, was Christian auf schmerzhafte Art und Weise ebenfalls klar wurde.

Wenn er sich besser fühlte, indem er mich in meine Schranken wies, da ich meine Grenzen auf jeden Fall deutlich überschritten hatte, dann gern.

Hauptsache, er setzte sich mit diesem verdammten Thema auseinander und wartete nicht, bis es zu spät war!

CHRISTIAN

Ich fühlte eine unbändige Wut in mir aufsteigen, die ich allerdings nach Brookes Worten zu verdrängen versuchte. Sie war definitiv die falsche Person, an der ich mich abreagieren würde.

Ohne Brooke ... wahrscheinlich wäre das Loch, in das ich gerade fiel, viel tiefer. So wusste ich einfach, dass ich nicht allein war. So dumm diese Gedanken mir auch vorkamen. Aber Brooke war immer da. Jeden Morgen, wenn ich aufstand, wenn ich etwas brauchte. Dafür wurde sie als meine Haushälterin bezahlt, allerdings ließ sie mich das nicht spüren.

Sie hörte mir zu und lockte mich aus der Reserve, so wie jetzt.

Meine Komfortzone war ihr dabei vor allem eins: vollkommen egal.

Ich war auch sonst nicht allein in meinem Leben. Meine Brüder würden sofort kommen, wenn ich das wollte.

Aber irgendwie ... Es war etwas anderes, vor ihnen nicht gut klarzukommen als vor Brooke. Sie hatte mich bereits so kennengelernt. Meine Brüder mussten sich erst daran gewöhnen, was ich niemandem verdenken konnte. Es war nur für mich irgendwie einfacher, mit Brooke zusammen zu sein.

Und das obwohl oder gerade, weil sie eine Fremde für mich war.

»Ich möchte die Welt noch mal von oben sehen. Aus dem Flugzeug und bei einem verdammten Fallschirmsprung.«

»Du bist schon mal Fallschirm gesprungen?«

»Logan macht das ständig. Einmal hat er es tatsächlich geschafft, mich zu überreden. Scheiße, ich hab mir vor Angst bald in die Hosen gemacht, obwohl ich eigentlich echt auf Adrenalin stehe. Ich jage dem Kick zwar nicht so hinterher wie er, aber es ist zugegebenermaßen ein schönes Gefühl. Wir sind im Tandem aus einem Flugzeug gesprungen, das werde ich nie vergessen. Und diesen Anblick würde ich gern noch einmal genießen. Auch wenn er nicht mehr so sein wird wie früher.«

»Also, Punkt eins auf der Bucket List ist der Urlaub, Punkt zwei der Fallschirmsprung mit Logan. Punkt drei?«

Ich drehte meinen Kopf, sodass ich Brooke sehen konnte, die wirklich mit einem Zettel und einem Stift dort saß.

»Schreibst du das jetzt auf?«

»Worauf du dich verlassen kannst. Und auch groß genug, damit du keine Ausrede finden kannst.«

Ich konnte mir ein Grinsen nicht verkneifen, während ich mich wieder zurücklehnte und meine Gedanken einfach schweifen ließ.

»Mit James nach Treboka Hights. Dort hat er eine Farm.«

»Wo?«

»Das musst du nicht kennen. Mitten im Nichts. Aber es ist wunderschön, dort die unendliche Weite zu genießen und abends auf der Terrasse zu sitzen und der Stille zu lauschen.«

»Gut, Treboka mit James. Wobei ich gerade immer noch fasziniert bin, dass einer von euch Knight-Männern auch noch Zeit für eine Farm hat.«

»Lange Geschichte.«

»Denke ich mir. Weiter im Text. Punkt vier.«

»Ein illegales Autorennen mit Evan fahren.«

»Wenn du im Knast landest, werde ich dich rausholen, das verspreche ich dir.«

»Scheiße, warum glaube ich dir das sogar?«

»Vielleicht, weil du weißt, dass es so ist?«

»Setzt das illegal mal noch in Klammern. Ich muss erst mal nachforschen, ob er so was noch macht. Durch seine Freundin ist er ja ziemlich handzahm geworden. Obwohl, so wie ich ihn einschätze ... den Bad Boy wird vermutlich nie jemand aus ihm rauskriegen.«

»Gut. Punkt vier ist dann ein Autorennen mit Evan, wenn möglich illegal.«

Sie las diesen Punkt vor, als wäre es etwas komplett Normales, was mich zum Lachen brachte.

»Nummer fünf wird dann was mit Liam sein, nehme ich an.«

»Hat da jemand heimlich spioniert, dass du die Namen meiner Brüder kennst?«

»Was glaubst du denn? Dafür wurde das Internet doch erfunden, oder? Damit Haushälterinnen alle dreckigen Geheimnisse über ihren Boss herausfinden können. Wobei es bei dir recht ... ernüchternd war. Also mit Schlagzeilen über Evan hätte ich Tage füllen können. Bei James hat mich komplett schockiert, was dort stand.

Logan und seine Frauengeschichten amüsieren mich, weil ich nicht weiß, ob sie konstruiert oder wirklich so passiert sind. Über Liam finde ich nichts, er scheint der totale Saubermann zu sein. Über dich gab es nur positive Schlagzeilen. Der Sonnyboy der Knight-Familie halt.«

»Das war harte Arbeit.«

»Das glaube ich dir gern. Also, was soll ich für Liam aufschreiben?«

»Ich habe keine Ahnung.«

»Okay. Dann notiere ich einfach nur seinen Namen und wenn dir etwas einfällt ... oder warte, willst du ihn vielleicht mit auf die Reise nehmen?«

»Liam? Um Gottes willen, nein! Niemals. Liam verreist nicht. Dafür müsste er ja das Büro verlassen. Wenn er mal wegfährt, dann nur zu einem Geschäftstermin.«

»Dann einen anderen deiner Brüder? Wer von ihnen reist gern?«

»Niemand. Da bin ich der Einzige. Aber um ehrlich zu

sein, kann ich mir auch nicht vorstellen, mit einem von ihnen in den Urlaub zu fahren. Normalerweise schon, aber nicht ... so.«

»Weil sie dir helfen müssten? Ach komm, das ist nicht dein Ernst, oder?«

»Es ist kompliziert, Brooke. Ich bin nicht gewohnt, um Hilfe bitten zu müssen oder Hilfe annehmen zu müssen. Dieses Thema ist unendlich schwierig. Steht das Angebot, dass du mit mir fahren würdest?«

»Was?« Sie klang geschockt, was mich wieder in ihre Richtung blicken ließ. Sie klang nicht nur geschockt, sie sah mich auch genau so an.

»Du hast doch gesagt, du würdest mir helfen.«

»Aber ... ich dachte eher bei der Organisation oder ... ich ... ich bin noch nie geflogen und ich war auch noch nie im Urlaub.«

»Noch nie?«

»Nein.«

»Gut. Also, meine Frage steht und ich meine es vollkommen ernst. Natürlich würde ich dafür bezahlen.« Lucinda hatte mir von Menschen erzählt, die einen begleiten konnten, bis man sich wirklich gut zurechtfand. Aber ich wollte keinen Fremden und auch niemanden, der mir schon zu vertraut war.

Ich wollte einfach nur Brooke. Auch wenn das vielleicht vollkommener Irrsinn war. Schon mehr als einmal hatte ich sie um Hilfe bitten müssen, aber oft liefen die Dinge auch ganz von allein, weil sie sich bereits darauf eingestellt hatte – und genau das war es, was ich brauchte.

Jemanden, der mir instinktiv half, wenn ich mir wieder einmal selbst im Weg stand, um nach Hilfe zu fragen.

»Ich will kein Geld dafür! Was denkst du von mir? Ich bin nur ein wenig geschockt, dass du mich mitnehmen würdest, weil sich dabei gleichzeitig ein riesiger Traum für mich erfüllen würde – und dann auch noch Hawaii.«

»Gut, dann werte ich das mal als ein Ja.«

»Okay. Also Hawaii. Das ist mit Abstand das Verrückteste, das ich je in meinem Leben getan habe.«

»Traurig. Vielleicht solltest du sowohl beim Fallschirmsprung als auch beim illegalen Autorennen dabei sein.«

»Definitiv nein! Mir reicht es für den Anfang erst mal, in einem Flugzeug mitzufliegen. Da muss ich nicht gleich aus einem rausspringen. Beim illegalen Autorennen kann ich nicht teilnehmen, weil ich ja schon dafür sorgen muss, dich aus dem Knast zu holen.«

»Das könnte Punkt fünf sein. Mich von Liam aus dem Knast rausholen lassen«, erwiderte ich und lachte schallend auf beim Gedanken daran.

Liam, der Vernünftige, Dads Nachfolger, der Fels in der Brandung, der Patriarch und was es nicht noch alles für Beinamen gab, mit denen wir ihn gern schmückten.

Mister »weiße Weste« war von allen definitiv mein Favorit. Er hatte Evan schon mehr als einmal aus der Scheiße geholt, von James ganz zu schweigen. Bei Logan munkelte man auch über einen Vorfall mit einer Prostituierten, doch darüber verlor niemand ein Wort. Wahrscheinlich weil Logan Liams rechte Hand war und auch zur Führungselite dazugehörte, die eine weiße Weste brauchte.

Mich hatte er noch nicht einmal irgendwo raushauen müssen. Es wäre definitiv eine lustige Vorstellung.

»Soll ich das jetzt notieren?«

»Um Himmels willen, nein. Keine Zeugen für diesen Gedankengang.«

»Alles klar. Keine Zeugen.«

»Ich habe mir ein paar Akten aus dem Büro mitgebracht und muss jetzt dringend noch etwas erledigen. Könntest du mir heute ausnahmsweise etwas zum Abendessen machen und hochbringen?«

»Klar. Ein Sandwich?«

»Gern.« Mit diesen Worten erhob ich mich von der Couch und ging nach oben. Obwohl ich gerade keine Lust hatte, zu arbeiten. Doch die Arbeit erledigte sich leider nicht von selbst.

BROOKE

Ich nahm den Zettel und platzierte ihn an einer gut sichtbaren Stelle im Wohnzimmer, damit Christian auch immer daran erinnert wurde, diese Dinge nicht auf die lange Bank hinauszuschieben.

Urlaub.

Wenn wir das wirklich durchzogen ... Scheiße, allein beim Gedanken daran, in ein Flugzeug zu steigen, wurde mir bereits ganz mulmig, aber gleichzeitig verbunden mit einem unglaublichen Gefühl der Freude.

Ich hatte schon immer davon geträumt, zu fliegen und in einem wahrhaftigen Paradies Urlaub zu machen. Dann gleich Hawaii ...

Christian würde sich auf mich verlassen, darauf, dass ich ihn unterstützte – und das, obwohl ich so eine Angst hatte vor dieser Reise. Vielleicht sollten wir noch mal darüber reden. Wer wusste, ob es von ihm überhaupt zu einhundert Prozent ernst gemeint war. Warum sollte er mich mitnehmen, statt einen seiner Brüder?

Weil er vor ihnen nicht der erblindende Kerl sein wollte. Gott, es war scheiße, aber ich konnte ihn gleichzeitig auch so unheimlich gut verstehen.

Ich kannte keinen sehenden Christian – auch wenn er am Anfang gut darin gewesen war, es zu verstecken. Damals – vor ein paar Tagen.

Für seinen Wunsch nach einem Sandwich hatte ich Gott sei Dank noch alles da, sodass ich wenig später mit einem Teller nach oben ging, wo Christian über einer Akte saß und seinen Kopf immer wieder drehte. Er schien definitiv große Probleme zu haben, darin zu lesen, obwohl er schon zwei Schreibtischlampen darauf ausgerichtet hatte.

Was das wohl für ein Gefühl sein musste? Die Antwort wollte ich wahrscheinlich gar nicht kennen.

»Einmal das gewünschte Sandwich und ein Augenpaar, das ich dir gern zur Bearbeitung der Akte zur Verfügung stellen kann.«

Christian blickte auf, bevor er die Augen zusammenkniff, sie kurz schloss und mich dann wieder ansah.

»Das, was ich hier gerade mache, scheint auf jeden Fall nicht gut zu sein.«

»Dann solltest du es lassen. Mein Angebot steht. Die Wohnung ist sauber, das Essen für morgen gekocht. Es ist nicht so, als hätte ich noch etwas anderes vor als irgendwelche sinnlosen Sendungen im Fernsehen anzuschauen.«

»Die Daten sind vertraulich.«

»O Gott, bitte. Soll ich noch irgendeinen Vertrag unterschreiben, der mich knebelt? Dann gib ihn mir einfach. Ich hatte am ersten Tag Angst, hier überhaupt Luft zu holen, weil ich mir nicht sicher war, was mein Vertrag dazu sagt.«

Er schmunzelte bei meinen Worten, bevor er auf die Akte deutete.

»Ich brauche die Namen und die Zahlen«, sagte er und kniff sich in den Nasenrücken. »Ich muss sie in den Computer übertragen, da Liam dringend einen Bericht braucht.«

»Alles klar. Bereit, zu tippen?«

»So bereit, wie ich nur sein kann.« Er drehte die Lampen in Richtung seiner Tastatur, bevor er tippte, was ich ihm vorlas.

Eine Arbeit, die wir zwei Stunden lang fortführten, bis ich ein herzhaftes Gähnen nicht mehr zurückhalten konnte.

»Das war dann wohl das Stichwort.« Lachend lehnte Christian sich zurück und betrachtete mich für einige Sekunden stumm.

Hier saßen wir, in seinem unheimlich klassischen Büro mit dem schweren, dunklen Schreibtisch, den Ledersesseln und den hohen Aktenschränken. Und alles, woran ich denken konnte, war die Tatsache, wie gern ich mich von ihm auf diesem herrschaftlichen Schreibtisch hart rannehmen lassen würde.

Vielleicht erhob ich mich auch gerade wegen dieser Gedanken viel zu schnell von dem bequemen Sessel, sodass ich eine von den Schreibtischlampen zu Boden warf.

»O Gott, nein. Sorry«, murmelte ich und stellte sie zurück auf den Schreibtisch, wo sie sich natürlich nicht mehr einschalten ließ. »Ich besorge gleich morgen früh Ersatz.« Christian brauchte mir nicht erklären, wie wichtig das zusätzliche Licht für ihn war.

»Klingt nach einem guten Plan. Apropos guter Plan.«

»Dinge, die so anfangen ...«

»Ich muss am Wochenende zu einer Veranstaltung. Es ist der große Personalball, bei dem ich als Chef der Personalabteilung vermutlich auftauchen sollte.«

»Oh, Christian ...«

»Ich weiß. Es ist zu viel verlangt, oder?« Ich stand noch immer vor seinem Schreibtisch. Unsicher, was ich antworten sollte. »Mach dir keine Gedanken. Meine Brüder werden auch da sein. Ich komme schon klar. Du musst dich zu nichts verpflichtet fühlen, okay?«

»Ich weiß halt nicht, ob ich das kann. Das ist eine ganz andere Welt für mich.« Ich konnte die Zweifel nicht einfach zur Seite schieben und sie ignorieren.

»Wie gesagt, keine Verpflichtungen. Überleg es dir in Ruhe. Falls du dich dazu entschließt, mich zu begleiten, gib mir einfach Bescheid.«

»Ich hätte auch nichts anzuziehen für so ein Event. Jeans und Shirt werden da wohl nicht gern gesehen sein, oder?«

»Daran soll es nicht scheitern. Aber ich brauche wirklich nicht sofort eine Entscheidung. Es ist mir lieber, du überlegst ganz in Ruhe, als dass du dich gezwungen fühlst, denn das möchte ich nicht.«

»Okay.« Ich war verdammt froh über die Bedenkzeit, denn ich wusste wirklich nicht, ob ich es mir zutraute, ihn zu so einem öffentlichen Event zu begleiten. Gleichzeitig mussten wir nicht darüber reden, dass er es allein nicht schaffen konnte ...

Ich wünschte Christian eine gute Nacht und ging die Treppen hinunter, wo mein Blick sofort auf den Blindenstock fiel, der dort noch immer lehnte. Oben hörte ich ein leises Rumpeln, gefolgt von einem Fluchen, was allerdings meine Frage danach beantwortete, ob ich ihm den Stock wohl hochbringen sollte.

»Vielleicht könnte der hier nützlich sein?«, fragte ich ihn und hielt ihm den Blindenstock entgegen, den er dankend akzeptierte.

»Wenn ich ihn schon habe, sollte ich ihn auch benutzen.«

»Ganz klar. Bevor du dir noch etwas brichst.«

Christian lachte, doch ich konnte hören, dass es ein trauriges Lachen war. Verständlicherweise. Der Tag war hart für ihn. Diese ganze Zeit war hart für ihn.

»Gute Nacht«, sagte ich leise, was er erwiderte, bevor er die Schlafzimmertür hinter sich schloss.

Ich fuhr nach unten in meine kleine Wohnung, doch mit einem anderen, einem wirklich seltsamen Gefühl, das sich in meiner Magengegend ausbreitete. Spielten wir gerade mit dem Feuer?

Wir hatten miteinander geschlafen. Ganz ungezwungener Sex. Aber das jetzt ... die Urlaubsreise, die Begleitung zum Ball.

Christian hatte selbst noch einmal deutlich klargestellt, dass zwischen uns nicht mehr passieren würde.

Er nahm mich schließlich nicht mit, weil er es wollte, sondern weil er Hilfe brauchte. Aber trotzdem spielte sich in meinen Gedanken ein ganz anderer, ein eigener Film ab, den ich absolut nicht zulassen durfte.

Warum bildete ich mir ein, das Recht zu haben, mir Hoffnungen zu machen bei einem Mann wie Christian Knight?

Einem Mann, der dabei war, zu erblinden. Konnte ich mir das überhaupt vorstellen?

Gott, der Tag war definitiv zu lang gewesen. Ich musste ins Bett und die rasenden Gedanken in meinem Kopf endlich zum Schweigen bringen. Dieser Mann ... mit seinem Lächeln, seiner Art. Er war schon viel zu sehr zu mir durchgedrungen. Dorthin, wo ich eigentlich nie wieder jemanden hinlassen wollte.

Aus Angst, noch einmal in die Hölle katapultiert zu werden.

Eine Hölle, der ich gerade erst entflohen war.

Damals mit Clyde hatte auch alles schön angefangen, bevor ich sein wahres Gesicht entdeckt hatte. Bevor mich seine Faust zum ersten Mal getroffen hatte ...

Schlaf!

Jetzt sofort!

Wie dumm nur, dass man gerade so etwas keinem Körper befehlen konnte. Und so lag ich wach, Stunde um Stunde. Und kam doch kein bisschen weiter bei dem Versuch endlich einzuschlafen.

Weil es auch keine konkreten Fragen gab, über die ich nachdenken musste, sondern nur Sorgen auf Vorrat und Hirngespinste, wegen eines Mannes, den ich gar nicht kannte.

CHRISTIAN

»Du willst was?«, fragte Logan am nächsten Morgen überrascht.

»Ernsthaft, Mann? Ich dachte, du fährst vor Freude aus der Haut, wenn ich mit dir springen will.« Logan versuchte andauernd, uns zu überreden, doch bis jetzt war es ihm nur zweimal gelungen. Einmal bei Evan, der geschworen hatte, nie wieder auch nur darüber nachzudenken, und bei mir.

»Das tue ich! Du warst dir nur beim letzten Mal so sicher, dass es eine einmalige Sache bleiben sollte.«

»Das war, bevor ich erfahren habe, wie wenig Zeit ich noch habe, um die Welt aus den unterschiedlichsten Blickwinkeln zu betrachten.«

»Stimmt. Fuck, Mann, die ganze Sache ...«

»Logan, nicht. Ich will nicht darüber reden.«

»Okay, ich weiß. Das hast du ja bei meinen letzten vierzig Anrufen schon deutlich gemacht.«

»Weißt du eigentlich, dass die anderen genauso oft anrufen? Das ist ganz schön anstrengend.«

»Wir machen uns halt Sorgen und wollen für dich da sein!«

»Dann spring mit mir im Tandem aus diesem Flugzeug.« Ich wusste die Besorgnis meiner Brüder zu schätzen. Das wusste ich wirklich – aber ich konnte sie gleichzeitig nicht ertragen.

»Schon gut, du musst mich nicht überreden. Aber nur unter einer Bedingung: Du gehst danach mit uns in eine Bar.«

»Mit der Bedingung kann ich leben«, erwiderte ich, bevor wir uns schon für den nächsten Tag zum Sprung verabredeten. Was mir gut passte, schließlich wollte ich nicht unnötig Zeit verlieren.

Ich beendete das Gespräch und warf einen Blick auf die Uhr. Mein Müsli und meinen Kaffee hatte ich mir selbst gemacht, von Brooke fehlte noch immer jede Spur.

Ob sie sich nicht gut fühlte? Was ich bei Olga nie erlebt hatte, doch natürlich konnte es sein, dass sie krank geworden war.

Ich überlegte nicht lange, bevor ich mich von meinem Stuhl erhob und nach meinem Blindenstock griff. Es war noch nichts, was ich als selbstverständlich ansah, aber ich bewegte mich damit einfach sicherer.

Mit dem Fahrstuhl fuhr ich nach unten zu ihrer Etage und klopfte an die Tür, die nach ein paar Sekunden und einigem Rumpeln aufgerissen wurde.

Ich konnte das schallende Lachen nicht zurückhalten, als mich eine verschlafene Brooke mit abstehenden, wilden Haaren in einem Pinguinschlafanzug entsetzt ansah.

»Krank?«, fragte ich, während sie hektisch in ihrem kleinen Appartement hin- und herlief.

»Es tut mir so leid, ich ... fünf Minuten. Ich bin in fünf Minuten oben. O mein Gott, ich habe noch nie verschlafen, aber ich konnte nicht einschlafen und ...«

»Brooke!«, unterbrach ich sie.

»Ja?«

»Es ist okay. Ich wollte nur nachsehen, ob du krank bist. Lass dir Zeit, werd in Ruhe wach. Würdest du mir dann noch mal mit den Akten helfen?«

»Die Lampe ...«

»Kann warten, wenn du mir hilfst.«

»Mache ich. Dein Frühstück!«

»Habe ich selbst gemacht. Also, tief durchatmen und bis später. Übrigens, schicker Schlafanzug.« Sie sah an sich herunter, wobei ich nicht erkennen konnte, ob sie rot wurde oder nicht. Ich vermutete es allerdings. »Das sind die schönsten Eisbären, die ich je gesehen habe.« Grinsend verschwand ich, denn ich wusste ganz genau, dass es Pinguine waren.

Im Aufzug fand ich heute auch das Touchpad schnell, sodass es mich keine Überwindung kostete, wieder in mein Appartement zu fahren.

Ich ging direkt durch in mein Büro, wo ich schon einmal meinen Computer hochfuhr. Ich versuchte, ohne die zwei Lampen die kleinen Tabellen in den Akten zu erkennen, gab dann allerdings schnell auf. Gut, dass ich Brooke bereits gefragt hatte.

Verschlafen.

Ich war durch Olga echt verwöhnt. Wobei, mal ganz davon abgesehen, wäre Brooke nicht Brooke ... ich hätte sie wahrscheinlich rausgeworfen. Weil ich es gewohnt war, dass alle Arbeiten perfekt erfüllt wurden und ich genau das normalerweise auch erwartete.

Doch bei ihr ...

»Da bin ich!« Natürlich hatte sie sich beeilt. Sie stellte mir eine Tasse Kaffee auf den Schreibtisch und sich ebenfalls. »Sorry noch mal.«

»Kann passieren.«

Ich konnte ihr irgendwie nicht böse sein, obwohl sie eine kleine Katastrophe im Haushalt war. Und das als Haushälterin ...

»Ich habe unter anderem so lange über der Frage gebrütet, ob ich dich am Wochenende begleiten werde oder nicht«, sagte sie und trank seelenruhig einen Schluck Kaffee.

»Mit welchem Entschluss?« Ich war gespannt darauf, wie sie sich entschieden hatte.

»Dass ich mitkommen werde.« Ihre Worte zauberten mir ein Lächeln aufs Gesicht. Das war genau das, was ich hören wollte.

»Wunderbar. Ich freue mich wirklich sehr. Ich habe ebenfalls Neuigkeiten. Morgen werde ich nicht arbeiten. Logan und ich springen aus dem Flieger und danach werde ich mit meinen Brüdern noch in eine Bar gehen.«

»Wie beiläufig du sagen kannst, dass du aus einem Flugzeug springen wirst.«

»Ich häng ja an Logan dran. Wenn er es versaut, haben wir beide Pech gehabt.«

»Sag so was nicht.« Ihr Gesichtsausdruck war ernst geworden, während ich es eigentlich nur als Scherz gemeint hatte.

»Machst du dir etwa Sorgen um mich?«

»Um dich, um meine Arbeitsstelle, das kannst du jetzt auslegen, wie du willst.« Brooke konnte wirklich gut kontern, aber ich hatte es in ihrem Tonfall gehört.

»Ich werde mir Mühe geben, heile nach Hause zu kommen, okay?«

»Das hört sich schon besser an. So, die Akten. Warum ist das eigentlich nicht digital in deinem Computer?«

»Weil es in unserer Firma Standards von neunzehnhundertfünfzig gibt ... Liam ändert das gerade alles, aber es dauert. Vermutlich ist das der letzte Bericht, den ich auf diese Art und Weise schreiben muss.« Nächstes Jahr wäre ich bestimmt nicht mehr in der Lage, irgendetwas aus einer Tabelle zu lesen ...

Ab nächster Woche startete in der Firma die Umstellung meines Computers oder besser gesagt meines ganzen Büros, das mit allerlei Hilfsmitteln ausgestattet werden sollte.

Liam hatte Gott und die Welt in Bewegung gesetzt.

Ich wollte wenigstens in der Lage sein, meinen Computer noch zu bedienen, was heutzutage auch ganz ohne Augenlicht funktionierte dank der guten Sprachsteuerung, mit der ich mich allerdings erst einmal zurechtfinden musste.

Dinge, über die ich mir heute zum Glück noch keine Gedanken machen musste. Ich konnte ganz in Ruhe gemeinsam mit Brooke die Listen bearbeiten und anschließend den Bericht schreiben.

Eine Aufgabe, die mich fast bis Mitternacht am Schreibtisch festhielt. Brooke hatte mir sowohl das Mittag- als auch das Abendessen hochgebracht, sodass ich wenigstens nicht verhungert war.

Jetzt, da der PC runterfuhr und ich mich endlich in meinem Schreibtischstuhl zurücklehnte, spürte ich deutlich, wie viel der Tag mir abverlangt hatte. Selbst mit zwei Aspirin waren meine Kopfschmerzen nicht besser geworden. Meine Augen waren überanstrengt. Kein Wunder, war es doch ein Kraftakt gewesen, als ich doch noch einige Dinge aus den Unterlagen übertragen musste. Wofür ich nicht schon wieder Brooke zu Hilfe rufen wollte. Obwohl ich wusste, dass sie mir sofort helfen würde. Es war nicht ihre Aufgabe.

Am nächsten Morgen spürte ich direkt die freudige Aufregung, als ich aufstand und mich für den Tag fertig machte. Endlich raus aus diesem Trott. Endlich noch einmal etwas erleben. Auch wenn die Unsicherheit da war – die Vorfreude überwog.

Heute hörte ich Brooke bereits in der Küche klimpern, als ich die Treppe nach unten ging.

»Einen wunderschönen guten Morgen«, sagte ich, was ihr ein kleines Lachen entlockte.

»Na, da hat aber jemand gute Laune, was?«

»Hab ich die nicht immer? Ich dachte, mir würde so etwas nachgesagt. Heute Nacht besser geschlafen?«

»Schlechter als gestern Nacht wäre auch keine Option gewesen. Hast du was dagegen, wenn ich mich zu dir setze?«

Was war eigentlich aus meinem einsamen, schnellen Frühstück geworden? Oder aus meiner Privatsphäre? Es war so normal, dass Brooke mir Gesellschaft leistete und dass sie immer irgendwie da war. Genau wie es bei Olga normal gewesen war, sie nie zu sehen, nie zu hören und auch nie mit ihr zu sprechen.

Ich wollte nicht allein sein.

»Klar, wieso nicht?«

»Na ja, ich meine ... ich weiß ja nicht, ob das so angemessen ist.«

Wir hatten Sex gehabt. Brooke würde mich auf den Ball begleiten. Wir würden zusammen nach Hawaii fliegen.

Da war eine gemeinsame Tasse Kaffee am Morgen nicht

das Ungewöhnlichste. Für einige Sekunden blickte ich sie einfach nur an. Brooke saß außerhalb meines scharfen Sehfelds, doch ich hatte den Kopf so gedreht, dass ich sie ganz genau mustern konnte.

Sie trug kein Make-up. Ihre Haare waren locker am Hinterkopf zusammengebunden. Verdammt, sie war einfach von Natur aus so unglaublich schön. Ob sie das eigentlich wusste?

»Ich werde gerade rot, weil du mich so anschaust«, sagte sie leise, nachdem sie sich verlegen eine lockere Haarsträhne hinters Ohr geschoben hatte.

»Du bist wunderschön, weißt du das eigentlich?«, entfuhr es mir. Das entwickelte sich in eine Richtung, in die wir nicht gehen durften. Fuck, warum hatte ich das gerade gesagt? Vielleicht weil ich ihr dieses Kompliment machen wollte, solange ich noch konnte.

Brooke war eine wunderschöne Frau und das sollte sie wissen!

»Okay, jetzt werde ich nicht rot, jetzt bin ich es.«

»Ich glaube, du bist so rot, dass sogar ich es sehen kann.« Ich zwinkerte ihr zu, bevor auch ich einen Schluck von meinem Kaffee trank und mich erhob.

»Du hast noch nichts gefrühstückt.«

»Ja, ich will gleich nicht den Verlust meines Mageninhalts riskieren.«

Ich war froh, nun gehen zu können, nachdem meine Ehrlichkeit Brooke gegenüber dermaßen mit mir durchgegangen war. Sie wusste genauso gut wie ich, dass die Sache zwischen uns nur eine einmalige Nummer gewesen war.

Ich mochte einfach nur ihre Gesellschaft ... das war alles.

In der Eingangshalle wartete bereits Logan auf mich, dessen Blick direkt auf den Blindenstock in meiner Hand fiel. Ich konnte sehen, wie sehr es ihn traf, obwohl er natürlich versuchte, sich nichts davon anmerken zu lassen.

Es war das erste Mal, dass meine Brüder mich damit sehen würden, und ich hatte wirklich mit mir gehadert, doch ich kam nicht länger ohne zurecht. Egal, ob ich es wollte oder nicht.

Das betretene Schweigen sagte mir genug.

»Ich werde nicht sterben, ich sehe nur wenig«, sagte ich, woraufhin Logan mich kommentarlos in eine lange und feste Umarmung zog. Eine Umarmung, die mir die Tränen in die Augen trieb, denn ich konnte spüren, wie er von seinen Emotionen überrollt wurde. Etwas, das wir Knights doch eigentlich niemals zuließen.

»Wie kannst du nur so stark sein?«, fragte er leise, woraufhin ich am liebsten aufgelacht hätte.

Ich war nicht stark, ich war nur schon weiter als die Menschen um mich herum, weil ich schon länger wusste, auf was ich mich vorzubereiten hatte.

All diese Emotionen. Die Wut, die Trauer – ich hatte sie durchlebt und zum Teil durchlebte ich sie auch immer noch. Immer und immer wieder. Allein für mich, wenn ich in meinem Bett lag und die Gedanken nicht aufhalten konnte.

»Vielleicht deshalb, weil ich nur mein Augenlicht verliere, aber nicht mein Leben«, antwortete ich, bevor Logan mich losließ. Er hatte sich einigermaßen gefangen, auch wenn ich in seinen Augen noch immer den Schmerz sehen konnte.

»Also, bereit für den Sprung? Ich hoffe, du hast nicht gefrühstückt.«

»Natürlich nicht. Seit dem letzten Mal bin ich ja schlauer.« Es gab die Menschen, die vorher wunderbar essen konnten, so wie Logan, und es gab mich. Scheiße, mir war noch nie so schlecht gewesen wie an dem Tag. Deshalb versuchte ich diese ganze Sache heute nüchtern.

»Du kriegst ja gleich hoffentlich noch einen geilen Burger.«

»Burger?«

»Wir gehen in eine neue Bar an der Upper East Side. Dort gibt es sündhaft gute Burger. Empfehlung von mir persönlich. Ist ein Start-up. Ich hab ein paar Kröten einfließen lassen und es entwickelt sich wunderbar.«

»Wo hast du eigentlich deine Finger nicht im Spiel?«

Mein Bruder war mir manchmal ein Rätsel. Okay, warum nur manchmal? Er war mir ein Rätsel. Das betont unschuldige Schulterzucken trug nicht gerade dazu bei, dass ich weniger rätselte. Aber vielleicht war es auch besser, manche Dinge einfach nicht zu wissen.

»Hast du mit den anderen auch was geplant?«, hakte er nach, während er sich mit seinem Porsche in den dichten New Yorker Stadtverkehr einfädelte.

»Ja, sie wissen nur noch nichts von ihrem Glück.«

»Dann kannst du ihnen ja gleich in der Bar davon erzählen.«

»Das Problem ist, dass mir einfach nichts einfällt, was ich mit Liam gern unternehmen möchte.«

»Wen wundert es ... ich wüsste es selbst nicht.«

»Ich habe schon überlegt, einfach einen Tag mit ihm zu verbringen, aber außer der Arbeit werden wir dann wohl nicht viel erleben. Es ist schon erschreckend, wie fremd wir uns zwischendurch geworden waren, oder?«

»Ja, das stimmt. Keine Ahnung, wie das in anderen Familien ist.«

»Du meinst in normalen Familien? Gute Frage. Vielleicht ist es normal, dass man sich etwas entfernt, so wie wir, aber bei Liam ist es einfach extrem. Ich fühle mich manchmal, als wüsste ich einfach gar nichts über ihn.«

»Weil es so ist. Er hält sich an die große goldene Regel des großen Patriarchen, das Private immer privat zu halten. Selbst vor uns. Ich arbeite viel mit ihm zusammen, ich weiß, wie er beruflich tickt, aber privat. Hat er Hobbys? Keine, von denen er mir erzählt, außer Sport.

Hat er Freunde? Keine, die ich kennen würde.«

»Hallo, haben wir Freunde?« Logan lachte über diesen Satz, obwohl es eigentlich bitterer Ernst war.

»James. Immerhin. Und du hast es geschafft, eine Beziehung zu führen.«

»Du doch auch.«

»Ja, aber nicht so lange wie du.«

»Aber immerhin. Evan hat den Dreh jetzt auch raus.

Fehlt eigentlich nur noch Liam. Oder hatte er schon mal jemand Festes?«

»Woher soll ich das wissen? Vielleicht hat er fünf Kinder und ist zum dritten Mal verheiratet, ohne dass wir es mitbekommen haben.« Nun musste ich lachen. Alles war möglich beim Meister der Geheimhaltung. Doch so unterschieden wir uns alle voneinander.

Evan, der es geschafft hatte, Kathy an sich heranzulassen gegen alle Widrigkeiten.

James, der schon in Schulzeiten seinen besten Freund hatte.

Ich war was soziale Kontakte anging nie problematisch gewesen. Logan auch eher weniger und von Liam wusste halt niemand etwas. »Wir sind schon ein kaputter Sauhaufen. Aber wer weiß, da die Sache zwischen James und Liam geklärt ist und wir wirklich mal Zeit miteinander verbringen ... vielleicht erfahren wir ja auch mal irgendwas.«

»Glaubst du daran?«

»Wahrscheinlich würde eher die Welt untergehen, als dass Liam freiwillig etwas preisgibt.«

»So, die Meinung kann ich teilen!« Logan setzte den Blinker und fuhr auf das Gelände der Flugschule, während ich die Aufregung genoss, die meinen Körper belebte.

Endlich fühlte ich mich nicht wie betäubt. Nicht wie gefangen in diesem Zustand, der mir den Blick auf die Welt im wahrsten Sinne des Wortes immer mehr versperrte.

Wir durchliefen ein Briefing, bevor wir uns umzogen und es losging. Mit dem rappeligen Flugzeug auf die Ausgangsflughöhe. Scheiße, was hatte ich mir nur dabei gedacht? Es war aufregend genug, aus einem Flugzeug zu springen, wenn man alles sehen konnte, aber wenn man über ein solch eingeschränktes Gesichtsfeld verfügte, war es der blanke Irrsinn.

Ich wurde an Logan festgeschnallt, der mir von hinten auf die Schultern klopfte.

»Du weißt, dass mein Leben jetzt in deinen Händen liegt, ja?«, erinnerte ich ihn, wobei ich gegen die Lautstärke im Flugzeug ankämpfen musste.

»Wir vertrauen keinen außenstehenden Menschen, aber wir vertrauen uns, richtig?«

»Richtig.«

»Dann festhalten. Wir machen jetzt den Abflug.« Gemeinsam rutschten wir zur Tür, die offen stand, bevor wir fielen.

Das Adrenalin pumpte durch meine Venen, mein Herz raste und für diesen Moment fühlte ich mich endlich frei.

Nicht eingeschränkt. Nicht gefangen.

Unendlich frei.

Ich jubelte, während wir auf die Erde zurasten, die für mich nicht mehr so aussah wie damals. Keine bunten Farben, keine Schärfe, aber noch immer wunderschön.

Dieser Blick von oben. Dieses Gefühl, zu fliegen und doch wieder auf dem Boden zu landen ich konnte nicht in Worte fassen, was es mir gab.

Dank Logan landeten wir sicher wieder unten, wobei ich meinen Beinen noch nicht wirklich vertraute, als er mich von sich losschnallte. Das Adrenalin flashte mich noch so unglaublich.

Nun war ich es, der Logan in eine Umarmung zog, um mich bei ihm zu bedanken. Es war die richtige Entscheidung gewesen, ganz egal, wie elendig mein Magen auch dieses Mal wieder rebelliert und wie viel Angst ich vor dem Sprung empfunden hatte.

»Ich kann dich immer wieder mitnehmen.«

»Danke, aber nein. Es ist die Hölle, aber gleichzeitig auch einfach scheiße geil«, versuchte ich, meine Gedanken in Worte zu fassen. Logan musste noch den Fallschirm wieder einholen, während ich eigentlich entschlossen war, schon mal zur Halle zurückzugehen. Ich entschied mich dagegen. Ich kannte den Untergrund nicht, aber er wirkte uneben und die Halle viel zu weit entfernt.

»Du kannst ruhig schon mal ...« Logan stoppte sich selbst, entschuldigte sich aber Gott sei Dank nicht bei mir, denn das hasste ich wie die Pest. Wir mussten uns alle erst an diese Situation gewöhnen. Ich würde mir nicht das Gefühl von Freiheit nehmen lassen, selbst wenn ich für diesen dämlichen Weg auf Hilfe angewiesen war. Dieser Sprung, dieser freie Fall ... ich würde diese Erinnerungen für immer abspeichern.

»Und, schon nach Kotzen zumute?«, fragte Logan in Anlehnung an unseren letzten Sprung süffisant grinsend.

»Ich kann nicht behaupten, dass mein Magen noch an Ort und Stelle ist.«

»Kotz mir nur nicht ins Auto. Das ist die einzige verdammte Regel für heute.«

Logan bot mir seinen Arm an und führte mich zurück zur Halle, wo wir uns umzogen.

Noch immer pumpte das Adrenalin durch meinen Körper, als wir wieder im Auto saßen und uns angeregt über den Sprung unterhielten.

Für meinen Bruder war es nicht so besonders wie für mich, aber er verstand mein ekstatisches Gefühl Gott sei Dank trotzdem.

»Beim ersten Mal hast du noch geschrien wie ein Mädchen.«

»Ey hallo? Man darf ja wohl die Fassung verlieren, wenn man aus einem verdammten Flugzeug fällt«, verteidigte ich mich sofort.

»Ich bin fast gestorben. Zumindest zehn Sekunden lang. Danach war mir klar, dass ich diesen Kick immer wieder brauche.«

»Das mit dem Kick ist bei den Knights auch so eine Sache, oder? James brauchte den Kick durch die Drogen, Evan durch die Frauen und so manch illegales Rennen, du durch den Fallschirmsprung, Liam weiß es nur selbst ... Nur ich hatte irgendwie nie so einen Drang.«

»Stimmt. Aber du warst schon immer anders. Irgendwie nicht so abgefuckt wie wir, obwohl du genau dasselbe durchgemacht hast.« Ich zuckte mit den Schultern und wandte meinen Blick aus dem Fenster, obwohl ich nicht wirklich viel erkennen konnte, so schnell wie wir fuhren.

Nichts hatte es geschafft, mich zu verbittern. Nicht meine Herkunft, nicht mein Elternhaus, nichts. Also würde ich es dieser verdammten Krankheit auch nicht erlauben. Ich kämpfte bereits dagegen an und ich würde weiterhin alles geben, damit ich mein Leben genießen konnte.

Inklusive eines Urlaubs auf Hawaii!

Mit Brooke.

Auch wenn es selbst mir komplett wahnsinnig erschien – mit einer fast fremden Frau.

CHRISTIAN

Vor der Bar warteten Liam, Evan und James bereits auf uns, wobei zumindest James nicht einmal versuchte, sich wegen des Blindenstocks in meiner Hand nichts anmerken zu lassen. Er zog mich sofort in eine lange Umarmung, bevor er mir mitfühlend auf den Rücken klopfte.

»Lasst uns einfach kein großes Thema draus machen. Es ist nur ein Blindenstock. Lasst uns lieber darüber reden, dass dieser Laden hier Logan gehört, oder wusstet ihr davon?«

»Noch ein Geschäft?«, entfuhr es Liam. Okay, vielleicht wusste er mehr als wir. Schließlich mutmaßte ich nur, bei was Logan alles seine Finger im Spiel hatte.

»Teilhaber, nicht Inhaber, das ist ein meilenweiter Unterschied. Man sollte eher sagen, ihnen gehört ein bisschen was von meinem Geld, solange bis der Laden genug Profit abwirft, damit mir etwas von den Einnahmen gehört.«

»Bei deiner Risikofreude bin ich gerade wirklich verdammt froh darüber, dass James die Finanzen der Firma wieder unter seinen Fittichen hat.«

»Ach komm schon, Liam, hab ich dir je Grund zur Sorge gegeben?«

»Firmenintern nicht.«

»Und über alles andere redet ja gerade auch niemand.«

Okay, jetzt war ich neugierig, aber direktes Nachhaken würde mich nicht weiterbringen. Logan ... irgendwie hatte ich immer gedacht, dass er für mich ein nicht ganz so großes Rätsel war wie Liam, aber dennoch hatte ich recht wenig Ahnung davon, was bei ihm so los war. »Und jetzt lasst uns reingehen. Ich habe Bärenhunger. Schließlich sind wir gerade schon vom Himmel gefallen. Und was könnt ihr so über euren Morgen erzählen?«

Ich folgte meinen Brüdern, wobei ich froh war, meinen Blindenstock dabeizuhaben, denn einen Arm bot mir von ihnen niemand an. Ganz so, als hätten sie vergessen, dass ich schlecht sah – also genau das, was ich mir wünschte. Sie sollten mich einfach normal behandeln.

Der Laden war hell und freundlich eingerichtet. Gott sei Dank. Hätten sie mich in eine dieser dunklen Bars geschleppt, wäre ich vermutlich absolut am Arsch gewesen.

Hier würde ich gut zurechtkommen und auch meinen Burger erkennen.

»Krasser Laden, Mann.« Evan sprach aus, was ich gerade ebenfalls sagen wollte, bevor wir alle am Tisch Platz nahmen.

Am Fenster.

Heute war mein Glückstag.

»Christian, sind Speisekarten ein Problem, oder läuft alles?«, hakte James nach, als ich die Karte öffnete. Doch ich kam klar.

»Seid ihr heute Morgen echt zusammen aus dem Flugzeug gesprungen?«

»Liam, es sind nicht alle solche Lutscher wie du. Natürlich sind wir das«, konterte Logan, bevor ich überhaupt ein Wort sagen konnte.

»Dieses Mal auch ohne Kotzen«, fügte ich hinzu, was alle am Tisch auflachen ließ.

Wir quatschten über belanglose Dinge, bevor James auf den Ball am Wochenende zu sprechen kam. Es würden nicht alle Brüder dort sein, nur Evan und James, denn es war keine komplette Firmenveranstaltung, sondern auf die Personalabteilung bezogen. Bedeutete, die beiden hohen Tiere, Logan und Liam, durften zu Hause bleiben. Dafür hatten sie oft Veranstaltungen, an denen wir wiederum nicht teilnehmen mussten.

»Wirst du kommen, Christian? Sonst kann ich dich vertreten«, bot Logan sofort an, doch ich winkte ab.

»Es ist das große Personaltreffen. Wahrscheinlich wäre es da äußerst schlecht, wenn ich als Chef dieser Abteilung nicht dort auftauchen würde, oder?«

»Sehe ich genauso«, antwortete Liam sofort, wofür er einen bösen Blick von James erntete. Er saß direkt in meinem Blickfeld, weshalb ich diese Geste genau erkennen konnte.

Die vier mussten sich über dieses Treffen, über mich und den Umgang mit der ganzen Situation ausgetauscht haben. Dieses Gefühl hatte ich bereits gehabt, als ich vor der Bar angekommen war. Aber hey, was sollte ich dagegen sagen. Jeder ging so mit dieser Situation um, wie es für ihn passte.

Wenn es ihnen half und ihnen Sicherheit gab, sich vorher abzusprechen, warum nicht? Sie wollten mir ein gutes Gefühl geben, so kannte ich sie und das wusste ich auch zu schätzen.

»Jeder hätte Verständnis, wenn du nicht kommst«, versuchte James, das Gesagte von Liam wieder auszubügeln.

»Ich komme in Begleitung. Meine Haushälterin Brooke hat sich bereit erklärt, mir an diesem Abend zur Seite zu stehen.«

»Ohhhh, Broooooke!« Evan lachte auf, während ich kurz die Augen verdrehte. Was hatte ich auch anderes erwartet?

»Die unfassbar heiße Brooke – und ich bin mir verdammt sicher, dass dir das nicht entgangen ist«, stichelte Logan weiter.

»Nein, es ist mir nicht entgangen. Aber James, Evan, ihr bringt doch mit Sicherheit eure Freundinnen mit, oder?«

»Die zwei gibt es ja nur noch im Doppelpack und da Kathy mir zugesagt hat, mitzukommen ...«

»Ja, Ally kommt auch mit«, bestätigte James. »Die zwei haben bestimmt nichts dagegen, wenn Brooke sich ihnen anschließt.«

»Darum geht es mir nicht mal. Sie hat nichts zum Anziehen und selbst mit voller Sehfähigkeit wäre ich wahrscheinlich nicht gerade der beste Shoppingberater.«

»Ohhhh, du meinst, die Mädels sollen mit ihr etwas für den Ball aussuchen gehen?« Evan lachte, während James bereits sein Handy zur Hand nahm.

»Ich klär das eben, damit Ally und Kathy schon mal absprechen, wann. Brooke wirst du ja entsprechend freistellen, nehme ich an.«

»Natürlich. Danke, Mann.«

»Fällt dir auch reichlich früh ein.«

»Ist jetzt auch gerade nicht so, als hätte ich Brooke schon seit Ewigkeiten als Haushälterin, nicht wahr?«

»Haushälterin oder eher so Haushälterin mit gewissen Vorzügen?«

»Halt die Klappe, Evan.«

»Ach du Scheiße, ein Nein hört sich ganz anders an!«, kommentierte James sofort, während Logan laut auflachte.

»Wer hat es vorausgesagt? Allein die Art und Weise, wie sie ihn angesehen hat«, fuhr Logan fort.

»Nein, natürlich war da nichts bei euch. Bei Kathy und mir war erst auch gar nichts.« Evan hatte recht, aber ich würde die ganze Sache jetzt nicht weiter kommentieren. Es reichte mir schon, dass wir überhaupt darüber sprachen.

Wenn ich jetzt noch erzählen würde, dass ich mit ihr nach Hawaii flog, sie allerdings nur mitnahm, weil ich es allein nicht hinkriegen würde ... Es war besser, einfach die Klappe zu halten und genau das tat ich.

Außerdem wurden die Burger zum Tisch gebracht, weshalb sowieso erst einmal eine gefräßige Stille eintrat.

Nur unterbrochen vom Lob für die ausgefallenen Kreationen und den hammermäßigen Geschmack. Der Laden war gerade erst neu eröffnet worden, aber sobald sich dieser Geheimtipp in der Stadt rumsprach, würden sie sich wahrscheinlich vor Besuchern kaum noch retten können. Eine weitere Goldgrube für Logan und ein Ort, an dem ich wunderbar essen gehen konnte, ohne Probleme zu haben. Zumindest tagsüber. Das war wichtig zu wissen, denn ich wollte so lange wie möglich und so gut wie möglich eigenständig bleiben.

Ohne dass mir jemand die Speisekarte vorlas oder ich nicht sah, was ich mir auf die Gabel lud.

Zu diesen Scheißsituationen würde es vermutlich noch früh genug kommen – und allein der Gedanke daran reichte für mich aus, um mir einen Stich mitten ins Herz zu versetzen.

Doch mehr Trauer ließ ich nicht zu.

Es gab nichts, was mich brechen würde.

BROOKE

Ich war aufgeregt. Aufgeregt und überfordert. Christians Vorschlag, mit den Freundinnen seiner Brüder einkaufen zu gehen, war mit Sicherheit einfach nur lieb gemeint gewesen, aber ... ich kannte sie nicht.

Höchstwahrscheinlich hatten sie keine Lust darauf, mich mitzunehmen, zumal ich einfach nur Christians Haushälterin war ...

Eine Arbeitskraft. So, wie die Haushälterinnen, die sie jeden Tag umgaben und für sie die Drecksarbeit erledigten.

Durch Christian wusste ich, dass zumindest Evan und Kathy gerade zusammengezogen waren. Ally und James offiziell noch nicht, wobei sie trotzdem jede freie Sekunde zusammen verbrachten.

Keine Ahnung, wie ich als Christians Haushälterin darein passen sollte. Ich blickte erneut in den Spiegel und seufzte. Einfache Jeans und ein schwarzer Pullover. Das war das Unauffälligste, was ich in meinem Schrank finden konnte. Bei allem anderen hatte ich wirklich Angst davor, dass es aus jeder Faser »billig« schrie.

Noch schlimmer fand ich allerdings die Vorstellung, Christians Geld für ein Kleid auszugeben, worauf er allerdings bestanden hatte. Wenn ich ihn schon begleiten musste, wie er es nannte, dann unter seinen Voraussetzungen. Ich fühlte mich nicht gut dabei.

Eine schwarze Limousine hielt vor dem Appartementkomplex, und eine junge Frau öffnete die Tür. Sie trug ein klassisches schwarzes Kleid und mit einem Mal fühlte ich mich noch deplatzierter und dümmer in meinem Outfit. Nur dass sie gar nicht zu mir wollte, sondern hier zu wohnen schien. Der Fahrer fuhr nämlich weiter und sie beachtete mich überhaupt nicht.

Gott sei Dank.

Das nächste Auto war ein MINI Cooper, dessen Beifahrertür sich schnell öffnete, nachdem es angehalten hatten.

»Brooke?«, fragte eine Frau, die mir auf den ersten Blick sympathisch war. Sie trug Jeans – und einen schwarzen Pullover.

»Hi«, erwiderte ich schüchtern.

»Hey! Ich bin Kathy. Am Steuer meines Wagens ist Ally, die einfach viel besser fahren kann in diesem Stadtverkehr.«

»Weil du ein altes Landei bist und immer meinst, die anderen hätten Vorfahrt! Glaub mir, Brooke, würde ich nicht fahren, wären wir hier niemals angekommen!« Schallendes Lachen und tausend Steine, die mir vom Herzen fielen. Okay, die zwei waren nicht einmal ansatzweise so, wie ich sie mir in meinen Albträumen vorgestellt hatte. Genau genommen schienen sie sogar das komplette Gegenteil zu sein, doch das musste die Zeit erst zeigen.

»Spring rein. Wenn wir das Shoppen schnell hinter uns bringen, haben wir noch genug Zeit für jede Menge leckeres Essen in Joe's Bar!« Kathy trat zur Seite, sodass ich in das Auto einsteigen konnte, während mir bereits wieder erste Zweifel kamen. Ich konnte mir nichts zu essen leisten. Aber ein Wasser, das würde ich schon hinkriegen.

Schließlich konnte ich immer noch behaupten, keinen Hunger zu haben.

»Aaaaaalso, wir wollen alles wissen, darauf kannst du dich schon mal einstellen.« Ally blickte in den Rückspiegel, während ich nur mit den Schultern zuckte.

»Ich hoffe, es wird euch nicht langweilig, wenn ihr feststellt, dass es so gar nichts gibt, was ich berichten kann. Ich bin einfach nur Christians Haushälterin.«

»Wir glauben dir kein einziges Wort. Und weißt du, warum nicht?« Kathy drehte sich zu mir um, mit einem breiten Grinsen auf den Lippen. »Weil wir beide einen Knight-Bruder daten und wissen, wie sie ticken. Auch wenn sie immer glauben, dass niemand dahinter steigt, aber wir haben sie schon mal verstanden. Wahrscheinlich besser, als sie sich selbst verstehen.«

»Das würde ich im Hinblick auf Evan auf jeden Fall direkt unterschreiben«, pflichtete Ally Kathy bei, während ich begann, mich zu entspannen. Vielleicht konnte ich an diesem Tag ja noch etwas lernen, obwohl ich nicht wusste, wofür das gut sein sollte. Schließlich dateten Christian und ich nicht und würden es auch niemals tun. Ich war seine Haushälterin, arbeitete für ihn und ja, es war zu diesem einen kleinen Ausrutscher gekommen, aber von dem musste ja niemand etwas erfahren. Schließlich war es eine einmalige Sache und die sollte es auch bleiben.

»Wie gehts Christian? Die Nachrichten haben uns alle hart getroffen.«

»Er schlägt sich durch, auch wenn es wahrscheinlich unglaublich schwierig ist, aber er ist kein Mensch, der den Kopf hängen lässt oder sich beklagt.«

»Das stimmt wohl. Es ist nur so unfair, dass es gerade Christian treffen musste. Die Sache mit dem Sonnyboy ... es ist mir nie so vorgekommen, als wäre das bei ihm nur Teil der großen Show.« Ally blickte mich erneut im Rückspiegel an.

»Dazu kann ich nichts sagen, weil ich habe ihn ja jetzt erst kennengelernt, beziehungsweise ich bin noch dabei. Aber er ist definitiv nicht verbittert oder lässt den Kopf hängen, wie es wohl viele in dieser Situation tun würden.«

»Wir finden es übrigens mega, dass du ihn auf den Ball begleitest. Es ist für ihn eine wirklich wichtige Veranstaltung.« Ich nickte, denn davon hatte Christian mir bereits erzählt. Er leitete die Personalabteilung des großen Konzerns und das war der Personalball oder wie man das auch immer nannte. Natürlich war es wichtig, dass er sich dort blicken ließ. Ich würde mein Menschenmöglichstes tun, um ihn zu unterstützen. Keine Ahnung, ob es mir auch gelingen würde.

Schließlich habe ich mit so was überhaupt keine Erfahrungen.

»Kommst du aus New York?«, fragte Ally, was ich mit einem leisen »Nein« beantwortete. Ich wollte gar nicht darüber sprechen, woher ich kam oder was ich vorher getan hatte.

Selbst Christian hatte ich bis jetzt nie eine Antwort auf diese Fragen gegeben.

Fragen, die er mir wahrscheinlich auch deshalb nicht mehr stellte. Meine Vergangenheit war genau das – Vergangenheit – und sie gehörte nur mir. Ich würde nicht ein Wort darüber verlieren.

»Ich bin aus New York und Kathy hier ist das Landei aus Treboka Hights.«

»Warte, Treboka Hights? Wo James seine Farm hat?«

»Jap.«

»Okay, ich kann überhaupt nicht folgen«, gab ich zu, während mir die beiden von dem größtmöglichen Wink des Schicksals erzählten, der mich auflachen ließ. Manche Dinge sollten laut des Universums wohl einfach genau so sein und genau so passieren, ohne Wenn und Aber. Vielleicht genau so wie ich bei Christian gelandet war. Doch da interpretierte ich wohl gerade etwas viel hinein.

»Was für eine wunderbare Liebesgeschichte!«

»Ally und James haben sich vor gefühlten einhundert Jahren kennengelernt, als James noch der beste Freund von Allys Bruder war und die Gute noch minderjährig.«

»Verrückt.«

Wir quatschten die gesamte Zeit über, bis wir bei dem Geschäft angekommen waren, wo Ally den Wagen in eine unfassbar kleine Parklücke fädelte. Eine echte New Yorkerin halt.

Schon von außen wirkte das Geschäft sehr edel. Von mir aus wäre ich hier wohl nie reingegangen, aber ich vertraute darauf, dass die beiden wussten, wo wir am besten für diesen Anlass einkauften. Wahrscheinlich konnte man bei so einem Event auch nicht mit einem billigen Kleid auftauchen, obwohl ich davon wirklich keine Ahnung hatte.

Im Inneren begrüßte uns gleich eine Verkäuferin, wobei wir mit Allys Kleid beginnen wollten. Ich hatte mich freiwillig gemeldet, bis zum Schluss abzuwarten, um mir einen Eindruck davon zu verschaffen, was die anderen beiden so auswählten.

»James hat mich übrigens von Anfang an belogen, was diese Bälle angeht. Er hat gesagt es wären vier im Jahr, gefühlt gehen wir aber jetzt schon auf den Vierzehnten dieses Jahr.«

»Ahhh warte, er hat bestimmt gesagt, dass es von der Firma vier sind. Das stimmt sogar, aber es kommen halt noch nicht komplett firmeninterne Bälle dazu, plus die Bälle der Geschäftspartner«, erklärte Kathy, bevor sie sich zu mir umdrehte. »Aber das hört sich jetzt alles tausendmal schlimmer an, als es ist. Versprochen. Es kann sogar Spaß machen. Also für uns. Wir sind schließlich noch schmückendes Beiwerk und nicht Hauptakteur wie die Männer an unserer Seite. Dass es für sie ätzend ist, steht vollkommen außer Frage. Aber wir sind zum Shoppen hier, also ausschwärmen und Kleider suchen.«

Ich ließ meinen Blick entlang der hohen Kleiderstangen schweifen, wobei ich überrascht feststellen musste, dass es gar keine Preisschilder gab. Geld spielte wohl im Land der Reichen und Schönen wirklich keine Rolle. Dabei wollte ich mir auf gar keinen Fall ein zu teures Kleid aussuchen, schließlich war es nicht mein Geld, das ich dafür ausgab.

Nachdem sowohl Ally als auch Kathy fündig geworden waren, probierte ich ein paar unterschiedliche Kleider an, die mir aber alle nicht gefielen. Sie waren viel zu auffällig, während ich es doch eher schlicht bevorzugte. Schließlich wollte ich nicht auch noch herausstechen, wenn ich mich doch so oder so schon fehl am Platz fühlte.

Meine Wahl fiel schlussendlich auf ein traumhaftes Kleid in einem dunklen Blau, das am Oberteil funkelte. Es traf nicht nur genau meinen Geschmack, sondern auch den der beiden Mädels, die es mir wirklich verdammt leicht machten, sie zu mögen.

»Alles zusammen auf die Rechnung, wie immer?«, fragte die Verkäuferin, nachdem sie uns auch noch mit passenden Schuhen und Handtaschen ausgestattet hatte.

»Was bedeutet das?«, flüsterte ich Kathy zu, während Ally nickte und etwas unterschrieb.

»Die Kleider werden über die Firma abgerechnet. Ist ja nicht unser Problem, dass wir mit den Männern dorthin gehen müssen, oder? James ist der Finanzguru der Knights und deshalb darf Ally immer die Kreditkarte schwingen. Das Essen läuft auch darüber, versteht sich. Schließlich müssen wir uns auch gemeinsam besprechen.«

Ich grinste bei ihren Worten, denn so fühlte ich mich schon deutlich weniger schlecht.

»Huuuu, das wird Liam wieder freuen«, sagte Ally lachend, nachdem wir den Laden verlassen hatten und alles in den Kofferraum und auf die Rückbank des MINI luden, bevor wir zu Fuß weitergingen in eine Restaurant-Bar, oder wie auch immer man das in New York wohl nannte.

Es war gemütlich dort, wenn auch verdammt dunkel. Nichts, wo Christian sich wohlfühlen würde. Definitiv nicht.

Wir bestellten Pizza und alkoholfreie Cocktails, während wir über Serien, Schauspieler und Kinofilme philosophierten. Die zwei waren so herrlich normal, dass ich mir schon längst nicht mehr wie eine Außerirdische vorkam, die in dieser Gesellschaft nichts verloren hatte.

Kathy erzählte von einem geplanten Ausflug nach Treboka Hights, was zu einer angeregten Diskussion über den Vorteil von Stadt- und Landleben führte.

In diesem Zug offenbarte ich dann auch, dass ich vorher in Jersey gewohnt hatte. Zu mehr Details ließ ich mich allerdings nicht hinreißen. Sie mussten nicht wissen, wie beschissen mein Leben verlaufen war. Die Schläge, das Martyrium und die Ehe, die ich niemals hätte eingehen dürfen.

Hoffentlich würde James nie rückfällig werden, damit Ally niemals das wahre Elend davon kennenlernte, mit einem Süchtigen zusammen zu sein.

James war ein guter Kerl. Sofern ich das jetzt schon beurteilen konnte. Nicht zu vergleichen mit Clyde ... obwohl es auch bei ihm die Zeit gegeben hatte, in der ich noch geglaubt hatte, er wäre einer von den Guten und ich könnte ihn retten.

Tja, falsch gedacht ...

Er hatte mich mit sich in den Abgrund gezogen, mich behandelt wie das letzte Stück Scheiße, mich ausgenutzt, wie es ihm gerade in den Sinn kam.

CHRISTIAN

»Fuck«, murmelte ich, als ich einen Blick auf mein Handy warf, um mir die aktuelle Uhrzeit anzeigen zu lassen, und sank nach hinten zurück in die Kissen. Es war faszinierend, wie schnell sich diese Krankheit doch verschlechtern konnte. Meist über Nacht. Vielleicht sollte ich nicht mehr schlafen, in der Hoffnung, dass dann alles gleich bleiben würde.

Ich wusste, dass das vollkommener Blödsinn war, aber fuck halt! Ich war nicht bereit dafür, noch weniger zu sehen. Das Leben war so oder so schon extrem anstrengend.

Mit einem Ruck schlug ich die Bettdecke zurück und ging zum Badezimmer, wo ich das Licht anschaltete und fluchend feststellen musste, dass es Zeit war für eine hellere Beleuchtung. Bei diesem Licht konnte ich nicht mehr gut genug sehen. Die Nassrasur würde definitiv ausfallen. Wahrscheinlich ab jetzt für immer.

Heute haderte ich auch nicht mit mir und griff nach dem Blindenstock, der sich neben meinem Bett befand.

Ich ging zum Ankleidezimmer, wo ich mit dem Scanner meine Sachen auf ihre Farbe untersuchte. Dunkel war mittlerweile vor allem eins: dunkel. Egal, ob dunkelblau, schwarz, dunkelbraun. Das alles war für mich nicht mehr zu unterscheiden.

Ich wählte einen dunkelblauen Anzug mit passender Krawatte und weißem Hemd aus, bevor ich mich auf den Weg nach unten machte.

Schon die ganze Woche über war es für mich quasi so etwas wie eine Pflicht gewesen, ins Büro zu fahren, wo ich meine Einweisung in das blindengerechte Arbeiten am Computer bekam. Es forderte mir eine Menge ab, doch gleichzeitig half es mir auch weiter – beziehungsweise, es würde mir weiterhelfen, wenn ich irgendwann in der Lage war, mir diese Tastenkombinationen zu merken und eine Routine in der Bedienung mit der Sprachsteuerung zu bekommen.

»Guten Morgen, Christian«, schallte Brookes Stimme bereits zu mir hoch, während ich langsam die Treppen hinabging.

»Guten Morgen«, erwiderte ich auf meinem Weg zum Tisch, auf dem alles in gewohnter Reihenfolge bereitstand.

»Bereit für den großen Abend?« Ich zuckte lächelnd mit den Schultern, während ich mein Müsli aß.

Ich konnte mich nicht daran erinnern, wann ich zuletzt allein gefrühstückt hatte, doch das war vollkommen okay so. Brooke nahm mit ihrer Tasse Kaffee neben mir Platz. Normalerweise hatte ich wenigstens noch ihren Schatten erkennen können. Jetzt nicht mehr. »Ich kann nicht sagen, dass mich diese Art Veranstaltung mit Freude erfüllt, aber hey, es gehört zum Job dazu.«

»Laut Kathy und Ally wird es nicht so schlimm werden. Zumindest meinten sie, sie hätten es sich schlimmer vorgestellt.«

»Ja, wahrscheinlich – und das heute ist ja auch eine lockere Veranstaltung mit den Angestellten und nicht mit irgendwelchen superreichen, superwichtigen Geschäftsmännern, die sich selbst gern die Füße küssen. Von daher ja, es könnte recht spaßig werden.«

»Dann sorgen wir einfach dafür, dass es das wird.«

Ich verschwieg ihr, dass es schlechter geworden war, denn ich wusste, dass Brooke sich darüber dann wieder Sorgen machen würde.

Meine gesamte Sicht war milchiger, nicht nur das Gesichtsfeld war kleiner geworden. Vielleicht sollten wir die Reise nicht mehr auf die lange Bank schieben, denn sonst würde ich den Sonnenuntergang nicht mehr genießen können. Schon jetzt war mir klar, dass es anders sein würde als damals, da meine Farbsicht schon so stark in Mitleidenschaft gezogen worden war.

Aber deshalb würden wir trotzdem fahren.

Im Büro angekommen wartete niemand mehr auf mich in der Tiefgarage. Der Fahrer ließ mich jeden Morgen am selben Platz raus, sodass ich den Weg zum Aufzug mittlerweile ganz genau kannte.

Ich kannte ihn blind, um es auf den Punkt zu sagen.

Außerdem benutzte ich den Blindenstock, was einen großen Unterschied zum ersten Mal machte, als ich vollkommen aufgeschmissen gewesen war.

In der Firma war noch nicht offiziell darüber gesprochen worden, dass ich dabei war, mein Augenlicht zu verlieren, und noch hatte ich auch keine Entscheidung getroffen, ob ich das wollte.

In meinem Büro wartete bereits Steven auf mich, der Mann mit der Engelsgeduld, der mir alles erklärte und mit mir übte. Ich würde vermutlich wahnsinnig werden, wenn ich Dinge so oft wiederholen müsste, aber er ging in diesem Job auf.

Ein Glück für mich, denn vermutlich stellte ich mich in manchen Dingen einfach wirklich unbeholfen an. Doch wer würde das nicht, wenn er plötzlich mit geschlossenen Augen vor einem Bildschirm saß und versuchte, zu arbeiten.

Neben der Bildschirmarbeit war Steven auch dazu da, mir mithilfe anderer Maschinen und Techniken die Arbeit zu erleichtern, die nicht über den Bildschirm laufen konnte. Ein Vorlesegerät würde mir Text vorlesen können, auch wenn ich das jetzt mit der richtigen Beleuchtung noch selbst schaffte. Irgendwann war es vorbei.

Am Abend kehrte ich früh nach Hause zurück, um mich für den Ball umzuziehen, vor dem es mir schon so sehr graute. Hätte diese Verschlechterung nicht wenigstens noch diesen Abend abwarten können? Es blieb mir nichts anderes übrig, als mit meinem Blindenstock dorthin zu gehen, denn sonst würde ich die ganze Zeit an Brookes Arm hängen müssen.

Mein Smoking lag dank Brooke bereits auf dem Bett, weshalb ich mich nur noch anziehen musste, bevor ich ins Bad ging. Die Beleuchtung war bereits ausgetauscht worden, sodass ich mich wenigstens im Spiegel anblicken konnte.

»Christian?« Es war Brookes Stimme, die dafür sorgte, dass ich aus dem Badezimmer heraustrat. »Oh, du bist auch schon fertig.«

»Wow.« Ich konnte sie nicht gut erkennen, bei Weitem nicht, doch ich sah, dass sie ein langes Kleid trug mit funkelnden Pailletten oder Glitzer.

»Ich hatte keine Ahnung, was ich auswählen sollte, aber die beiden Mädels haben mir versichert, dass ich mit diesem Kleid auf der absolut sicheren Seite liege.«

»Du siehst fantastisch aus!«, bestätigte ich und ging näher auf sie zu, um mir auch ihre Frisur anzusehen. Sie hatte ihre Haare locker hochgesteckt. »Wunderschön.«

»Ich werde ganz rot«, sagte sie und lachte verlegen.

»Welche Farbe hat dein Kleid?«

»Es ist dunkelblau.« Deshalb konnte ich es vielleicht nicht so gut erkennen. Dunkle Farben waren allgemein sehr schwierig. »Hat es sich verschlechtert? Mir brennt diese Frage schon seit heute Morgen auf der Zunge, weil ich es beim Frühstück bereits gemerkt habe.«

In Brookes Stimme hörte ich die Besorgnis. Für den Bruchteil einer Sekunde wollte ich ihr sagen, dass es nicht der Rede wert war, doch ich nickte nur. Es war keine kleine Verschlechterung. Es war viel mehr als das.

»Aber davon lassen wir uns den Abend nicht verderben. Bist du bereit, dich zu Tode zu langweilen?«

»Oh, ich glaube gar nicht, dass es so langweilig wird mit den Mädels.«

»Stimmt. Ihr werdet schon euren Spaß haben.«

Wir verließen die Wohnung gemeinsam, wobei ich in der Tiefgarage angekommen nach Brookes Arm griff. Das Licht auf dem Ball würde auch nicht das Beste sein. Es gab mir also wahrscheinlich schon mal einen Vorgeschmack darauf, wie schlecht der Abend ablaufen würde.

Gemeinsam gingen wir zum Wagen, der uns zur Party fuhr, wobei Brooke mir meine Nervosität anzumerken schien.

»Wenn du den Stock im Wagen lassen willst, ich schwöre dir, dass ich auf dich aufpassen werde. Außerdem sind deine Brüder auch da.« Ich hatte mit ihr bereits darüber gesprochen, wie unsicher ich darüber war, meine Erblindung in der Firma publik zu machen. Wenn ich heute mit dem Blindenstock auf dieser Veranstaltung auftauchte, wo einfach alle Mitarbeiter vertreten waren. Nein, das konnte ich einfach nicht mit mir vereinbaren …

Andererseits ... ich würde mich nicht zurechtfinden und wollte auch nicht die ganze Zeit an Brookes Rockzipfel hängen. Sie hatte recht, meine Brüder waren ebenfalls da und noch konnte ich sehen. Wenn ich also einen Ball ohne Blindenstock noch einmal erleben wollte, dann war das mit Sicherheit meine allerletzte Gelegenheit, so schnell wie sich alles verschlechterte.

»Ich lasse den Blindenstock hier.« Ich hatte mich erst in der Sekunde entschlossen, als der Fahrer den Wagen stoppte, aber wenigstens war ich mir sicher.

Brooke, meine Brüder und ich – wir würden das schon hinkriegen.

Ich stieg aus dem Wagen aus, wobei Brooke direkt neben mir war und mich am Arm festhielt. Fast so, als würde sie sich bei mir unterhaken. Garantiert sah es von außen so aus, als wäre ich derjenige, der ihr Sicherheit gab, als Chef. Als Knight. Erfahren bei dieser Art von Veranstaltungen. Dabei war es vollkommen andersherum.

Ohne sie hätte ich es wahrscheinlich nicht mal vom Auto bis zum Eingang geschafft, denn natürlich war es schon dunkel.

In der Location angekommen war es genauso schlimm, wie ich es angenommen hatte. Durch die gedimmten Lichter blieb mir kaum etwas an Sehfähigkeit erhalten. Was Brooke perfekt kompensierte, indem sie mir ins Ohr flüsterte, dass wir gerade bei Ally, James, Evan und Kathy ankamen.

Ich hätte keinen von ihnen erkannt.

»Brooke, wie schön, dich wiederzusehen«, sagte James sofort, wobei sich auch Evan anschloss, während mich Kathy und Ally umarmten.

»Kurze Info Leute, durch die schlechte Beleuchtung sehe ich nichts«, teilte ich ihnen leise mit, während Evan mir sofort auf die Schulter klopfte.

»Kein Problem. Kriegen wir alles hin. Hast du dein drittes Auge nicht dabei?«

»Nein, hab mich ja noch nicht entschieden, ob ich es öffentlich mache oder nicht.«

»Alles klar. Dann würde ich sagen Büfett und Bar, bevor wir uns an den für uns reservierten Stehtisch stellen. Ich werde direkt vor dir gehen, Brooke ist direkt hinter dir, okay?« James' Plan gefiel mir, ich konnte mich gut an ihm orientieren, da er sein Sakko ausgezogen hatte und sein weißes Hemd ein sehr heller Fleck war.

Anders konnte ich es nicht beschreiben. Es war erschreckend, aber ich würde diese Situation meistern. Wir würden sie meistern. Zusammen.

»Das solltest du probieren«, sagte Brooke und stellte etwas auf meinen Teller, den ich einfach nur festhielt. Trotz all der Unterstützung war ich froh, als wir an dem Stehtisch angekommen waren und ich nur dort stehen bleiben musste.

Durchatmen. Für ein paar Sekunden. Ohne mir Gedanken zu machen, mich auf die Nase zu legen oder unangenehm aufzufallen.

Wenn mich dieser Abend eines gelernt hatte, dann dass ich mir wirklich keine Gedanken mehr darüber machen musste, ob ich über meine Krankheit sprechen wollte oder nicht – mir blieb nichts anderes übrig. Außerdem wusste ich nicht, was mich abhielt. Klar, es war mein Wunsch gewesen, es so lange wie möglich geheim zu halten, um selbst mit dieser Situation klarzukommen.

Doch ich wusste mittlerweile, dass es viel einfacher war, wenn ich darüber sprach und es nicht mehr verheimlichen musste. So wäre mit dem Blindenstock hier ebenfalls einiges einfacher gewesen.

»Eine Frau nähert sich. Lange, wellige Haare. Schwarz. Blaue Augen. Auffällig stark geschminkt«, flüsterte Brooke neben mir, während ich schon dank ihrer Beschreibung wusste, dass es sich um Shawna handelte, mit der ich eng zusammenarbeitete. Vor ihr musste ich nicht verstecken, was gerade los war. Sie wusste es. Als eine der wenigen.

Lustigerweise interessierte sie sich gar nicht für mich, sondern begrüßte stattdessen Brooke und sprach angeregt mit ihr.

Brooke ... Sie leistete Unglaubliches. Und es freute mich, zu hören, wie ungezwungen sie Small Talk hielt. Als wäre es für sie das Normalste der Welt. Falls sie sich unwohl fühlte, merkte man ihr davon nichts an.

BROOKE

»Christian, lass uns ein wenig rumgehen, Evan und ich leisten dir Schützenhilfe. Es würde komisch rüberkommen, wenn du den ganzen Abend nur hier am Tisch stehst, das ist so gar nicht deine Art«, schlug Logan vor. In Christians Gesicht suchte ich nach einer Antwort darauf, ob es ihm mit dieser Idee gut ging, doch er stimmte bereits zu.

»Wunderbare Idee, dann können wir uns endlich Brooke widmen.« Ally kam auf mich zu und deutete auf die Cocktailbar. »Brooke und den Cocktails«, fuhr sie fort, was nicht nur mich auflachen ließ.

»Keine Sorge, Christian. Ich werde dich und alle anderen heute Abend sicher nach Hause bringen. Ein Gutes muss es ja haben, dauernüchtern zu sein und zu bleiben.« Über James' Probleme hatte ich mittlerweile schon ein wenig mehr erfahren. Ich fand es unglaublich stark, wie er sich durchbiss, was gerade auf solchen Veranstaltungen, wo der Alkohol in Strömen floss, mit Sicherheit nicht einfach war.

Er war für mich der lebende Beweis dafür, dass man es schaffen konnte, wenn man nur wollte.

Clyde hatte es nie gewollt.

Er war nur glücklich, wenn der Alkohol seine Sinne benebelte ...

Ich wollte und würde jetzt garantiert nicht an diesen elendigen Mistkerl denken. Es war ein schöner Abend, ein schöner Ball und ich amüsierte mich. Er hatte mir schon so viel genommen, das ließ ich mir nicht auch noch nehmen!

Nicht von diesen dummen und absolut unnötigen Gedanken an ihn!

»Ich wusste nicht, dass es bereits so weit fortgeschritten ist bei Christian«, sagte Kathy mit nachdenklicher Stimme, als wir uns mit den Cocktails wieder an den Tisch stellten, währen ich tief durchatmete.

»Leider ja. Es geht rasend schnell bergab mit seiner Sehkraft.«

»So ein Mist. Und es gibt wirklich nichts, was man tun kann, oder?«

»Richtig. Ich glaube, seine Brüder haben sämtliche Nachforschungen angestellt und alle Spezialisten angerufen, wie ich so mitbekommen habe, aber niemand kann Wunder vollbringen.«

»Ihr zwei macht das super. Ganz ehrlich. Und, Brooke, ich will ja nichts sagen, aber die Art und Weise, wie er dich ansieht, wie er mit dir spricht ...«

»Ohhhh ja, darauf wollte ich gleich auch hinaus«, mischte sich Ally ein, was Kathy auflachen ließ.

»Also sorry, aber es ist einfach viel zu offensichtlich, dass da mehr zwischen euch ist.«

»Leute, ich bin nur seine Haushälterin und helfe ihm gerade ein wenig.« Beide nickten, allerdings glaubten sie mir offensichtlich kein Wort. Stattdessen prosteten sie mir nur zu, was ich erwiderte.

Ja, ich genoss es, heute Abend hier zu sein. Ja, ich genoss Christians Gesellschaft und nein, es machte mir rein gar nichts aus, dass er auf meine Hilfe angewiesen war. Sogar noch viel weniger, als ich es gedacht hätte.

Es war ein schöner Abend mit netten Menschen, doch davon würde ich mich jetzt nicht darüber hinwegtäuschen lassen, wie unglaublich fehl an diesem Platz ich war.

Haushälterin. Nicht mehr und nicht weniger. Bis auf diesen einen Ausrutscher ...

Über den gemeinsamen Urlaub hatten wir nicht mehr gesprochen, wobei diese Ausdrucksweise wohl auch eindeutig zu hoch gegriffen war. Schließlich würden wir nicht in den

Liebesurlaub fahren, sondern ich wäre lediglich als Christians Hilfe eingeplant.

Jedenfalls ging ich davon aus, dass er es sich anders überlegt hatte, und das war auch vollkommen in Ordnung so.

Ich ließ meinen Blick schweifen, als ich Christian laut und herzhaft lachen hörte. Er stand gemeinsam mit Evan in einer kleinen Gruppe und amüsierte sich prima, was mir ebenfalls ein Lächeln auf die Lippen zauberte. Christian, der Sonnyboy. Er war einfach ein interessanter Typ. Allein die Tatsache, dass er so ausgelassen und von Herzen lachen konnte, obwohl er sich gerade nicht mal ohne Hilfe in diesem Raum zurechtfinden konnte ... genau das machte ihn so besonders. Er ließ sich nicht unterkriegen. Das hatte ich jetzt schon von so vielen Leuten aus seiner Familie gehört und auch in der Zeitung war immer wieder darüber berichtet worden. Ich hatte in den letzten Tagen vielleicht ein wenig intensiver in den Suchmaschinen nach ihm gesucht, als es eigentlich mein Plan gewesen war ...

Dieser Mann schaffte es wirklich, mit seiner Art einen ganzen Raum zu erhellen. Dank ihm wusste ich jetzt auch, was diese Redewendung bedeutete. Er zeigte es gerade wieder in aller Deutlichkeit.

Ich war nicht die Einzige mit einer dunklen und schweren Vergangenheit. Vielleicht sollte ich mir einfach eine Portion von Christian abschneiden, was die verschiedenen Bewältigungsstrategien anging.

»Brooke, ich befürchte, ich muss dich einmal von diesen wunderbaren Frauen weglocken«, erklang James' Stimme hinter mir, weshalb ich mich überrascht umdrehte. »Ihr müsst den Tanz eröffnen.«

»Wir ... den ... was?«

»Mach dir nichts draus. Diesen Part der Verpflichtungen vergessen sie immer zu erwähnen«, sagte Ally, was es natürlich nicht besser machte.

»Ich kann nicht tanzen!«

»Glaub mir, bei den Knight-Männern musst du nicht tanzen können. Du musst es nur hinkriegen, dich führen zu lassen, oder glaubst du, sie geben auf der Tanzfläche die Kontrolle aus der Hand, weil sie das ja so gut können?« Jetzt musste ich trotz der drohenden Blamage mit Christian auf der Tanzfläche laut auflachen.

Ihm blieb dank seiner Situation oft nichts anderes übrig, als die Kontrolle abzugeben, aber ich musste ihn nicht gut kennen, um zu merken, wie sehr er genau das hasste. Aus tiefstem Herzen.

Evan hatte sich bereits in der Nähe der Tanzfläche mit Christian positioniert, sodass wir nur noch wenige Schritte gehen mussten. Hoffentlich würde es nur wenigen auffallen, dass wir nicht zu den Musikklängen der Band tanzten. Schließlich spielten sie schon die ganze Zeit über eine nette Begleitmusik, bei der man sich wunderbar unterhalten konnte.

»Ladys und Gentleman«, erklang eine Stimme über das Mikrofon, während ich kurz die Augen schloss, während ich mich bei Christian unterhakte.

»Ich werde dich dafür umbringen. Das ist dir hoffentlich klar«, zischte ich in sein Ohr.

»Oh, kein Problem. Meine Brüder haben das auch alle überlebt.«

»Ich kann nicht tanzen.«

»Das werde ich dir gleich schon zeigen.«

»Begrüßen Sie den Chef der Abteilung, Christian Knight, der jetzt den Tanz eröffnen wird.«

Applaus folgte, während ich Christian sicher auf die Tanzfläche führte, obwohl ich ihn am liebsten genau in die andere Richtung gezogen hätte.

Wir bewegten uns langsam zu der Musik, wobei Christian mir durch seinen starken Griff wirklich kaum Freiraum ließ, irgendetwas zu vermasseln. Ich musste mich einfach nur auf seine Bewegungen einlassen. Bewegungen, die ganz selbstsicher und selbstverständlich erfolgten. Wahrscheinlich weil er es einfach gewohnt war, zu tanzen, und weil er wusste, dass in diesen Momenten nur wir auf dieser Tanzfläche waren und er niemanden anrempeln konnte.

»Fühlst du dich gut?«, fragte er, während ich süffisant auflachte.

»Jetzt gerade wünsche ich mir eine Tür im Boden herbei, durch die ich verschwinden könnte. Alle starren uns an.«

»Weil du so unglaublich schön bist. Genieß diesen Augenblick. Er gehört ganz allein dir und du hast ihn dir redlich verdient.«

»Ich gehöre doch gar nicht hierher.«

»Ich auch nicht. Und doch sind wir hier und fühlen uns wohl. So kann das Leben manchmal spielen. Du kommst gut mit Ally und Kathy klar, oder?«

»Ja, die zwei sind eine Wucht.«

»Du ebenso.«

Ich wollte etwas entgegnen, etwas Schlagfertiges oder sonst irgendetwas, doch mein Kopf war bei seinen Worten wie leer gefegt.

Christian zog mich ein wenig enger an sich, während ich die Dinge einfach geschehen ließ. Ich bewegte mich mit ihm im Takt, bis er mir signalisierte, dass es an der Zeit war, zu gehen. Eigentlich dachte ich, zurück zum Tisch, um mit Ally, Kathy, Evan und James weiterzufeiern, doch Christian bat mich, ihn nach draußen zu bringen. Zum Auto.

Ich stellte keine Fragen, denn ich war nur seine Begleitung, seine Hilfe. Doch im Auto angekommen, konnte ich nicht länger darauf verzichten, ihn zu fragen, ob alles in Ordnung war.

Er war schweigsam. Viel zu schweigsam – und das machte es merkwürdig.

Seine Hand näherte sich mir, was mich dazu bewog, die Augen zu schließen. Christian tastete sanft. Hier im Auto war es stockdunkel, sodass ich wusste: Er konnte mich nicht sehen. Mit seinen Fingern strich er langsam über meine Wange und über meine Lippen, während ich hörbar schluckte. Wofür ich mich gern verflucht hätte, denn ich wollte ihm nicht zeigen, wie sehr mich diese kleine Berührung anturnte.

Als Bestätigung, dass er es genau gehört hatte, breitete

sich ein Grinsen auf Christians Gesicht aus, bevor er seine Hand auf meine Wange legte und zumindest versuchte, Blickkontakt aufzubauen.

»Du bist die mit Abstand wunderschönste Frau, die ich je kennenlernen durfte«, flüsterte er, bevor er mir immer näher kam und unsere Lippen sich berührten.

Es war nicht einmal ansatzweise zu vergleichen mit dem letzten Mal. Er war stürmisch gewesen, nur geprägt von der Leidenschaft und dem Willen, miteinander zu vögeln. Das jetzt war anders.

So sanft.

So ehrlich.

So zärtlich.

Es war verrückt, was hier passierte, und wahrscheinlich fühlte ich mich zurecht wie Aschenputtel. Geküsst von einem Prinzen, obwohl es nichts in dieser Welt verloren hatte. Ich hatte hier nichts verloren. Ich war doch einfach nur die Haushälterin.

In der Tiefgarage parkte der Fahrer den Wagen, während ich direkt um das Auto herumging, um Christian ins Haus zu begleiten.

Bereits im Aufzug konnte er mehr sehen. Das spürte ich an der Art und Weise, wie er mich betrachtete. Nun sah er mir auch wieder direkt in die Augen und ich genoss es. Ich genoss es so sehr, obwohl oder gerade weil es mich vollkommen um den Verstand brachte.

In seinem Appartement hob Christian mich mit einem Ruck auf seine Hüften, bevor er den Blindenstock benutzte, damit wir in der Küche ankamen, wo er mich auf den Tresen setzte.

»Warte ...« Ich hob fragend meine Augenbrauen. »Das Badezimmer. Komm.« Er zog mich hinter sich her, während ich ihm verwirrt folgte.

Im Bad schaltete er die grelle Beleuchtung an, bevor er sich zu mir umdrehte.

»Genau so. Ich möchte sehen, wie du dich in diesem Kleid bewegst, wie du es ausziehst.« Und das konnte er hier am besten, weil das Licht auf seine Bedürfnisse angepasst worden war. Bedürfnisse, die sich seit gestern bereits wieder verändert hatten. »Du siehst so wunderschön aus, Brooke.«

Ich lächelte verlegen, bevor ich meine Hüften kreisen ließ. Es fühlte sich weitaus weniger unangenehm und komisch an, als ich gedacht hätte, mich vor ihm zu bewegen. Er konnte mich sehen – und er sollte mich sehen.

So wohl, so schön, so ausgelassen wie heute Abend hatte ich mich nicht mehr gefühlt, seit ich Clyde kennengelernt hatte.

Sein Abgrund war auch zu meinem geworden, weil ich keine Kraft gehabt hatte, mich zu wehren.

Doch gerade ging es nicht um Clyde. Gerade ging es um Christian und mich – um das, was sich zwischen uns entwickelte, ob wir es nun wollten oder nicht. Es passierte einfach. Und ich war mehr als bereit, das zuzulassen. Zumindest in diesem Moment. Die Art und Weise, wie er mich ansah, wie er sich über seine Lippen leckte …

Er begehrte mich. Und ich begehrte ihn. Verdammt, ich konnte nicht in Worte fassen, wie sehr ich ihn begehrte. Ganz egal, ob es Sinn machte, was hier passierte oder realistisch war, ich wollte es einfach. Ich wollte ihn spüren, selbst wenn ich damit alles riskierte, was wir hatten.

Mein Kopf brauchte eine Pause, denn nun war mein Körper an der Reihe. Mein Körper, der nach Christian verlangte.

Langsam streifte ich mir die Träger über die Arme, während ich mich noch immer bewegte und von ihm gemustert wurde.

Erst als ich vollkommen nackt vor ihm stand, kam er auf mich zu. Ich hatte damit gerechnet, dass er meinen Körper anfasste, doch stattdessen küsste er mich mit glühender Leidenschaft.

Wieder hob er mich auf seine Hüften. Der Stoff seines Anzugs fühlte sich kalt an auf meiner warmen Haut.

Vorsichtig legte Christian mich auf das Bett, bevor er sich ebenfalls von seinen Sachen befreite. Ich betrachtete seinen durchtrainierten Körper voller Vorfreude und bereit, alles mit mir anstellen zu lassen, was er mit mir anstellen wollte. Dieser Mann, dem ich viel zu leicht verfallen war – vor allem wenn man bedachte, dass ich mich eigentlich für den Rest meines Lebens von Männern fernhalten wollte.

Doch Christian war nun mal anders. Vollkommen anders.

Er kniete sich über mich, bevor er begann, sich mit seinen Händen und seinem Mund auf eine Reise über meinen Körper zu begeben. Es war anders als der Quickie in der Dusche. Anders als alles, was ich jemals erlebt hatte, denn das hier war so viel mehr als ein Vorspiel. Es war ein langsames Herantasten. Ein Kennenlernen. Ein stilles Versprechen, mir nichts anzutun, was ich nicht wollte. Denn sobald ich zurückzuckte, fragte Christian, ob alles in Ordnung sei. Fuck ja, es war alles in Ordnung. Bis auf die Tatsache, dass mein Körper schon jetzt vollkommen überreizt war.

Seine Berührungen, seine Küsse, wie sanft er war ... Als er dann auch noch mit seiner Zunge zwischen meinen Beinen versank, krallte ich mich in den weichen Stoff des Bettlakens und schloss meine Augen, bereit, alles geschehen zu lassen, so wie es geschah. Aber endlich auf diese wunderbare, faszinierende Art und Weise. Ganz so, wie es sich anfühlen sollte. Als er schlussendlich in mich eindrang, war ich zum ersten Mal froh, dass er mich bei der spärlichen Beleuchtung, die durch das Badezimmer in diesen Raum fiel, nicht erkennen konnte. Es waren Tränen der Freude, die meine Augen zu verlassen drohten. Freude darüber, endlich begehrt zu werden. Begehrt von einem Mann, von dem ich begehrt werden wollte. Ich presste meinen Kopf in das Kissen, während Christians Rhythmus immer schneller und fordernder wurde. Mein Höhepunkt ließ nicht lange auf sich warten, auch wenn ich ihn gern noch eine Weile hinausgezögert hätte, doch das alles war zu viel für mich. Zu viele Träume und Sehnsüchte, die sich gleichzeitig erfüllten, obwohl mir bereits klar war, dass nichts davon von Dauer sein würde.

Ich spielte nicht in seiner Liga, ich war nicht die, die als die Frau an seiner Seite enden würde. Ich war lediglich die Haushälterin, doch in diesen Sekunden fühlte ich mich einfach nur begehrt und gewollt.

Begehrt und gewollt von einem unfassbaren Mann, mit dem ich mir so viel mehr vorstellen könnte, obwohl ich ihn noch gar nicht gut genug kannte.

Die Art, wie er mich behandelte, wie er alle Leute um sich behandelte, wie er strahlte, obwohl seine Welt zusammenbrach.

Er war ein Fels in der Brandung, auch wenn er das gerade wahrscheinlich abstreiten würde. Doch Christian Knight war der stärkste und härteste Kerl der ganzen Welt für mich.

Als er atemlos und zuckend auf mir zusammensank, schlang ich neben meinen Beinen auch noch meine Arme um ihn und hielt ihn fest, während der Sturm des Orgasmus durch seinen Körper tobte.

Es war so ein unglaublich wunderschönes Gefühl, dass ich am liebsten gleich wieder von vorn angefangen hätte.

Eine Erkenntnis, die anscheinend auch Christian hatte, denn schon kurz nachdem wir beide wieder zu Luft gekommen waren, lud er mich in seinen Whirlpool ein. Und ich hatte nicht vor, diese Einladung abzulehnen.

Meinetwegen konnte das, was auch immer dort zwischen uns war, für immer so weitergehen.

Hauptsache, wir mussten unsere wunderschöne kleine Blase, die wir am heutigen Abend kreiert hatten, nicht so schnell verlassen.

Dann wäre ich wieder die kleine, arme Haushälterin auf der Flucht vor ihrem Mann und er wäre wieder der erfolgreiche Businessmann, der sein Augenlicht verlor.

Jetzt gerade waren wir einfach nur zwei Menschen, die nicht gegen ihre Leidenschaft ankämpfen wollten.

CHRISTIAN

Brooke war an diesem Abend nicht in ihre Angestelltenwohnung zurückgekehrt. Es hatte sich so unglaublich richtig angefühlt, mit ihr in meinen Armen einzuschlafen.

Was ich auch am Morgen danach nicht bereute, als ich aufwachte, weil ihre Haare mich kitzelten.

Sie lag in meinen Armen, bekleidet mit meinem T-Shirt, während ich nichts anderes als Boxershorts trug.

Ich schloss die Augen, da ich bei den geschlossenen Gardinen eh noch nicht viel sehen konnte, und erinnerte mich an den gestrigen Abend. An das Bild von Brooke, wie sie im Badezimmer getanzt hatte.

Ich würde es für immer in meiner Erinnerung abspeichern. Wie den Fallschirmsprung mit Logan.

Mit einem leisen Murmeln drehte Brooke sich zur Seite, weg von mir, weshalb ich die Gunst der Stunde ergriff und leise aus dem Schlafzimmer schlich. Heute würde ich das Frühstück vorbereiten.

Sie sollte nicht aufwachen und sich direkt wieder für alles verantwortlich fühlen. Nicht nach dieser wunderschönen Nacht. Auch wenn sie weiterhin als meine Haushälterin arbeitete.

Fuck, jetzt wusste ich auch, warum es einfacher war, nicht mit dem Personal zu schlafen. Etwas, das ich aufgrund meiner Brüder bisher nie getan hatte. Dieser ganze Ärger mit den persönlichen Assistentinnen, die ich so oft ersetzen musste, war einfach nur nervenaufreibend. Auch bei Liam, wovon offiziell natürlich niemand etwas wusste. Obwohl jeder sich denken konnte, warum die hübschen jungen Frauen vor seiner Tür in regelmäßigen Abständen wechselten. Aber niemand sprach darüber – schließlich war er der große Liam Knight, über den nicht gesprochen wurde.

Es fiel mir schwer, den Tisch so herzurichten, wie ich ihn mir vorstellte und schlussendlich konnte ich nicht mal beurteilen, ob es mir wirklich gelungen war. Dafür reichte mein Sichtfeld leider nicht aus.

Ich war gerade fertig, als ich oben Fußschritte hörte.

»Guten Morgen«, sagte ich beim Klang der ersten Treppenstufe, die immer etwas knarzte.

»Guten Morgen. Du hättest mich doch wecken können.«

»Du hast noch so tief geschlafen. Außerdem wollte ich dich auch mal mit einem Frühstück überraschen.«

»Das ist dir definitiv gelungen.« Brookes Stimme kam näher, bevor ich sie auch endlich erkennen konnte. Ihre Haare waren zerzaust, sie sah einfach wunderschön aus, wie sie dastand. Was ich ihr auch sagte.

»Hör bloß auf, ich sehe aus wie eine Vogelscheuche.«

»In meinen Augen nicht«, erwiderte ich mit einem Zwinkern und bat sie dann an den Tisch, wo wir zusammen frühstückten.

Schweigsam.

Vermutlich, weil es Brooke genauso erging wie mir. Wir wussten nicht, was zwischen uns geschah. Ich hatte nicht nachgedacht gestern Abend, sondern war meiner Lust vollkommen erlegen.

»Brooke, ich wollte mit dir über den Urlaub sprechen«, schlug ich ein Thema an, worüber ich schon längst mit ihr gesprochen haben wollte. Was wahrscheinlich besser gewesen wäre. Jetzt konnte ich nachvollziehen, falls sie ablehnte, nachdem das gestern Abend erneut geschehen war.

»Es ist nicht schlimm, wenn du es dir anders überlegt hast.« Überrascht hob ich die Augenbrauen, denn genau das war nicht passiert.

»Das kann ich nur zurückgeben. Ich habe alles gebucht, aber ich kann es jederzeit stornieren oder stattdessen einen meiner Brüder mitnehmen, falls du ...«

»Du hast es bereits gebucht?«, fragte sie überrascht.

»Ja, aber das heißt ja nichts. Wie gesagt, ich kann es stornieren oder ...«

»Nein! Nein, absolut nicht. Es sei denn, du willst. Was ist das hier zwischen uns, Christian?« Sie stellte genau die Frage, vor der ich mich fürchtete, weil ich darauf auch keine Antwort hatte. Was ich ihr nun auch sagen würde.

»Ich weiß es nicht, Brooke. Ich wünsche, ich hätte eine Antwort, aber die habe ich nicht. Mich in der jetzigen Situation auf etwas einzulassen ...«

»Verstehe.«

»Ich will dir nicht zur Last fallen.«

»Was? Nein! Ich dachte eher, du willst dich nicht festlegen, weil du genug mit dir selbst zu tun hast. Das könnte ich verstehen. Aber denk bitte nicht, dass du mir zur Last fallen würdest. So was will ich nicht hören! Genau genommen sollst du so was nicht mal denken, denn es ist totaler Bullshit. Du fällst mir nicht zur Last!«

»Es wird nicht besser werden, Brooke. Willst du wirklich die Freundin eines Blinden sein?«

»Nein, nicht wirklich. Aber die Freundin von einem gewissen Christian, der eigentlich mein Boss ist, darüber könnte ich nachdenken.«

Ich konnte nicht anders als zu grinsen bei ihren Worten.

»Und was, wenn dieser Boss blind wird?«

»Wir können auch mit dem Flugzeug abstürzen, das uns in den Urlaub fliegt, oder von einem Auto überfahren werden oder Gott weiß was.«

»Brooke, ich meine es ernst. Das ist keine Kleinigkeit und das ist dir doch mit Sicherheit spätestens gestern Abend auch bewusst geworden, oder?«

»Ja, das ist es, aber es ist nichts, wovor ich mich fürchte, weil du nun mal mit der ganzen Situation so gut umgehst. Deshalb macht es mir keine Angst. Weil ich weiß, dass du das schon irgendwie schaffst, und somit würden wir es irgendwie schaffen, falls es denn jemals so etwas wie ein uns geben wird. Vorher solltest du allerdings noch einige Dinge wissen ...« Ich konnte genau erkennen, wie gequält sie mich ansah. Über manche Dinge hatte ich mir bereits selbst einen Reim gemacht, allerdings ohne zu wissen, ob das, was ich interpretierte, auch der Wahrheit entsprach. »Ich bin verheiratet, Christian.«

Woah, okay, das schockte mich jetzt zugegebenermaßen schon.

»Verheiratet?«

»Mit dem größten Mistkerl der Welt, ja. Ich möchte gar nicht über ihn reden oder darüber, was alles vorgefallen ist, aber dieses Detail wollte ich dir nicht einfach verheimlichen.«

Sie war mir so nah, so vertraut, was vermutlich auch auf meine ganze Situation zurückzuführen war, aber im Endeffekt kannten wir uns kein bisschen.

»Er hat dir wehgetan, oder?« Ich erinnerte mich an ihre Reaktion, als ich einmal aus der Haut gefahren war. Zu beschäftigt mit meinem eigenen Leid und ohne, dass Brooke wirklich etwas dafürgekonnt hatte.

»Verdammt weh, ja. Deshalb bin ich weg von ihm und meinem alten Leben und arbeite jetzt als deine Haushälterin. Ich hatte keine Ahnung davon, wie man kocht. Die Gerichte, die du bis jetzt gegessen hast, sind Rezepte von YouTube, die ich mit Videoanleitung nachgekocht habe.«

Jetzt musste ich auflachen, denn damit hatte ich nicht gerechnet.

»Sie haben hervorragend geschmeckt.«

»Sie waren ja auch idiotensicher.«

Ich nickte und suchte auf dem Tisch nach Brookes Hand, die sie mir schlussendlich reichte, weil sie gar nicht dort gelegen hatte.

»Wir müssen nichts überstürzen. Gar nichts. Ich wollte dir nur sagen, dass ich diesen Urlaub mit dir machen will und dass du mir nicht egal bist.«

»Ich war noch nie im Urlaub. Wirklich noch nie. Ich weiß gar nicht, was das bedeutet, weshalb ich wirklich hoffe, dir dabei eine gute Unterstützung sein zu können.«

»Das wirst du. Darüber mache ich mir gar keine Gedanken. Warst du auch mit deinen Eltern als Kind nie weg?«

»Nein, nie. Sie hatten nicht die finanziellen Mittel. Meine Eltern sind früh gestorben. Ich bin bei meiner Tante aufgewachsen, tja und dann habe ich schon Clyde kennengelernt, meinen Ehemann, der mich aus meiner Einsamkeit geholt hat. Was wusste ich als Sechzehnjährige auch schon.«

»Wow, das ist früh.«

»Ist es, aber wenn du niemanden hast, dann spielt das Alter keine Rolle. Hauptsache, jemand gibt dir endlich das Gefühl, wichtig zu sein und sich um dich zu kümmern.«

»Verstehe.« Ich war geschockt über ihre Aussagen. Die Brooke, die ich kennenlernte, war ein so herzensguter, offener und fröhlicher Mensch ... okay, so wie ich – und ich stammte ebenfalls aus der Hölle. Vielleicht war es genau das, was uns verband. Die Tatsache, dass wir beide Seiten des Lebens kannten und uns dazu entschlossen hatten, aus jeder Situation das Beste rauszuholen, um nicht wieder in der Scheiße zu landen.

Dinge, die man nur verstehen konnte, wenn man wusste, wie hart und gemein das Leben manchmal war. Und das wusste Brooke mit Sicherheit noch viel besser als ich.

Umso schöner, dass ich sie jetzt in den Urlaub mitnehmen konnte, damit sie all diese wunderschönen Dinge kennenlernen konnte, die sie bis jetzt verpasst hatte. Hoffentlich fiel ich ihr nicht zu sehr zur Last, damit sie es auch wirklich genießen konnte.

Ich hielt noch immer Brookes Hand fest, was mir erst jetzt auffiel.

»Weißt du, wie viele Dinge bei uns irgendwie von Anfang an selbstverständlich waren?«, fragte ich, was ihr ein Lachen entlockte.

»Du meinst, wie das gemeinsame Frühstück oder die Tatsache, dass wir uns so oft getroffen haben?«

»Ja, zum Beispiel.«

»Ich habe extrem viel Zeit hier oben verbracht, weil ich nicht allein sein wollte – und dann habe ich dich besser kennengelernt und wollte einfach bei dir sein. Entschuldige, wenn das jetzt vollkommen creepy rüberkommt, aber ... na ja, du hast ja vielleicht selbst gemerkt, dass da von der ersten Sekunde an irgendwas war.«

»Ja, beim ersten Gestank nach verbranntem Essen bereits.« Wieder ein Lachen. Genau das Geräusch, das ich gerade hören wollte. Dieses Thema war so verdammt ernst. Es tat mir gut, sie lachen zu hören. »Du hast alles richtig gemacht oder alles ist richtig gekommen, keine Ahnung, wie ich es ausdrücken soll. Ich wollte auch nicht allein sein. Genau genommen will ich das nie. Ich bin darin nicht so gut wie meine Brüder, aber das wissen sie nicht.«

»Tja, dann habe ich wohl nicht ganz so viele Grenzen überschritten, wie ich dachte. Obwohl ich wahrscheinlich gegen alles aus meinem Arbeitsvertrag verstoßen habe, außer diese vierhundert Verschwiegenheitsklauseln, weil aus mir so oder so niemand etwas rausbekommen würde.«

»Das weiß ich. Wahrscheinlich habe ich dich auch deshalb so an mich herangelassen. Weil ich mir in diesem Punkt die ganze Zeit lang sicher war, obwohl ich dich dafür gar nicht gut genug kannte. Aber lange Rede, kurzer Sinn: Hawaii?«

»Hawaii!«, antwortete sie und ich hörte die Aufregung in ihrer Stimme.

»Dann sollten wir packen. Der Flieger geht morgen früh um acht.«

»Mor... was? Ich dachte ... morgen?«

»Ja, es sei denn, du hast noch etwas anderes vor. Ich weiß, ich hätte erst mit dir über das Datum sprechen müssen, aber als mein Augenlicht schlechter wurde, habe ich irgendwie aus dem Bauch heraus entschieden und alles gebucht.«

»Wow. Das ist spontan, aber vielleicht auch einfach besser so, sonst hätte mich noch der Mut verlassen. Dann ... kommst du beim Kofferpacken klar?«

»Definitiv. Und du?«

»Ich habe keine Ahnung!« Ihr Lachen war erfrischend, während wir kurz darüber sprachen, was sie am besten alles einpacken sollte.

Brookes Aufregung war greifbar, als sie mir mitteilte, dass sie sofort loslegen wollte und mit diesen Worten dann auch in ihr Appartement ging.

All die Dinge, die sie mir gerade erzählt hatte ...

Ich spürte, welchen Groll ich auf diesen Mann hegte, der sie so behandelt hatte. Eine wundervolle, liebenswerte Frau wie sie. Was für ein mieses Arschloch. Männer, die Frauen schlecht behandelten, waren für mich das Allerletze.

Hoffentlich würde ich diesen Mistkerl niemals in die Finger kriegen ... dann könnte ich definitiv für nichts garantieren!

Ich würde morgen mit Brooke in den Urlaub fliegen, das war alles, worauf wir uns jetzt konzentrieren sollten – doch dieses Thema war für mich einfach noch nicht abgeschlossen. Ich hatte noch so viele Fragen. Fragen, die sich gerade erst entwickelten.

Vor dem Kofferpacken rief ich zur Sicherheit noch mal bei Liam an, um mir meinen Urlaub absegnen zu lassen, wobei er interessiert nachfragte, ob Brooke mich begleiten würde.

Natürlich hatte Evan ihm davon erzählt. Manchmal wollte ich gar nicht wissen, wie meine Brüder eigentlich untereinander vernetzt waren, seit es um meine Erkrankung ging. Es gehörte wohl dazu, zur neuen Generation der Knights, wo über Probleme gesprochen wurde. Wir hatten endlich damit angefangen, miteinander zu reden. Unser Vater würde sich mit Sicherheit im Grabe umdrehen, wenn er könnte.

Vor lauter Wut, dass er es nicht geschafft hatte, einen Keil zwischen uns zu schieben und uns zu den kalten und gefühllosen Geschäftsmännern zu machen, die er immer von uns erwartet hatte. Besonders an mir war er oft genug verzweifelt. Ich ließ mich nicht brechen. Niemals und von niemandem!

BROOKE

Packen! O mein Gott. Gut, dass ich tendenziell über mehr Sommer- als Wintersachen verfügte und auch einen Bikini mein Eigen nennen konnte.

Ich würde morgen wirklich mit Christian in den Urlaub fliegen. Mit dem Mann, mit dem ich eine weitere Nacht verbracht hatte ... Voller Leidenschaft und mit einer Anziehung zueinander, die wir wohl beide nicht mehr leugnen konnten.

Verdammt, ich hatte ihm sogar im Überschwang der Gefühle von Clyde erzählt, obwohl ich dieses Thema tief in mir drin verbergen und für immer wegsperren wollte – aber das funktionierte bei Christian nicht.

Er hatte diese Art an sich, diese Art, der man einfach vertrauen musste, weil man wusste, er würde nicht zulassen, dass einem etwas geschah.

Außerdem fühlte es sich gut an, ihm die Wahrheit gesagt zu haben.

Mitten während meines chaotischen Packvorgangs zuckte ich unweigerlich zusammen, als das Telefon an der Wand neben der Tür klingelte. Es hatte bis jetzt immer geschwiegen, doch es war logisch, dass es Christian war.

»Was kann ich tun?«, fragte ich mit einem Grinsen auf dem Gesicht und lauschte dem Lachen am anderen Ende. »O Gott, ich habe noch gar nichts gekocht. Wieso genau hast du mich eigentlich noch nicht rausgeworfen?« Es war mir ein Rätsel. Als Haushälterin war ich eine Vollkatastrophe und wäre in jedem anderen Job garantiert schon arbeitslos.

»Ist mir noch nicht mal aufgefallen. Vielleicht mag ich dich zu sehr, um dich rauszuwerfen.«

»Vielleicht also. So, so, werde ich mir merken.« Mein Herz machte einen Satz bei seinen Worten, auch wenn ich natürlich neckisch darauf reagierte. Er musste nicht wissen, wie sehr ich mich darüber freute.

»Weshalb ich anrufe, ich werde jetzt in die Stadt fahren und mich mit Evan und Logan zum Mittagessen treffen. Du brauchst also auch nichts kochen, falls du gerade YouTube nach Kochanleitungen befragen solltest.«

»Das wirst du mir für immer vorhalten, oder?«

»Vielleicht. Es ist auf jeden Fall amüsant. Was macht das Kofferpacken?«

»Ich bin restlos überfordert. Bei dir?«

»Steht gepackt neben der Tür. Der Fahrer wird um fünf Uhr hier sein morgen früh, also stell dir deinen Wecker. Bis morgen, Brooke.«

»Bis morgen«, erwiderte ich und konnte es noch immer nicht fassen.

Morgen würde ich gemeinsam mit diesem unglaublichen Traummann nach Hawaii fliegen. Wann war das nur geschehen?

Den Wecker hätte ich mir natürlich auch sparen können, da an Schlaf so oder so nicht zu denken gewesen war.

Mein erster Flug und dann direkt etwas mehr als dreizehn Stunden, mit einem Mann, der auf meine Hilfe angewiesen war, während ich selbst nicht mal wusste, wie diese ganzen Dinge überhaupt funktionierten.

Kein Wunder, dass ich vor lauter Aufregung nicht in den Schlaf fand.

Ich fuhr mit dem Aufzug hoch in Christians Appartement, der bereits mit einem Kaffee in der Küche saß und mich mit bester Laune begrüßte, als sich die Fahrstuhltüren öffneten.

Was, wenn er während der Reise komplett erblinden würde? Ein Gedanke, der mich vollkommen unvermittelt traf. Alles war möglich. Sein Sehvermögen verschlechterte sich so rasant ...

»Ich glaube, ich habe so etwas wie Panik«, sagte ich leise, während mein Herz wie wild in meiner Brust hämmerte. Es sollte eine wunderschöne Reise für Christian werden. Eine unvergessliche, doch vielleicht war ich einfach die falsche Begleitung dazu.

Christian erhob sich sofort von seinem Stuhl und kam auf mich zu, zog mich schweigend in seine starken Arme und hielt mich fest.

»Zusammen kriegen wir das schon hin«, sagte er, während ich spürbar ruhiger wurde. Wir würden uns perfekt ergänzen auf dieser Reise. Er mit all seinen Erfahrungen, ich mit meinem Augenlicht. Nichts würde schiefgehen – und wenn doch, dann gab es immer noch die mächtige Familie Knight im Hintergrund, mit all ihren Mitteln, uns irgendwie wieder nach Hause zu holen.

»Okay. Es tut mir leid, ich wollte dir nicht die Urlaubsstimmung vermiesen, es ist nur so ...«

»Neu? Ja, ich kenne das Gefühl, in vielerlei Hinsicht«, erwiderte Christian und sah mir direkt in die Augen, bevor er mir näherkam.

Es war ein kurzer, zärtlicher Kuss, der mich zugegebenermaßen noch mehr verwirrte.

»Was ist das zwischen uns?«, wiederholte ich meine Frage von gestern, auf die ich noch immer keine Antwort gefunden hatte.

Christian seufzte leise und legte seine Stirn an meine. Eine Position, in der wir ein paar Sekunden lang verweilten, bevor er mich wieder ansah.

»Definitiv etwas Neues«, antwortete er ehrlich. Eine Antwort, mit der ich etwas anfangen konnte.

Da war etwas zwischen uns. Etwas, das sich immer weiter entwickelte. Etwas Prickelndes, Wunderbares, dessen Ausgang niemand kannte. Doch wer wusste schon, welche Wendungen das Leben wohl nehmen würde?

Gott sei Dank niemand.

»Okay«, antworte ich lächelnd.

»Bereit für ein Abenteuer?«

»So bereit, wie ich nur sein kann«, versicherte ich Christian. Ich nahm die beiden Koffer, selbst gegen Christians Protest, damit er sich mit dem Blindenstock auf seinen Weg konzentrieren konnte.

Der Fahrer wartete bereits vor dem Appartementkomplex und lud die Koffer für uns ein, bevor wir in Richtung Flughafen starteten. Diese verrückte Stadt schlief wirklich niemals, aber wenigstens war es gerade deutlich ruhiger als zur Rushhour.

Je näher wir dem Flughafen kamen, desto größer wurde meine Aufregung, was auch Christian zu merken schien, da er meine Hand nahm und sie leicht drückte.

»Wichtig ist, dass du gleich den Schalter B82 suchst und uns zur First-Class-Schlange führst«, sagte er, was mich entsetzt in seine Richtung blicken ließ.

»First Class?«

»Glaubst du, wir fliegen dreizehn Stunden Holzklasse?«

»Keine Ahnung. Was verstehe ich denn von diesen Dingen?«, fragte ich lachend. »Ich kenne ein Flugzeug bis jetzt nur aus dem Fernsehen. Von daher wäre ich wahrscheinlich auch von der Holzklasse mehr als überwältigt gewesen.«

Am Flughafen lud der Fahrer die Gepäckstücke auf einen Trolley, sodass ich nur noch ein Teil schieben musste und Christian sich ebenfalls daran festhalten konnte, als Unterstützung zum Blindenstock. Es herrschte verdammt viel Trubel für diese Uhrzeit, aber das war an einem Flughafen wahrscheinlich normal.

Ich fand den Schalter schnell und da Christian die erste Klasse gebucht hatte, konnten wir an all den Wartenden vorbeigehen, um einzuchecken.

Die Frau hinter dem Tresen erklärte uns genau, wo wir durch die Sicherheitskontrollen gehen mussten, und wünschte uns dann viel Spaß in der First-Class-Lounge.

Bis zur Sicherheitskontrolle funktionierte alles problemlos und nachdem auch Christians Blindenstock auf Herz und Nieren geprüft worden war, während ich mit ihm in einer seitlichen Zone warten durfte, war der Weg frei zu der Lounge.

»Siehst du, war doch gar kein Problem bis hierhin«, bestätigte er mir, einen guten Job gemacht zu haben. Selbst wenn es nicht wirklich viel gab, was ich tun musste. Außer Christian zu führen, was sich unfassbar normal anfühlte.

Auch wenn es erst das zweite Mal war. Aber es war okay. Wir kamen gut zurecht.

In der Lounge stöberten wir am Büfett, wobei ich Christian alles vorlas, was es gab. Die Eleganz dieser Lounge, die Dekadenz dieses Büfetts, nein das war wahrlich nichts, an das ich mich je gewöhnen könnte.

Für Christian dagegen war es vollkommen normal. Er war in dieser Art von Luxus aufgewachsen.

Während ich mich mit dem Frühstück zurückhielt, frühstückte Christian ausgiebig. Er wusste wenigstens schon, dass ihm beim Fliegen nicht schlecht wurde. Eine Erkenntnis, um die ich ihn verdammt beneidete. Wenn ich mich jetzt dreizehn Stunden übergeben musste, wusste ich schon mal, dass der Rückweg genauso verlaufen würde.

Im Flugzeug angekommen traute ich meinen Augen nicht, als ich meinen Sitz begutachtete. Wir saßen in der Mitte, direkt nebeneinander, doch mit Trennwänden zu allen Seiten, die eine maximale Privatsphäre sicherten. Die Wand zwischen uns konnten wir runterfahren, damit wir uns sehen und uns unterhalten konnten.

Sowohl Christian als auch ich verfügten über einen Flatscreen und den Sitz konnte man problemlos zu einem Bett umbauen.

Okay ...

Das war definitiv eine andere Art des Fliegens, als ich sie mir noch am Morgen vorgestellt hatte.

»Sag irgendwas«, bat Christian mich, was dazu führte, dass ich ein sonderbares Geräusch ausstieß.

»War das jetzt ein Freudenlaut oder ein Paniklaut?«, fragte er verunsichert. Er konnte das Grinsen auf meinem Gesicht dank der spärlichen Beleuchtung wahrscheinlich nicht erkennen. Sonst müsste er nicht nachfragen.

»Freude! Glaube ich. Ach, eigentlich keine Ahnung, um ganz ehrlich zu sein. Ich bin irgendwie froh, wenn wir da sind.«

»Die Meinung wirst du gleich bestimmt noch ändern. Das in-Flight-Entertainment dieser Fluggesellschaft ist fantastisch. Gleiches gilt für das Essen und den Champagner.«

Ich würde garantiert nicht einen Tropfen Alkohol trinken. Schließlich hatte ich zugesichert, den Überblick zu behalten und Christian sicher ans Ziel zu bringen. Wenn ich mich jetzt hemmungslos betrank, um meine Nerven zu beruhigen ... da war es mit einem Champagner nicht getan.

Die Verlockung war definitiv zu groß, deshalb lieber gar keinen Schluck.

»Kannst du den Bildschirm erkennen?«

»Es geht. Aber sie haben auch Filme für Menschen mit eingeschränkter Sehfähigkeit. Mach dir um mich keine Sorgen. Wenn ich etwas brauche, sage ich dir Bescheid. Du kannst dich also rundum wohlfühlen.«

»Okay«, erwiderte ich, denn der Gedanke an ein Nickerchen, falls sich meine Aufregung noch legte, war schon verlockend.

Gefühlt dauerte es eine halbe Ewigkeit, bis wir uns endlich auf der Startbahn befanden, wo Christian mir mit einer Engelsgeduld erklärte, was gleich passieren würde und welche Geräusche dabei entstanden, sodass ich keine Angst haben musste. Und doch krallte ich mich an seinem Arm fest, als das Flugzeug beschleunigte und dann schlussendlich abhob. Ich wollte nach Hause. Und das sofort. Raus aus dieser Metallkiste, die doch garantiert viel zu schwer war, um uns alle in der Luft zu halten. Gedanken, die schnell einer unglaublichen Euphorie wichen, als wir durch die Wolken in den Himmel aufstiegen.

O mein Gott.

Ich saß in einem Flugzeug.

Oben am Himmel.

Und es fühlte sich einfach unglaublich an!

»Atmest du noch?«, fragte Christian neben mir.

»Ich weiß nicht. Ich glaube. Ich meine schon.«

»Sonst könntest du jetzt jedenfalls nicht antworten.«

»Christian, ich weiß nicht, wie ich dir jemals dafür danken soll.«

»Ich danke dir, dass du mich begleitest.«

»Machst du Witze? Wir fliegen gerade nach Hawaii!«

»Ich weiß. Übrigens könntest du deinen Griff vielleicht jetzt ein wenig entspannen. Ich glaube, ich könnte die Hand noch gut gebrauchen.«

»Sorry!« Ich kicherte, als mir bewusst wurde, dass ich Christians Hand nicht nur festhielt, sondern sie regelrecht zerdrückte.

Die nächsten Stunden des Flugs verbrachte ich damit, zu essen, zu trinken und Filme zu schauen, während Christian einem Podcast lauschte und irgendwann eingeschlafen war. Was ich ihm gleichtun wollte. Schließlich hatte ich einige Stunden Schlaf nachzuholen.

Es war verrückt. Da lag ich nun in einem gemütlichen Bett, mit einem richtigen Kissen, einer Decke und wenn ich gewollt hätte sogar mit einem Airline-Pyjama, der einem kostenlos zur Verfügung gestellt wurde.

Mein Bauch war prall gefüllt mit süßen und herzhaften Leckereien und ich war weder nervös, noch war mir übel, noch fühlte ich mich in irgendeiner Art und Weise überfordert.

Es war eine unglaubliche Erfahrung.

CHRISTIAN

»Brooke?«, fragte ich und versuchte zu erkennen, ob sie auf ihrem Platz war. Sie gab mir keine Antwort, sodass ich davon ausging, dass sie eingeschlafen war.

Super. Aber ich würde auch allein zurechtkommen. Dafür hatte ich den Blindenstock ja bei mir. Ich war froh, dass ihr das Fliegen so gut bekam und gleichzeitig auch noch gefiel.

Für zukünftige Reisen ... Ich stoppte meine Gedankengänge, konnte mir allerdings ein Grinsen nicht verkneifen. Eigentlich war es lächerlich, dass ich ihr die Frage danach, was das zwischen uns war, nicht klar und deutlich beantwortet hatte.

Es war ein Knistern, ein Prickeln, ein Verlangen und wenn ich weiter versuchte, es zu ignorieren oder auszublenden, dann war mir vermutlich wirklich nicht mehr zu helfen.

Brooke wusste vielleicht von allen Frauen, die ich je gedatet hatte, am besten, worauf sie sich hier einließ. Nur dieses Mal bezog sich der Gedanke nicht darauf, was es hieß, ein Knight zu sein, sondern was es hieß, mit meinem Gesundheitszustand umzugehen.

Ein Gesundheitszustand, bei dem ich mich ganz schön viel auf sie verließ. Das hier war ein Flugzeug und ich musste sie nicht wecken, um mich zum Bad zu führen. Das schaffte ich auch allein.

Langsam erhob ich mich von meinem Bett und trat in den Gang, wo direkt eine Stewardess zu mir eilte. Der Vorteil der ersten Klasse.

»Darf ich Ihnen behilflich sein, Sir?«

»Das Badezimmer«, sagte ich, während sie mich am Arm fasste, um mich dorthin zu geleiten.

In der First Class gab es komplette Badezimmer, nicht die engen Flugzeugtoiletten.

Die Beleuchtung war auch hier nicht sonderlich stark, aber sie reichte aus, um mich zurechtzufinden.

Für den Rückweg stand die Stewardess noch bereit, die mich bis zu meinem Sitz zurückführte.

Es war alles eine Sache der Übung und der Überwindung, Hilfsmittel zu benutzen und sich helfen zu lassen. Mit diesen Worten lag Lucinda goldrichtig. Ich war nicht bereit, mein Leben auf Eis zu legen, weil meine Sehkraft immer mehr nachließ!

Erst zwei Stunden später spürte ich eine Hand auf meinem Arm, sodass ich die Kopfhörer abnahm, mit denen ich gerade einer Dokumentation gelauscht hatte. Mit geschlossenen Augen, denn es war mir wirklich zu anstrengend gewesen, den Bildschirm dabei zu fixieren.

»Guten Morgen Sonnenschein«, sagte ich und hörte ihr leises Kichern.

»Darf ich dir kurz mitteilen, dass dieses Bett tausendmal bequemer ist als das in der Angestelltenwohung?«

»So, so. Also ist von der Flugangst oder der Aufregung, wie man es wohl besser nennen würde, nichts mehr übrig geblieben, was?«

»Ich schätze nicht. Wenn man bedenkt, dass jetzt nur noch zwei Flugstunden übrig sind, dann habe ich wohl sehr gut geschlafen.«

»Definitiv. Ich wollte zwischendurch schon eine Stewardess fragen, ob du überhaupt noch da bist.«

»Du hättest mich auch einfach wecken können.«

»Ach was. Das in-Flight-Entertainment ist gut. Ein Jammer, dass du alles verschläfst. Es gab auch schon wieder etwas zu essen. Die Stewardess lässt ausrichten, dass sie dir gern dein Menü liefert, sobald du wach bist.«

»Ich bin noch pappsatt.«

»Daran wird sich im Hotel nichts ändern. Sie haben eine exquisite Küche, zu der man nie Nein sagen kann.«

»Na wunderbar. Vielleicht hätte ich dann nur Kleider einpacken sollen.«

»Du wirst zauberhaft aussehen, ganz egal, was du trägst oder eben nicht trägst.« Sie hatte das süffisante Grinsen wohl bemerkt, das signalisierte mir zumindest der Ellbogen in meinen Rippen.

Für den Rückflug hatte ich mir mit Brooke etwas ganz Besonderes überlegt, zumindest wenn die zehn Tage auf Hawaii so abliefen, wie ich es mir erhoffte.

Ich war nicht bereit, diesen wunderbaren Traum gehen zu lassen – nicht bereit, Brooke gehen zu lassen. Dafür war sie mir bereits jetzt viel zu wichtig geworden.

Nach der Landung, bei der Brooke meine Hand wieder fast zerquetscht hatte, wurden wir von einem Fahrer des Hotels abgeholt.

Ich musste nicht einmal selbst etwas erkennen, um zu wissen, wann der Moment gekommen war, an dem man auf der Fahrt das erste Mal den wilden Ozean sehen konnte.

Brookes »O mein Gott« verriet es mir und zauberte ein Lächeln auf mein Gesicht. Ich konnte mich genau an diese Stelle erinnern. Daran, wie beeindruckend die Felsen und das tobende Meer waren.

»Weißt du jetzt, wieso ich gern noch einmal hierher wollte?«, fragte ich, was sie mit einem leisen »Ja« beantwortete.

Die Faszination und Magie Hawaiis. Was nicht jeder auf Anhieb verstand. Brooke allerdings schon.

Im Hotel angekommen, checkten wir ein. Es gab zwei Zimmer, die auf meinen Namen reserviert waren, direkt nebeneinander.

»Welches ist meins?«, fragte Brooke, als wir auf dem Hotelflur angekommen waren, während ich sie mit einem Ruck an mich zog. Die Beleuchtung war Weltklasse, denn ich erkannte sie ganz genau vor mir.

Sie sah umwerfend schön aus, trotz des langen Fluges. Ihre Augen strahlten, auf ihrem Gesicht lag dieses unwiderstehliche Grinsen.

»Wenn du möchtest, dann zeige ich dir mein Zimmer und wenn es dir gefällt, kannst du gern dableiben«, hauchte ich in ihr Ohr.

»Ich glaube, ich mag es jetzt schon«, erwiderte sie, nahm mir die Schlüsselkarte aus der Hand und öffnete die Tür.

Von meinem letzten Aufenthalt hier konnte ich mich noch genau an das Layout erinnern. Ein großes Zimmer mit Panoramascheibe in Richtung Ozean, mit einer Treppe, die zum privaten Strand führte und zu einem privaten Whirlpool. Unten befand sich ein Wohnzimmer, während hier oben das Schlafzimmer und das Badezimmer untergebracht waren.

»O Gott, das Meer«, hauchte Brooke atemlos, während ich mich direkt mit ihr freute. Ich wusste noch, wie fasziniert ich beim ersten Mal gewesen war.

»Zieh deinen Bikini an, es ist zu schade, um es nur anzusehen. Es sei denn, du bist zu müde.«

»Machst du Witze? Ich wollte gerade fragen, ob das Kofferauspacken wichtig ist oder ob wir uns direkt ins Meer stürzen könnten.«

»Ach, die Koffer laufen nicht weg, das Tageslicht allerdings schon.«

»Dann nichts wie los.« Lachend sah ich, wie Brooke ihre Sachen vom Leib riss, während ich es ihr gleichtat. Der Ozean rief uns!

Für alles Weitere hatten wir später noch Zeit.

Brookes Jubel, als sie den Sand und anschließend das Wasser an ihren Füßen spürte, war ansteckend.

Ich stürzte mich in die Fluten, genoss die angenehme Kälte auf meiner Haut, die Erfrischung und die Freiheit. Erst als ich wieder auftauchte, merkte ich, dass Brooke nicht neben mir war. Hektisch sah ich mich um, konnte sie allerdings nicht erkennen. Es dämmerte bereits, was die Situation für mich nicht besser machte.

»Brooke!« Scheiße! Ich wusste nicht mal, wo es rausging auf den Ozean und wo zurück zum Strand.

»Ich traue mich nicht weiter rein«, hörte ich ihre Stimme und drehte mich einmal um die eigene Achse. Alles klar, einfach ins Meer laufen und untertauchen, während es dämmerte – nie wieder!

»Wieso? Es ist herrlich! Ich verspreche dir auch, dass es nicht zu kalt ist. Man muss sich nur kurz daran gewöhnen.«

»Ich … ich kann nicht schwimmen.«

Langsam ging ich zurück in die Richtung, aus der ihre Stimme kam, und streckte die Arme nach ihr aus, bis sie meine Hände ergriff. Eine unendliche Erleichterung durchflutete meinen Körper.

»Okay, also, ich hab dich, ganz egal, ob die Wellen dich treffen oder nicht, und ich werde nicht zulassen, dass dir etwas passiert. Wir gehen nur dorthin, wo du stehen kannst, versprochen. Lass dich treiben, versuch, es zu genießen, und vertrau mir.«

»Ich vertraue dir.« Drei einfache Worte mit so viel Bedeutung, so viel Power! Nicht nur, weil ich mich geehrt fühlte, dass sie mir vertraute, sondern auch, weil ich genau dasselbe für sie empfand.

Ich wusste, dass mir in ihrer Gegenwart nichts geschehen konnte, weil sie da war, weil sie auf mich aufpasste, weil ich ihr einfach ebenfalls etwas bedeutete. Ein wunderschönes Gefühl, das durch nichts auf dieser Welt wirklich zu beschreiben war.

Brooke schlang ihre Beine um mich, während ich mit ihr weiter ins Wasser ging, bis sie etwa bis zur Brust im Ozean war.

»Okay?«, fragte ich, was sie nicken ließ.

»Mehr als okay. Wunderschön. Ich hätte nicht gedacht, dass mich das Meer so faszinieren würde.«

»Es ist das Meer, die Weite, die Ungezwungenheit, aber auch dieser Ort. Die Kombination aus all diesen Dingen macht es so wunderbar.«

»Und du! Die Tatsache, mit dir hier zu sein, macht es

ebenfalls wunderbar!«

Ich wusste nicht, was ich auf ihre Worte erwidern sollte, außer, dass es mir genauso ging wie ihr, weshalb ich sie leidenschaftlich küsste.

»Ich werde dein erstes Mal im Meer jetzt zu etwas richtig Besonderem machen.« Langsam ließ ich eine Hand nach unten gleiten und schob Brookes Bikinihose zur Seite, sodass ich sie ungehindert berühren konnte.

»O fuck, Christian!« Ihre Wortwahl und die Art und Weise, wie sie es herauspresste, brachte mich zum Lachen.

»Eigentlich war es ein Fehler, hierherzufahren. Wir hätten an einen Ort reisen sollen mit privatem Strand, wo wir den ganzen Tag nackt sein könnten. Dort würde ich dich im Meer vögeln, bis du mich darum bitten würdest, aufzuhören.«

»Das würde niemals geschehen.«

»Unterschätz mich nicht!« Ich massierte sie intensiver, was zu einem lauten Stöhnen führte.

Hoffentlich blieb mir noch genug Zeit als sehender Mensch. Durch sie oder wegen ihr bildeten sich gerade so viele neue Ideen und Wünsche in mir. Dinge, die ich mir unbedingt noch erfüllen wollte. Hoffentlich arbeitete die Zeit nicht weiterhin so vehement gegen mich.

»Christian, ich ...«

»Dann lass los, Brooke«, gab ich ihr die Erlaubnis, woraufhin sie sich noch fester an mich krallte und ihr Körper von einem Orgasmus regelrecht überrollt wurde. Ich hielt sie fest, genoss ihre stöhnenden Laute und die Art, wie sie sich im wahrsten Sinne des Wortes einfach treiben ließ.

Es war ein wunderschönes Gefühl!

Erst als die Dunkelheit alles verschluckt hatte, gingen wir zurück zu unserem Hotelzimmer, allerdings in die untere Etage mit Whirlpool, den wir ausgiebig nutzten.

Die Zeit mit Brooke an diesem Ort würde magisch werden, da war ich mir schon jetzt verdammt sicher. Zumindest solange sie mir nicht diese eine Frage stellte, auf die ich einfach keine Antwort hatte. Die Frage nach der Zukunft.

Wieso war sie mir ausgerechnet jetzt begegnet?

Jetzt, da ich so viele andere Dinge im Kopf hatte. Dinge, mit denen ich mich auseinandersetzen und beschäftigen musste.

Vielleicht, weil ich es ohne sie gar nicht aushalten würde. Mein Augenlicht zu verlieren war das eine, die Freiheiten, die damit zusammenhingen, das andere. Nur Brooke gab mir das Gefühl, nichts zu verlieren, sondern mit ihr so viel mehr zu gewinnen.

Dabei wollte ich keine Last für sie sein. Doch sie ließ mich wirklich glauben, dass ich das für sie nicht war.

Obwohl ich mich auch jetzt wieder an ihr festklammern musste, um nach oben in unser Schlafzimmer zu gelangen, weil die Außenbeleuchtung einfach zu schlecht war.

Für Brooke war es anscheinend selbstverständlich und vollkommen in Ordnung. Vielleicht sollte ich mich einfach darauf einlassen. Sie war so oder so schon mittendrin in meinem Leben. In einer rasanten Geschwindigkeit, mit der sie zuerst mein Appartement und dann auch mich erobert hatte.

Wir mussten uns kennenlernen, genau in uns hineinspüren, ob wir das wirklich konnten, was da auf uns zukam. Doch gerade genoss ich es einfach, mich mit ihr auf das große Bett zu legen, sie in meinen Armen zu halten und dem Rauschen des Ozeans zu lauschen.

Vier Tage später trat ich nach draußen auf den Balkon und schloss die Augen, um dem wilden Rauschen der Wellen zu lauschen und das Salz des Meeres zu riechen. Es ging nichts über frische Seeluft.

Die Sonne schien bereits in voller Kraft und wärmte meine Haut.

Dieser Moment war perfekt und genau so wollte ich ihn in Erinnerung behalten.

Meine Augen erlaubten mir zwar nicht mehr, die unendliche Weite des Meeres zu sehen, aber deshalb fühlte es sich trotzdem noch gut an, hier zu stehen.

»Es ist so atemberaubend, jeden Morgen aufs Neue, oder?«, flüsterte Brooke hinter mir und schlang ihre Arme um meinen nackten Oberkörper, bevor sie ihren Kopf an meinen Rücken lehnte.

Das Zimmer, welches ich für sie gebucht hatte, war von ihr noch nicht betreten worden und wenn es nach mir ging, dann konnte das auch so bleiben. Ich wollte sie in meiner Nähe haben. Sie spüren. Ihre Gesellschaft genießen.

Mit ihr war dieser Ort noch faszinierender, noch magischer und noch einzigartiger.

Ich hatte irgendwie nie gespürt, dass ich mich nach der Gesellschaft einer Frau gesehnt hatte, bis sie in mein Leben getreten war und diese wunderschönen Dinge nun mit mir zusammen erlebte.

»Ich hoffe, heute Abend haben wir endlich Glück, den Sonnenuntergang zu sehen.« In den letzten Tagen war die Bewölkung zu stark gewesen, weshalb ich eine gewisse Anspannung in mir spüren konnte. Alles kam mir vor wie ein verdammter Wettlauf gegen die Zeit – und so war es ja auch. Niemand konnte mir morgens versprechen, dass ich die Welt mit meinem verbleibenden Augenlicht noch auf die gleiche Art wahrnahm, wie am Vortag.

Die Farben verblassten immer mehr und damit die Möglichkeit, alle Dinge in ihrer wahren Schönheit zu betrachten.

»Ganz sicher sogar. Ich habe gestern Abend die Wetternachrichten gelesen und sie melden einen klaren Himmel.«

Brooke hatte nicht zu viel versprochen. Nicht einmal ansatzweise. Wir hatten den Tag dazu genutzt, ein wenig zu wandern und die schöne, raue Natur von einer anderen Perspektive aus zu betrachten. Nun saßen wir am Strand, mit einer Flasche Wein zwischen uns und starrten in den Himmel. Er war blutrot und das Meer machte sich bereit, die Sonne zu verschlucken. Genauso wie ich es in Erinnerung hatte. Ich schob die Traurigkeit darüber, die Farben nicht mehr in ihrer vollen Pracht erkennen zu können, beiseite und zog stattdessen Brooke noch ein Stück näher zu mir. Es war etwas Besonderes, diesen Sonnenuntergang noch einmal zu sehen, der mir bisher nur an diesem Ort diese unglaubliche Gänsehaut beschert hatte, die er mir auch nun wieder bescherte. Aus irgendeinem Grund hatte ich das Gefühl, am Ende der Welt zu sitzen und dabei zusehen zu können, wie die Sonne herunterfiel.

Brooke legte ihren Kopf an meine Schulter und betrachtete das Schauspiel vor uns bedächtig, während ich mit den Fingern ihrer Hand spielte. Es fühlte sich so richtig an. So unglaublich gut.

Trotz all der Unsicherheiten. Trotz all der Wirrungen.

BROOKE

Tränen. Ich spürte sie. Wie sie in mir brodelten, in mir hochkrochen, während ich alles tat, um sie zurückzuhalten.

Ich konnte doch nicht einfach losheulen. Es war ein wunderschöner Urlaub gewesen und dafür gab es keinen Grund. Und dann begann ich hemmungslos zu schluchzen, in meinem elendigen Versuch die Tränen zurückzuhalten.

»Brooke? Alles okay?« Christian war sofort aus dem Badezimmer herausgetreten, als er mein Schluchzen hörte, und kam nun auf mich zu. Ich stand hinter der geschlossenen Balkontür, weil es Zeit war, aufzubrechen, doch ich wollte einfach nicht.

»Ja, ja, natürlich. Sorry, ich bin .... Gott ich verhalte mich gerade komplett daneben. Geh einfach wieder ins Bad, bis ich mich gefangen habe.«

»Hey, nein, was ist denn los?« Er zog mich in seine starken Arme, sodass ich meinen Kopf an seiner Brust vergraben konnte.

»Ich will nicht hier weg.« Er lachte leise bei meinen Worten und küsste meinen Haaransatz.

»Dieses Gefühl kenne ich nur zu gut. Lass es einfach raus, es ist okay. Wir können jederzeit wieder hierhin reisen.«

Wir.

Er hatte es gesagt, als wäre es das Selbstverständlichste der Welt. Dabei wich er mir seit Tagen aus, wenn ich versuchte, aus ihm herauszukitzeln, was das zwischen uns eigentlich war.

Am liebsten hätte ich ihm an den Kopf geworfen, dass er so was nicht einfach sagen konnte, doch ich schwieg. Wir mussten uns erst einmal besser kennenlernen. Dann kam noch die Situation hinzu, in der er sich befand. Ich verlangte einfach zu viel von ihm, in einer zu kurzen Zeit, was allerdings nur daran lag, dass ich mich meinen Gefühlen für ihn schon so sehr hingegeben hatte.

Ohne Wenn und Aber.

Es war mir egal, dass er auf meine Hilfe angewiesen war.

Es war mir egal, dass ihm eine vollkommene Erblindung drohte.

Weil ich wusste, dass wir diese ganze Situation zusammen meistern würden.

Ich hatte keine Angst, weil Christian Dinge in mir auslöste und Gefühle in mir heraufbeschwor, die ich nie wieder für möglich gehalten hatte.

Vielleicht war es wichtig, zwischen den Zeilen zu lesen.

Zu spüren, was er mir gab, was er mir sagte, was er tat – und mich daran festzuhalten.

So wie in diesem Moment. Wenn ich nur eine Spielfigur für ihn darstellte, hätte er diese Worte gerade garantiert nicht zu mir gesagt.

Diese letzten Tage ... die Art und Weise, wie wir die Insel zusammen erkundet hatten, wie wir gelacht, gegessen, geschlafen, gebadet, gevögelt und getanzt hatten ...

Es war so viel mehr als einfach nur eine schnelle Nummer, eine kurze Liaison oder wie man es auch immer nennen wollte.

Auf dem Weg zum Flughafen hielt Christian meine Hand, während ich gedankenverloren aus dem Fenster starrte, um keine Sekunde dieser atemberaubenden Aussicht zu verpassen.

Ich verstand jetzt so gut, warum Christian dieser Ort eingefallen war, warum er noch einmal einen Sonnenuntergang an diesem Strand hatte sehen wollen. Einen Sonnenuntergang, bei dem wir uns geliebt hatten, als ob es kein Morgen mehr geben würde.

Wer weiß, vielleicht würden wir ja wirklich noch einmal hierher zurückkehren oder an einen anderen Ort reisen. Nun ging es zurück nach New York. Dorthin, wo ich wieder Christians Haushälterin war.

Doch zunächst würde ich den Flug genießen, auf den ich mich wirklich freute.

Wir saßen wieder nebeneinander, nur dass ich mich dieses Mal nicht an Christian festkrallen musste, als ob es keinen Morgen mehr gäbe. Ich wusste, dass ich es nicht nur überleben würde, zu fliegen, sondern dass es mir auch noch verdammt viel Spaß bereitete.

Wir waren bereits seit vier Stunden in der Luft, als Christian mich antippte, weshalb ich die Kopfhörer abnahm.

»Hast du Lust, ein Spiel zu spielen?«, fragte er, während ich ihn kurz irritiert ansah.

»Auf dem Bildschirm?« Ich wusste, dass er darauf nicht gut etwas sehen konnte, weshalb mich seine Frage wunderte.

»Nein, nicht auf dem Bildschirm. Ich denke da an ein ganz anderes Spiel. Schon mal etwas vom Mile High Club gehört?«

»Heißt das Spiel so?«

»Woah, okay, du hast keine Ahnung, wovon ich rede, oder?«

»Bekommt dir die Höhenluft nicht?« Ein Grinsen breitete sich auf seinem unwiderstehlichen Gesicht aus.

»Ich werde dir gleich zeigen, wie gut mir die Höhenluft bekommt, aber dafür musst du mitspielen. Hilfst du mir zur Toilette?«

»Klar. O warte, ist das schon Teil des Spiels?« Normalerweise fand er sich allein zurecht, obwohl es in der Kabine dunkel war.

»Worauf du dich verlassen kannst«, raunte er mir ins Ohr und zauberte damit eine Gänsehaut auf meine Arme.

Dieser Mann, seine Anziehung auf mich ... Scheiße, ich hatte keine Ahnung, was ein Mile High Club war, aber mit ihm würde ich mich auf alles einlassen.

Ich ging hinter Christian her, legte meine Hände auf seine Hüften und dirigierte ihn durch den breiten Korridor der ersten Klasse zu dem großen Badezimmer.

»Ich brauche natürlich auch drinnen deine Hilfe. Ganz dringend.«

»Hat der Mile High Club zufällig etwas mit Sex zu tun?«, flüsterte ich in sein Ohr, was ihn kurz auflachen ließ.

»Wenn ich mit dir fertig bin, bist du auf jeden Fall Mitglied.«

Ich betrat das Badezimmer über den Wolken zuerst und zog Christian hinter mir her.

»Der Mile High Club bedeutet also, dass man über den Wolken vögelt, ja?«

»Gut geschlussfolgert. Also hast du Lust, zu spielen?«

»Als ob du die Antwort nicht schon längst kennen würdest.«

Mit einem Ruck hob Christian mich auf seine Hüften und drängte mich gegen die Wand, während ich mit flinken Fingern seine Hose öffnete.

Das hier war kein Ort für ein sinnliches Vorspiel, kein Ort, um sich Zeit zu lassen. Wir würden vögeln, uns gegenseitig befriedigen und dann auf unsere Plätze zurückkehren, als wäre nie etwas gewesen.

Allein der Gedanke machte mich heiß. Wir waren nur durch diese dünne Tür vom Rest der Fluggäste getrennt.

Christian schob meinen Slip zur Seite, wobei sich ein Grinsen auf seinem Gesicht ausbreitete, als er spürte, wie feucht ich war. Diese ganze Sache turnte mich genug an. Ich brauchte kein Vorspiel mehr.

Ein Stöhnen entwich meiner Kehle, als Christian in mich eindrang. Dieser Mann, alles, was er mit mir machte ...

Lustvoll krallte ich mich in seinen Haaren fest, presste meinen Körper härter gegen die Wand und kämpfte nicht gegen das Verlangen an, schnell loszulassen. Normalerweise war das eine meiner wichtigsten Aufgaben. Nicht sofort zu kommen, egal wie heiß Christian mich gemacht hatte. Damit er mich noch mehr reizen konnte und unser Spiel länger dauerte. Doch heute konnte ich mich meiner Lust vollkommen hingeben. Ich kam schnell, erbarmungslos und intensiv, was Christian anscheinend den letzten Rest gab, denn auch er stöhnte laut auf und ergoss sich in das Kondom, welches ich ihm noch schnell übergestülpt hatte.

Er war definitiv auf diese Nummer zwischen uns vorbereitet gewesen, was es noch unwiderstehlicher machte.

»Herzlich willkommen im Mile High Club«, raunte er in mein Ohr, bevor er mich langsam zurück auf meine Beine stellte. Ich wollte ihn noch nicht gehen lassen, sondern schlang stattdessen meine Arme um seinen Nacken und küsste ihn wild.

Sex im Ozean.

Sex im Flugzeug.

Dieser Mann war anscheinend immer für eine Überraschung gut und ich war mehr als bereit, mich von ihm zu allen möglichen Spielen überreden zu lassen.

Weil ich ihm vertraute.

Weil ich ihn wollte und weil ich garantiert nicht genug von ihm kriegen konnte.

Meine Wangen glühten, als wir zurück zu unserem Platz gingen, was mich befürchten ließ, dass alle Menschen nun wussten, was wir in dem Badezimmer getrieben hatten, doch uns schenkte niemand Beachtung. Zumindest nicht so, dass es mir auffallen würde.

Christian bestellte uns zwei Champagner, mit denen wir anstießen, wobei mir der plötzlich so traurige Gesichtsausdruck nicht entging.

»Alles okay?«, fragte ich deshalb, während er nur mit den Schultern zuckte, bevor er allerdings doch antworte.

»Ich wünschte, ich könnte dein Gesicht jetzt sehen.«

»Das wünschte ich auch. Aber warte.« Ich nahm seine Hand und legte sie auf meine aufgeheizte Wange. »Dann kannst du dir in etwa vorstellen, wie rot ich bin.«

»Mhm, eine schöne Vorstellung. Vor allem, weil ich weiß, wer dafür verantwortlich ist.«

»Vor dir hat es definitiv auch noch nie jemand geschafft, den frisch-fröhlich-und-glücklich-durchgevögelt-Ausdruck auf mein Gesicht zu zaubern.«

Christian lachte, bevor er mir einen leidenschaftlichen Kuss gab.

»Genau diesen Ausdruck werde ich mir einprägen. Für immer, damit ich jedes Mal nach dem Sex mit dir weiß, wie du aussiehst. Ganz egal, ob ich noch sehen kann oder ob schon alles schwarz ist.«

Er sprach wieder von der Zukunft.

Als ob er sie sich wirklich mit mir vorstellen würde. Aber wenn ich ihn darauf ansprach, blieb er wieder stumm. Weil er selbst nicht wusste, was er überhaupt wollte.

In dieser Hinsicht enttäuschte Christian mich einfach ungemein, was ich auch in diesem Moment wieder spürte. Mein Herz zog sich schmerzhaft zusammen und ich hatte sofort das Gefühl, auf Distanz gehen zu müssen.

Eine Distanz, die ich schon so viel früher gebraucht hätte.

»Ich versinke dann mal wieder in meiner Serie«, teilte ich ihm mit und setzte mir die Kopfhörer auf. Wütend darüber, dass meine Gedanken diesen wunderbaren Moment so schnell zerstört hatten.

Wir waren uns so unglaublich nahegekommen, hatten so viele Dinge zusammen erlebt und uns die Zeit für unzählige Gespräche genommen, damit wir uns richtig kennenlernen konnten ... und nun?

Nun flogen wir zurück nach New York, wo ich wieder seine Haushälterin sein würde und er mein Boss, der mich hinhielt und einfach keine klare Aussage darüber treffen konnte, ob und wie es mit uns weiterging. Das konnte ich nicht aushalten. Das würde ich auch nicht aushalten. Dafür war zu viel passiert. Dafür fühlte ich mich ihm viel zu nah und vertraut.

»Ist alles in Ordnung, Brooke?« Christian hatte sich mit der Frage lange zurückgehalten, denn wir waren bereits wieder gelandet und auf dem Weg zum Auto.

»Klar«, antwortete ich lediglich knapp, worauf er Gott sei Dank auch nicht weiter nachfragte. Ich wollte diese Diskussion nicht, denn mir fehlte die Kraft dazu. Ich steckte sie gerade in mich selbst, um mir einen Schutzschild aufzubauen, damit ich nicht zu enttäuscht war, wenn er mir meine Frage wieder einmal nicht beantwortete.

Im Appartement angekommen nutzte Christian die helle Beleuchtung dazu, mir tief in die Augen zu sehen. Er legte sanft eine Hand auf meine Wange und versuchte herauszufinden, was nicht stimmte.

»Habe ich dich überfallen mit dem Mile High Club?«, fragte er nach. Eindeutig besorgt darüber, irgendwelche Grenzen bei mir überschritten zu haben.

»Nein, kein bisschen. Es war eine schöne Erfahrung. Wunderschön sogar.«

»Aber?«

»Nichts. Ich bin einfach nur müde.«

Müde, was für eine Lüge. Ich war hellwach.

»Dann ruh dich aus. Wir sehen uns morgen früh.« Ich schloss die Augen bei seinem zärtlichen Kuss, während mein Herz, dieser miese Verräter, heftig klopfte.

Ich war wütend auf ihn. Wütend wegen etwas, das er noch gar nicht getan hatte, denn noch war mir die Frage danach, was zwischen uns jetzt eigentlich war und wie es wohl weitergehen würde, ja noch gar nicht wieder über die Lippen gekommen. Doch ich wollte nicht fragen, weil ich seine Antwort nicht hören wollte.

Wenn er mir wieder einmal sagte, dass ...

Moment, er hatte gesagt, ich solle gehen und mich ausruhen und dass wir uns am morgigen Tag sehen.

Okay, alles klar. Wir waren zurück in New York. Die Zeit, in der wir uns ein Bett teilten, war dann wohl automatisch Geschichte.

Ohne noch ein weiteres Wort zu sagen, ging ich mit meinem Koffer zum Fahrstuhl, um zur Angestelltenwohnung zu fahren.

Vielleicht hatte er es einfach nur gut gemeint, mich wegzuschicken, weil ich ja angeblich so müde war.

Ach scheiße, wir müssten vielleicht einfach mal miteinander reden. Falsch, er müsste einfach mal mit mir reden.

Was für ein Chaos. Worauf hatte ich mich da nur eingelassen?

An diesem Abend lag ich noch lange wach. Nicht nur, weil ich gar nicht müde war, sondern weil ich versuchte, mich mit dem Gedanken abzufinden, dass morgen früh wieder alles so sein würde wie vor dem Urlaub.

Ich als Christians Haushälterin mit gewissen Vorzügen ...

Vielleicht hatte ich einfach viel zu viel erwartet.

CHRISTIAN

Ich öffnete die Augen und drehte mich zur Seite, doch das Bett neben mir war leer. Fuck, wie schnell konnte man sich bitte an etwas gewöhnen?

Es hatte jahrelang niemand neben mir gelegen, sollte es sich da nicht eigentlich fremd anfühlen, wenn Brooke nun da war?

Während des gesamten Urlaubs hatten wir nicht eine einzige Nacht getrennt verbracht ...

Seufzend erhob ich mich aus dem Bett und schlich in Richtung Badezimmer. Ich war hundemüde, obwohl ich verdammt gut geschlafen hatte. Scheiß Jetlag, selbst wenn es nur ein paar Stunden waren. Das brachte meinen Körper immer vollkommen durcheinander. Gut, dass ich heute noch nicht zur Arbeit zurückkehren musste. Stattdessen würde ich diesen Sonntag mit Evan verbringen.

Hochoffiziell nur so, doch auch Brooke wusste Bescheid. Natürlich, weil ich ihr alles erzählte, selbst dass wir an einem verdammten illegalen Straßenrennen teilnahmen.

Gut gelaunt ging ich nach unten und rief ihren Namen.

»Deine Haushälterin macht dir gerade das Frühstück«, antwortete sie, wobei mir der sonderbare Unterton in ihrer Stimme nicht entging. Seitdem ich nicht mehr alles richtig sehen konnte, fielen mir solche Feinheiten vermehrt auf, während ich früher nie darauf geachtet hatte.

»Alles okay?«, hakte ich deshalb nach und umarmte sie von hinten vor der Kaffeemaschine, unter die sie gerade meine Tasse gestellt hatte.

Ich küsste ihren Nacken, bevor ich dafür sorgte, dass sie sich zu mir umdrehte.

»Klar, was soll nicht okay sein?«, fragte sie, doch ich hörte es nicht nur, ich spürte es.

»Das will ich von dir wissen. Ich habe dich in meinem Bett beim Aufwachen vermisst.«

»Christian, hör auf damit!« Okay, wow, es war ernst. Sie schob mich sogar zurück, sodass ich sofort die Hände von ihr nahm.

»Brooke, rede mit mir!«

»So, wie du mit mir redest, ja?« Ich hätte es mir denken können. Der Urlaub, das, was zwischen uns gelaufen war ... natürlich konnten wir nicht einfach nach New York zurückkehren und so tun, als wäre nichts gewesen.

»Ich weiß nicht, was du von mir hören willst.«

»Komisch, dabei habe ich dir die Frage schon oft genug gestellt. Bin ich jetzt wieder die Haushälterin, mit der du ab und an mal vögelst, oder bin ich für dich die Frau, mit der du im Urlaub warst und all die wunderschönen Dinge erlebt hast? Oder ist es irgendetwas dazwischen?

Du kannst nicht immer solche Sätze sagen, wie, dass du mich in deinem Bett vermisst hast, obwohl du es gestern Abend selbst so bestimmt hast!«

Sie hatte recht. Es war mir gestern Abend wichtig gewesen, dass wir wieder etwas auf Distanz gingen, weil wir uns viel zu nah gekommen waren. Eine Nähe, die ich unbedingt wollte, die ich aber auf der anderen Seite nicht ertragen konnte. Nur, wie sollte ich Brooke das klarmachen? Mir war ja selbst nicht klar, was ich wollte.

»Du hast recht, es tut mir leid.«

»Du hältst mich hin, Christian! Nicht mehr und nicht weniger, und das tut verdammt weh! Also spar dir deine Entschuldigungen und nutz die Zeit besser dazu, dir darüber klar zu werden, was du wirklich willst. Ich bin kein Spielzeug.« Mit diesen Worten ließ Brooke mich einfach stehen und verschwand aus meinem Appartement.

Wow. Okay.

Diese Abreibung hatte ich wahrscheinlich verdient.

Fuck. Das Letzte, was ich wollte, war, die Sache mit Brooke zu versauen und doch tat ich genau das. Weil ich mir selbst im Weg stand.

Ich atmete tief durch, schüttelte den Kopf und setzte mich an den Frühstückstisch, als wäre es ein ganz normaler Tag.

Ich wollte mir jetzt keine Gedanken machen, sondern einfach nur genießen. Und doch fiel mir genau das schwer. So schwer, dass es Evan bereits nach einer halben Stunde mit mir auffiel.

»Okay, was ist los? Urlaub nicht so gewesen, wie du es dir vorgestellt hast?«, fragte er, während ich bitter auflachte.

Er traf den Nagel auf den Kopf, wobei er nicht einmal ansatzweise ahnte, auf welche Art.

»Anscheinend war er zu schön und jetzt bin ich auf dem besten Weg alles zu versauen.«

»Brooke?«, hakte er nach, ohne dass ich etwas erklären musste.

»Wir hatten eine unfassbar gute Zeit.«

»Aber jetzt kriegst du es nicht hin, mit ihr darüber zu reden, weil du ein Knight bist und sie eine außenstehende Person, mit der zudem noch alles viel zu schnell geht, habe ich recht?«

Wenn mich jemand verstand, dann Evan. Er hatte das alles selbst durchgemacht mit Kathy. Ich wusste, wie die beiden anfangs hatten kämpfen müssen – und auch jetzt teilweise noch zu kämpfen hatten.

»Als Frau ist es mit Sicherheit so oder so kein Geschenk, mit einem von uns zusammen zu sein – und scheiße, Mann, dann werde ich auch noch blind und ihr wahrscheinlich irgendwann zur Last fallen!«

»Ach komm schon, Mann. Das ist doch jetzt vollkommener Schwachsinn, denn darüber ist sie sich doch mit Sicherheit im Klaren. Sie kriegt das alles doch hautnah mit oder war sie noch nie mit dir zusammen, sobald es dunkel wurde? Sie weiß zu einhundert Prozent, auf was sie sich einlassen würde. Oder macht sie auf dich den Eindruck, als wüsste sie das nicht und würde es als Belastung empfinden?«

»Nein.« Rein gar nicht. Ganz im Gegenteil. Ich hatte nicht erwartet, dass es auf der Welt einen Menschen gab, der so mit meinem Zustand umgehen konnte wie sie ...

»Also, was ist dann dein Problem? Sie ist alt genug und kann selbst entscheiden, ob sie sich auf dich einlassen will oder nicht.«

»Ich will ihr nicht wehtun.«

»O Gott, Christian! Diese Gedanken habe ich mir gemacht, nur im Gegensatz zu dir waren sie bei mir auch berechtigt. Du bist ein guter Mensch! Der Name Knight hin oder her. Schalt doch mal deine Grübelbirne aus und hör auf dein Herz. Du willst sie doch, das weiß ich spätestens seit dem Ball. Das hätte jeder Blinde gesehen.«

»Haha. Wirklich witzig.« Ich konnte mir ein Grinsen nicht verkneifen.

»Ich habe echt lange darauf gewartet, diesen Spruch mal an der richtigen Stelle endlich bringen zu können.«

»Ist dir gelungen.«

»Spring über deinen verdammten Schatten, Mann! Ich kann dir aus Erfahrung sagen, dass sich aus so einer prickelnden Sache etwas ganz Wunderbares entwickeln kann. Sieh Kathy und mich an. Scheiße, ich wusste wirklich nicht, wie glücklich einen eine Frau machen kann. Sonst hätte ich diese ganze Beziehungssache vielleicht schon früher ausprobiert. Obwohl, nein, hätte ich nicht. Dazu musste erst eine Frau wie Kathy kommen und mich ordentlich an den Eier packen.«

Ich lachte über diesen Spruch, denn zumindest James, Logan und ich hatten ihm öfter an den Kopf geworfen, dass Kathy ihn an den Eiern hatte, als er sich immer mehr zu dem Kerl verwandelte, der endlich jemand Fremden in sein Leben ließ, egal was ihm immer eingebläut worden war!

Die beiden waren ein tolles Paar. Scheiße, ich hatte sie oft beneidet für das Vertrauen und die Art und Weise, wie sie sich ansahen.

Und jetzt blickte ich Brooke auf dieselbe Art und Weise in die Augen und tat trotzdem alles, um noch ein kleines bisschen Distanz zwischen uns zu bewahren. Obwohl es vollkommener Blödsinn war. Ich wollte sie. Ich wollte sie so sehr und ich wusste, dass es ihr ebenso erging.

Gemeinsam mit Evan fuhr ich gefühlt bis in die Hamptons, obwohl es mir durch den New Yorker Verkehr nur so vorkam. Das Rennen fand in einem Bereich des alten Hafens statt, in dem momentan viele Bauarbeiten herrschten. Außer am Wochenende natürlich.

Es war eines der wenigen Rennen, die am Tag stattfanden, nicht im Schutz der Dunkelheit. Ich wollte schließlich etwas sehen, auch wenn es meinen Augen schwerfiel, zu fokussieren.

Evan hatte extra seinen brandneuen knallroten Lamborghini ausgewählt für das Rennen. Eine Entscheidung, die ich ebenso getroffen hätte. Fuck, ich würde nie wieder am Steuer eines geilen Wagens sitzen und auf dem Highway gegen die Geschwindigkeitsregelungen verstoßen.

Etwas, das mir wirklich fehlen würde. Ach, es fehlte mir schon jetzt.

Aus dem heruntergelassenen Fenster zahlte Evan die Startgebühr, bevor wir auf den großen Platz fuhren, wo sich die Luxuskarossen versammelten.

»Hat Kathy eigentlich eine Ahnung, was wir heute machen?«, fragte ich, was Evan direkt auflachen ließ.

»Natürlich hat sie das. Glaubst du, ich stelle so was hinter ihrem Rücken an? Wenn die Frau sauer wird … das möchtest du nicht erleben, sag ich dir.«

»An den Eiern!« Evan. O Gott, von all meinen Brüdern hätte ich diese Verwandlung bei ihm mit Sicherheit am wenigsten erwartet. Der wilde Draufgänger, der an jedem Finger mindestens eine Frau hatte, die er mit einem Schnipsen flachlegen konnte.

Ehrlich gesagt war ich verdammt froh über seine Wandlung. Neben James hatte ich mir um ihn immer die meisten Sorgen gemacht. Und jetzt ging es ihm so unglaublich gut.

Dank Kathy.

Ich traf eine Entscheidung für mich, in diesem Moment, in diesem Wagen, neben meinem Bruder, der das Auto für die perfekte Show aufheulen ließ.

Das Rennen wurde pünktlich gestartet und in den ersten Minuten krallte ich mich wirklich in dem beigefarbenen Ledersitz fest, während Evan die Karre durch eine Rechts-Links-Kehre zwischen zwei Häusern schleuderte. Zumindest deutete ich die Umrisse so. Keine Ahnung, ob es wirklich Häuser waren.

»Fang an, dich zu entspannen, Mann!«, sagte er lachend und jubelnd und beschleunigte noch einmal. Vielleicht war ein Autorennen mit meiner eingeschränkten Sicht nicht unbedingt die beste Idee – und doch war der Nervenkitzel genau das, was ich brauchte. Auf eine seltsame Art und Weise entspannte ich mich.

Der Adrenalinkick riss mich endlich raus aus all diesen Gedanken, aus diesen Zweifeln und Ängsten.

Und plötzlich war mir alles scheißegal und ich stimmte in das euphorische Jubeln meines Bruders mit ein. Ich vertraute Evan. Er hatte dieses Auto unter Kontrolle und obwohl er ein verdammter Draufgänger war, so würde er garantiert nichts tun, das uns gefährdete. Nicht mehr. Nicht seit Kathy in seinem Leben war.

Wir waren gerade durch eine scharfe Kurve gefahren, als Evan neben mir plötzlich laut fluchte und auf die Bremse trat.

»Was ist? Alles okay?«, fragte ich hektisch, während ich im nächsten Moment schon eine Stimme über einen Lautsprecher hörte, die uns aufforderte, den Motor auszuschalten und mit erhobenen Händen auszusteigen.

»Die Bullen? Ach, komm schon, das passiert jetzt nicht wirklich, oder?«, fragte ich, während Evan nur auflachte.

»Gut, dass ich Kathy vorher davon erzählt habe«, sagte er und öffnete die Tür. Ich tat es ihm gleich und hob meine Hände hoch über den Kopf, während ich im nächsten Moment schon gepackt wurde.

»Mein Bruder ist blind. Bisschen sachte bitte!«, hörte ich Evan sagen, während sich eine weibliche Stimme sofort bei mir entschuldigte.

»Ich brauche keine Extrabehandlung, aber es wäre wirklich toll, wenn ich den Blindenstock mitnehmen könnte und meine Hände nicht fixiert würden.«

»Können Sie vergessen.«

Okay, dann halt nicht, aber ich hatte es zumindest versucht. Scheiße, ich hatte gerade wirklich Handschellen angelegt bekommen.

Kopfschüttelnd schloss ich die Augen, konnte mir aber ein Grinsen nicht verkneifen.

Es gab dann wohl für alles ein erstes Mal!

Wenigstens transportierten sie Evan und mich nach einigem guten Zureden gemeinsam zur Polizeiwache, wo wir erkennungsdienstlich behandelt wurden. Also ich. Evan kannten sie hier schon. Wieso wunderte mich das eigentlich nicht?

Wie in einem schlechten Film landeten wir in einer Zelle, wo Evan mich direkt fragte, ob alles okay wäre.

»Ganz ehrlich? Keine Ahnung. Ist mein erstes Mal hinter Gittern und so.«

»Ach was, wir sind nicht wirklich hinter Gittern. Die schließen nur die erkennungsdienstliche Sache ab und dann können wir gegen Kaution wieder raus.«

»Und wer holt uns bitte hier raus?«

»Wer wohl, da wir vermutlich die Familienanwälte jetzt gut gebrauchen können?«

»O Gott, scheiße, Evan. Sag mir bitte, dass du nicht Liam angerufen hast.«

»Hattest du eine bessere Idee?«

»Ja, verdammt. James! Ally ist doch schließlich Anwältin und James hätte bestimmt kein Fass wegen der Nummer aufgemacht. Schließlich hat er selbst schon Scheiße genug gebaut.«

»Fuck! An Ally habe ich gar nicht gedacht.«

»Schöne Scheiße. Jetzt dürfen wir wieder bis zum Ende

aller Tage vor Liam zu Kreuze kriechen.«

»Dürfen wir das nicht sowieso schon?«

»Wo du recht hast.«

Es dauerte nicht lange, bis ich die Stimme meines Bruders vernahm, der förmlich und bestimmend mit dem Officer sprach.

»Ist das euer verdammter Ernst?«, fragte Liam wütend, während ich hörte, wie ein Schlüssel ins Schloss gesteckt wurde. Freiheit. Eine Stunde hinter Gittern war definitiv mehr, als ich in meinem Leben je erreichen wollte. Aber hey, wie sagte Evan immer so schön? Man musste alles mal mitgemacht haben. »Evan, zu dir sage ich schon gar nichts mehr. Aber Christian?«

»Hey, ausnahmsweise trifft Evan überhaupt keine Schuld. Das ist alles auf meinen Mist gewachsen. Ich wollte noch mal bei einem Autorennen teilnehmen und da ich selbst nicht mehr fahren kann ...«

»Noch mal? Wollt ihr mich eigentlich verarschen? Was stimmt denn bitte nicht mit euch?«, fuhr Liam mir ins Wort. Hups, da hatte ich wohl etwas mehr verraten als beabsichtigt.

»Es kann nicht jeder so eine blütenweiße Weste haben wie du, Liam.«

»Ach komm schon, als ob Liam eine weiße Weste hätte! Ich bin mir sicher, er ist einfach nur besser darin, alles zu verheimlichen«, widersprach Evan mir und brachte mich damit zum Lachen.

»Sollen wir direkt mal nach dem Vorstrafenregister fragen? Wir sind dafür gerade an der richtigen Stelle«, forderte Liam ihn heraus.

»Da du mich jedes Mal aus dem Knast geholt hast, kennst du meine schon, deshalb habe ich jedenfalls nichts mehr zu verheimlichen.«

»Du hast ihn schon öfter aus dem Knast geholt?«

»Nicht nur ihn!«, brummte Liam wütend und hatte damit mein volles Interesse. Doch natürlich ging er nicht darauf ein, als ich versuchte, nachzubohren.

Da Evans Wagen sichergestellt wurde, ließen wir uns von Liam vor meinem Appartement absetzen, von wo aus Evan ein Taxi nehmen wollte. Das war zumindest die offizielle Variante, die ich auch glaubte. Bis Liam weggefahren war und Evan auflachte.

»So und jetzt ist es wenigstens spät genug, um richtig auf die Scheiße zu hauen!«

»Was hast du vor?«, fragte ich skeptisch.

»Na was wohl? Deine erste Festnahme feiern natürlich.«

»Ist das dein scheiß Ernst?«

»Aber so was von. Oder willst du jetzt etwa auf die Couch und dich in Buße üben? Ganz in der Nähe hat ein Schuppen aufgemacht, wo wir hervorragenden Whiskey bekommen können.«

»Okay, überredet.«

»Wow, das war richtig schwere Arbeit.« Evan lachte und legte mir eine Hand auf den Rücken. Wenigstens hatten sie mir meinen Blindenstock zurückgegeben beim Auschecken aus der Polizeiwache, wie Evan es so schön nannte. Als hätten wir uns einen Aufenthalt in einem Fünf-Sterne-Ressort gegönnt.

Der erste Whiskey in der Bar tat unglaublich gut. Der Zweite schmeckte verdammt lecker. Der dritte ließ alle Geschmacksknospen in meinem Mund auf ihre Kosten kommen, der vierte war ein Witz im Gegensatz zu den drei anderen davor. Und so ging es in einer höllischen Geschwindigkeit weiter.

Der Fusel benebelte meine Sinne. Ein zugegebenermaßen dummer Schachzug, wenn man bedachte, dass ich kaum noch etwas sehen konnte, aber Evan würde mich schon sicher nach Hause bringen. Darauf konnte ich mich verlassen.

Es war meine erste Festnahme gewesen, die musste man wohl gebührend feiern. Zumindest, wenn ich Evan Glauben schenkte. »Liam wird uns noch jahrelang den Arsch dafür aufreißen, oder?«, fragte ich, was Evan dazu brachte, wieder mit mir anzustoßen.

»Ach was. Beim ersten Mal habe ich das auch noch gedacht, aber unterm Strich kann er froh sein, solche Brüder wie uns zu haben. Sonst hätte er gar keine Action in seinem Leben. Hast du dir eigentlich mittlerweile überlegt, was du mit ihm machen willst?«

»Nein, keine Ahnung. Vielleicht war das gerade ja schon unser gemeinsames Highlight. Mich von ihm aus dem Knast befreien lassen.« Ich hatte genau das zu Brooke gesagt. Aus Spaß. Dass es wirklich eingetroffen war ... Meine Güte, um meine Handgelenke hatten wirklich die Handschellen geklickt!

»Interessanter Ansatz. Ich wäre eher dafür, du provozierst es, dich mit ihm zusammen festnehmen zu lassen. Das wäre mal was für die Familiengeschichte. Ich würde euch auch rausholen, keine Sorge.«

»Nein danke. Diese Erfahrung heute darf eine einmalige bleiben. Es ist nicht so prickelnd in so einer Zelle mit diesen dubiosen Gestalten.«

»Ach was. Die waren ganz harmlos. In den Verwahrzellen lernst du die schrägsten Vögel kennen. Gipsy, eine Prostituierte, hat mir mal stundenlang etwas von ihren wildesten Jobs erzählt – und ich dachte vorher schon, dass ich in Sachen Sex mit allen Wassern gewaschen wäre. Doch dann kam sie.«

»Ich hoffe, du hast diese Fortbildungsveranstaltung nicht zu sehr genossen.«

»Ach, es gab schon das ein oder andere, was ich gern mal ausprobiert hätte.«

»Aber dann kam Kathy und hat dich in diesen monogamen Mann verwandelt, für den nur noch eine Frau zählt, nämlich seine eigene.«

»Jap, was könnte ich mir auch mehr wünschen als Kathy.«

»Es hat dich so übel erwischt, Mann!«

»Sagt der Typ, den es selbst mindestens genauso übel erwischt hat. Aber stimmt, du bist ja noch nicht so weit, es dir einzugestehen. Was können wir da eigentlich machen?

Dich genug abfüllen, damit du dir den Stock aus dem Arsch ziehen kannst, um ihr gegenüber mal ehrlich zu sein?«

»Ich glaube, sie steht nicht gerade auf Wahrheitsfindung durch Alkohol.«

»Schlechte Erfahrungen?«

»Sie ist verheiratet. Der Typ hat ihr das Leben zur Hölle gemacht.«

»Fuck, was? Okay, dann fällt die Sache mit dem Mut und Wahrheit ansaufen definitiv aus. Aber ich bin mir sicher, du wirst die Kurve kriegen. Sonst trete ich dir persönlich in den Arsch.«

»Klingt doch nach einem guten Plan.«

»Verheiratet also, ja?«

»Ja. Mit einem Kerl, den ich kaltmachen werde, sollte er mir je zwischen die Finger geraten.«

»Gott, ich will mir gar nicht vorstellen, irgendwer hätte Kathy so was angetan.«

Wir orderten eine neue Runde, Whiskey Nummer fünf und endlich die Sorte, auf die ich gewartet hatte. Das war mein Geschmack. Und mein Ende.

BROOKE

Ich ließ mein Handy sinken, nachdem Christian wieder einmal nicht abgenommen hatte, und atmete tief durch.

Was machte ich hier überhaupt? Ihm hinterherzutelefonieren war vollkommen idiotisch. Schließlich ging es mich rein gar nichts an, wo er blieb und was er machte. Doch ich konnte diese verdammten Sorgen um ihn nicht einfach ignorieren. Was, wenn ihnen bei dem Rennen etwas passiert war?

Meine Finger schwebten bereits wieder über dem Handy. Er war mit Evan unterwegs, vielleicht sollte ich einfach bei Kathy anrufen. Sie machte sich doch bestimmt auch Sorgen ... oder schlief schon friedlich. Bei Evan gehörte schließlich ein gewisses Gottvertrauen dazu, um mit ihm zusammen sein zu können. Zumindest, wenn ich den Dingen glaubte, die ich über ihn und seinen ausschweifenden Lebensstil gehört hatte. Den Lebensstil vor Kathy.

Es war kurz nach eins, als ich endlich vernahm, wie sich der Fahrstuhl in Bewegung setzte. Vielleicht wäre es besser, jetzt einfach zu verschwinden, schließlich hatte ich hier eigentlich nichts verloren, doch diese Erkenntnis kam mir zu spät. »Da wird schon jemand erwartet!«, rief Evan, der mich natürlich sofort erblickt hatte. Sie fielen mehr aus dem Aufzug, als dass sie gingen. Sternhagelvoll, aber eindeutig bester Laune.

»Ich hatte mein Erlebnis mit Liam.« Christian strahlte mich freudig an, während ich die Augenbrauen hob. Sein Erlebnis mit Liam? Ich musste kurz scharf überlegen, bevor ich ein »Das ist nicht dein Ernst!« ausstieß.

Sich von Liam aus dem Gefängnis befreien lassen ... »Ihr wurdet verhaftet?«

»Ja, aber nur ganz kurz.«

»Weil Liam schnell da war.« Die beiden prusteten los, während ich nur den Kopf schütteln konnte. Was war daran bitte witzig? Aber gut, die beiden waren so betrunken, dass ihnen gerade bestimmt ausnahmslos alles witzig vorkam.

»Evan, wie kommst du jetzt nach Hause?«

»Das Taxi wartet unten. Ich wollte nur sicherstellen, dass der koordinations- und orientierungslose Kerl hier auch im richtigen Appartement landet. Wir haben vielleicht ein bisschen zu viel Whiskey probiert.«

»Probiert? Ja, anscheinend schon. Geh du zum Taxi, du gehörst auch ins Bett.«

»Jawohl, Ma'am!« Evan und Christian lachten bereits wieder, während ich nur die Augen verdrehen konnte. Wenigstens waren sie lustig betrunken, nicht so, wie es bei Clyde der Fall war ...

»Ich bin verhaftet worden.« Christian grinste mich an, bevor er die Arme um meinen Körper schlang.

»Was ein Spaß«, erwiderte ich ironisch.

»Es war scheiße. Aber du hättest Liams Gesicht sehen sollen, als er uns rausgeholt hat. Also zumindest stelle ich es mir nach Evans Erzählungen so vor. Es war zu dunkel, um es selbst zu sehen.

Liam war wirklich mies drauf.«

»Verständlich. Im Knast zu landen ist auch nicht gerade das, was ich als witziges Erlebnis abstempeln würde. Aber gut, für diese Erkenntnis ist es jetzt eh zu spät.«

»Bist du wütend auf mich?«

»Du bist erwachsen und es ist dein Leben.«

»Es ist schön, dass du auf mich gewartet hast.« Christian war einen Schritt zurückgetreten und strich mir eine Haarsträhne hinter die Ohren, während ich mir ein Grinsen nun ebenfalls nicht mehr verkneifen konnte, bei einem Blick auf sein betrunkenes, glückseliges Lächeln.

Es gab Menschen wie Clyde, die wurden aggressiv vom Alkohol. Und es gab Menschen, die der Alkohol in einen großen Kuschelbären verwandelte. Zu denen schien Christian zu gehören. Ich konnte es nicht genau abschätzen, da ich ihn bis jetzt noch nicht betrunken erlebt hatte, aber für diesen Moment wirkte er einfach nur unglaublich süß.

»Ich hab mir Sorgen um dich gemacht. Das war alles, außer schön.«

»Das wollte ich nicht.«

»Ich weiß. Komm, du solltest vielleicht einfach ins Bett. Es ist spät.«

»Wir könnten zusammen ins Bett.«

»Mhm«, murmelte ich nur, denn auf diese Diskussion musste ich mich erst gar nicht einlassen. Christian würde wahrscheinlich sofort einschlafen, wenn er erst einmal die weiche Matratze unter sich spürte. Außerdem war er so oder so in keiner Verfassung für irgendetwas anderes.

Belustigt sah ich ihm dabei zu, wie er sich unfassbar umständlich von seinen Sachen befreite und dabei hin und her torkelte.

Er war wirklich sternhagelvoll.

Gott sei Dank schaffte ich es, ihm noch in der letzten Sekunde einen Schups zu verpassen, da er sonst neben seinem Bett gelandet wäre.

Natürlich verlor ich selbst das Gleichgewicht und landete unsanft auf Christian, bei dem mein stürmischer Auftritt allerdings lediglich für einen Lacher sorgte.

»Ich hab doch gesagt, wir können zusammen ins Bett«, murmelte er.

Kopfschüttelnd richtete ich mich auf, doch Christian hielt meine Hand fest, sodass ich ihn erneut anblickte.

»Du bist so wunderschön. Evan hat recht. Ich bin dir schon lange verfallen, Brooke. Schon seit der ersten Sekunde.« Mit diesen Worten schloss er seine Augen, während ich nun doch neben ihn sank und meinen Kopf auf seine Brust legte.

Ich war ihm ebenfalls verfallen, auch wenn ich alles getan hatte, um ihm nicht ... ach was, bullshit, er hatte mich angesehen und es war schon zu spät gewesen für mich! Gegen mache Dinge konnte man sich einfach nicht wehren. Da half auch kein klarer Menschenverstand mehr weiter.

Ich würde die restliche Nacht über hier bei ihm bleiben. Hoffentlich ging es ihm morgen früh nicht allzu dreckig. Die Aspirin hatte ich so oder so schon bereitgelegt.

Das Vibrieren meines Handys hinderte mich daran, in den Schlaf abzudriften. Wer schrieb mir um diese Uhrzeit mitten in der Nacht?

Hoffentlich war Evan gut zu Hause angekommen. Vielleicht hätte ich Kathy anrufen sollen.

Es war eine unbekannte Nummer, doch der Text der Nachricht, ließ meinen Herzschlag für eine Sekunde aussetzen.

„New York. Na, Prinzessin. Von der Gossenbraut in die High Society. Da bist du also gelandet!"

Nein, nein, nein, nein!

Und dann erreichte mich auch noch ein Artikel aus einem Boulevardblättchen. Darauf zu sehen: Christian und ich. Auf dem Ball, am Flughafen ... Nein! Ich hatte immer darauf geachtet, dass nirgendwo Fotografen waren. Was mir so leicht vorgekommen war, da Christian im Gegensatz zu seinen Brüdern nicht im medialen Fokus stand.

Jetzt wusste ich, dass ich mich zu sehr in Sicherheit gewiegt hatte.

»Niemand rührt mein Baby an! Meine Ehefrau! Weiß dieser schwerreiche Pisser, dass du verheiratet bist? Du gehörst mir, Brooke, und ich werde dich holen.«

Mein Mund war staubtrocken. Ich wusste es besser - diese Worte waren keine leeren Drohungen. Ich kannte Clyde – ich wusste, zu was er im Stande war.

O Gott.
Nein.
Nicht jetzt.
Nicht so.
Ich wusste, dass ich gehen musste. Wenn Christian etwas geschah ...
Ich durfte nicht warten. Nicht zögern. Jede Sekunde, die ich noch hier bei ihm verbrachte, war eine Sekunde zu viel.
Mein Herz schmerzte, als ich ihn ansah, wie er friedlich schlief.
Warum?
Warum geschah das?
Vielleicht sollte ich es einfach drauf ankommen lassen. Es gab die Polizei, die Knights – sie kannten so viele Leute und konnten mir mit Sicherheit aus der Scheiße helfen. Doch meine Probleme waren nicht ihre.
Ich musste weg von hier, um sicherzustellen, dass Christian nichts geschah!
Mit Tränen in den Augen berührte ich seine vollen Lippen ein letztes Mal, bevor ich aus dem Schlafzimmer lief. Weg von ihm. Weg von der Illusion, der ich mich hingegeben hatte, noch einmal ganz neu anfangen zu können.
Es war dumm und naiv von mir gewesen, davon auszugehen, dass Clyde mich nicht finden würde.
Christian ...
Ihn einfach so zu verlassen, brach mir das Herz. In so viele kleine Einzelteile, dass ich den Schmerz in jeder Pore meines Körpers spüren konnte.
Christian hatte etwas Besseres verdient. Doch wenn ich ihm die Wahrheit sagte, würde er darauf bestehen, dass ich bei ihm bleib.
Und das konnte ich nicht riskieren. Ich würde nie wieder glücklich werden, wenn ihm wegen mir etwas geschah.

CHRISTIAN

»Ach du Scheiße!«, murmelte ich, nachdem ich mich im Bett aufgesetzt hatte und die Kopf- und Magenschmerzen ihre volle Unbarmherzigkeit entfalteten. Ich hätte es besser wissen sollen, als mit Evan etwas trinken zu gehen, um unsere Verhaftung zu feiern.

Was für ein verrückter Tag. Was für eine verrückte Nacht.

Ich schüttelte den Kopf, konnte mir allerdings ein Grinsen nicht verkneifen. Was hatte ich erwartet, wenn ich mit Evan loszog, um einen aufregenden Tag zu erleben?

Dieser Kerl ...

Und wie locker er die Verhaftung genommen hatte. Scheiße, ich musste heute dringend bei Liam anrufen und mit ihm sprechen.

Er kochte wahrscheinlich vor Wut. Stöhnend ließ ich mich noch einmal in die Kissen sinken. Ich konnte mich nicht mal mehr daran erinnern, wie ich überhaupt nach Hause gekommen war. Wenigstens lag ich im richtigen Bett, in meinem Schlafzimmer, sofern ich es erkennen konnte.

So verdammt reizvoll der Gedanke auch war, einfach liegen zu bleiben und mich nicht zu erheben, ich hatte keine Zeit dazu. Es war so oder so schon verdammt spät und wenn ich mich heute nicht wenigstens kurz an den Computer setzen würde, um zu arbeiten, hätte Liam noch mehr Gründe, um mir die Hölle heißzumachen – und genau die wollte ich ihm gerade beim besten Willen nicht auch noch auf dem Silbertablett servieren.

Nach einer ausgiebigen Dusche ging ich nach unten, in der Hoffnung Brooke zu sehen, doch von ihr fehlte jede Spur. Ich rief ihren Namen, doch statt ihrer wunderschönen Stimme begrüßte mich nur Stille.

Zu meiner Verwunderung stand kein Frühstück auf dem Tisch und auch ein Blick in die Mikrowelle signalisierte mir, dass sie kein Essen hochgebracht hatte.

Das war merkwürdig.

Ich nahm mein Handy zur Hand und wählte ihre Nummer, doch mich begrüßte nur ihre Stimme auf der Mailbox.

Für einen kurzen Moment spielte ich mit dem Gedanken, nach ihr zu sehen, entschloss mich dann aber doch dafür, ihr ein wenig Freiraum zu geben. Ob sie gestern Nacht hier gewesen war, als ich nach Hause gekommen war? Das Aspirin, welches ich auf der Küchentheke entdeckte, sprach jedenfalls dafür.

Mein Handy vibrierte in meiner Hosentasche, doch meine Hoffnung darauf, dass es Brooke sein könnte, zerschlug sich schnell. Ich hatte für meine wichtigsten Kontakte unterschiedliche Vibrationsmuster, damit ich nicht erst versuchen musste, ihren Namen auf dem Display zu erkennen. Je nach Lichtsituation hatte der Anrufer dann nämlich schon längst wieder aufgelegt, bevor ich es entziffern konnte.

»Evan, scheiße! Sag mir, dass ich das alles nur geträumt habe.« Mein Bruder lachte auf am anderen Ende der Leitung.

»Nein, Mann, das war ein ziemlich realer, wenn auch wirklich krasser Ritt gestern. Ich soll dir von Kathy sagen, dass sie enttäuscht ist, weil sie nicht dachte, dass ausgerechnet du so ein schlechter Umgang für mich bist.«

»Ich glaube, mein Wortlaut war irgendwie anders«, hörte ich ihre Stimme im Hintergrund.

»Ist Brooke auch so begeistert nach dem Auftritt gestern Abend?«

»War sie hier?«

»Alter, wie voll warst du bitte? Natürlich war sie da. Sie hat dich ins Bett gebracht, damit ich nach Hause fahren konnte.«

»Scheiße. Ich habe sie noch nicht gesehen heute Morgen. Kommt vielleicht auch daher, dass ich noch nicht so lange auf bin.«

»Sie machte jedenfalls keinen glücklichen Eindruck über dein Auftreten. Ich wollte eigentlich auch nur nachhören, ob du alles überlebt hast.«

»Alles überlebt. Wobei, ich hatte noch kein Telefonat mit Liam.«

»Ach, Liam. Der soll mal den Ball flach halten, schließlich haben wir nichts Verbotenes getan. Also jedenfalls nichts superschlimmes Verbotenes.«

»Herrlich, wie man sich alles schönreden kann, oder?« Wieder war es Kathys Stimme im Hintergrund.

»Los, glätte die Wogen zu Hause. Ich werde mal sehen, wo ich Brooke finden kann, um mich für den grandiosen Auftritt zu entschuldigen.«

»Ach was, so schlimm war es nicht. Du warst wie immer sehr charmant.«

Ich beendete das Gespräch und fuhr mit dem Aufzug runter zur Angestelltenwohnung, wo ich an die Tür klopfte, doch Brooke antwortete mir nicht.

»Hey, es tut mir leid, falls ich mich danebenbenommen haben sollte. Ich will nur wissen, dass es dir gut geht, deshalb antworte mir bitte. Dann verschwinde ich auch wieder.«

Keine Antwort.

»Brooke, komm schon. Gib mir wenigstens eine Antwort.«

Nichts.

»Okay, weißt du was, ich werde jetzt reinkommen. Ich mache mir Sorgen um dich.« Es dauerte ewig, den richtigen Schlüssel zu finden, mit dem ich die Tür öffnen konnte, während sich in meinem Kopf eine Million verschiedene Szenarien abspielten.

Ich konnte nur hoffen, dass es ihr gut ging und alles in Ordnung war. Doch das, was mich im Appartement erwartete, war so weit außerhalb dessen, was ich mir vorgestellt hatte, dass ich zunächst einen Schritt zurückwich.

»Brooke!«, rief ich und versuchte, mir ein Bild vom Appartement zu machen. Vielleicht hatte mich mein minimales Sehfeld auch getäuscht, doch egal, wie ich mich auch umsah und wie ich meine Hände über die Regale und den Tisch streifen ließ: Brookes Sachen waren weg!

»Fuck!«, murmelte ich und nahm mein Handy wieder zur Hand, doch ihres war noch immer ausgeschaltet.

Mein Herz pochte wie wild, während ich zwanghaft versuchte, zu verstehen, was hier gerade passierte.

Was hatte ich nur getan?

Mir wurde augenblicklich schlecht. Ich konnte sie nicht verloren haben. Nicht jetzt, da ich mir doch endlich sicher war, was ich wollte.

Zurück in meinem Appartement suchte ich nach der Nummer der verdammten Agentur, über die Brooke zu mir geschickt worden war, doch es fiel mir unglaublich schwer, klar zu sehen. Durch meine Aufregung und die Hektik nahm ich mir nicht die Zeit, meine Augen auch wirklich auf den Bildschirm zu fokussieren, was alles natürlich nur noch schlimmer machte.

Ich legte mein Handy weg, verschränkte die Arme über dem Kopf und ging eine Weile auf und ab, um mich zu beruhigen.

Fuck, vorhin waren die Kopf- und Magenschmerzen noch mein größtes Problem gewesen, gepaart mit Liam, doch das alles war mir gerade scheißegal.

Ich musste wissen, was passiert war. Ich musste wissen, dass es ihr gut ging. All ihre Erfahrungen mit Clyde. Mit seinem Alkoholkonsum. Seinem Verhalten. Sie hatte mir nicht viel darüber berichtet, nicht ausführlich, doch ich hatte mir viel selbst zusammenreimen können. Und dann kam ich sturzbesoffen nach Hause, nachdem ich festgenommen worden war, und am nächsten Tag war sie einfach weg.

Nein, es durfte nicht so enden. Vor allem nicht, da es noch gar nicht richtig angefangen hatte.

Ich musste an Brookes weiche Lippen auf meinen denken, an einen tiefen Blick in ihre Augen, an ihr Lachen.

Sie konnte nicht einfach aus meinem Leben verschwunden sein.

Bei der Agentur wurde ich weiterverbunden zu der Dame, mit der ich bis jetzt erst ein einziges Mal telefoniert hatte. Vor unglaublich vielen Jahren bei der Vermittlung von Olga.

»Miss Aberdien hat heute Morgen gekündigt und uns mitgeteilt, dass sie die Angestelltenwohnung bereits verlassen hat. Wir suchen gerade nach einem passenden Ersatz und hoffen, dass schon morgen ...«

»Vielen Dank«, unterbrach ich sie mitten im Satz und beendete das Gespräch. Ausgelaugt und auf eine irritierende Art kraftlos sank ich auf mein Sofa und legte den Kopf gegen die Rückenlehne.

Gekündigt.

Weg.

Einfach so.

Ohne ein Wort.

Ohne Abschied.

Kathy und Ally! Verdammt, vielleicht wussten sie irgendwas. Es war noch zu früh, um bei den dreien von Freundschaft zu reden, aber sie waren mein letzter Strohhalm, an den ich mich klammern konnte. Vielleicht hatte sie sich bei ihnen gemeldet.

»Hey Knastbruder«, meldete Kathy sich schnell am Telefon. Ich ignorierte ihre Begrüßung, denn nach Scherzen oder dummen Sprüchen stand mir gerade nun wirklich nicht der Sinn.

»Weißt du, wo Brooke ist?«, fragte ich hektisch.

»Brooke? Nein, woher sollte ich das wissen? Ich dachte, bei dir.«

»Nein. Sie ist eben nicht bei mir. Meine Agentur hat mir mitgeteilt, dass sie gekündigt hat. Ihr Appartement ist leer.

Ich dachte, du weißt vielleicht etwas.«

»Gekündigt und einfach weg? Was? Nein! Ich weiß von nichts. Wir hatten uns für nächstes Wochenende zum Brunch verabredet. Ich ... wo … ich bin gerade wirklich geschockt.«

Geschockt. Das war das richtige Wort für den Zustand, in dem ich mich gerade befand.

»Okay, danke trotzdem. Ich ...«

»Hat es vielleicht etwas mit dem Artikel zu tun?«

»Was für ein Artikel?«

»In der Klatschzeitung. Dort stand ein Artikel über euch. Evan wollte es dir behutsam sagen, weil auch die Rede von deiner Krankheit ist.«

Es interessierte mich nicht mal, dass dieses Geheimnis, an dem ich schon viel zu lange festgehalten hatte, nun ans Tageslicht gekommen war.

Brooke hatte immer Angst davor gehabt, fotografiert zu werden, in der Zeitung zu erscheinen oder sonst irgendwie in die Öffentlichkeit gezogen zu werden. War sie deshalb weg?

Oder weil ich mich danebenbenommen hatte?

Scheiße, ich brauchte eine Antwort auf meine Frage! Ich musste wissen, dass es ihr gut ging. Das war alles, woran ich die ganze Zeit über denken konnte.

Ohne viele Worte verabschiedete ich mich von Kathy, bevor ich im Internet nach dem Artikel suchte. Es fiel mir schwer, auf dem kleinen Handybildschirm etwas zu erkennen.

Fuck!

Ich musste doch irgendwas tun können!

Sollte ich ihren Weggang jetzt einfach so akzeptieren und untätig hier sitzen bleiben, während es noch so viel gab, was ich ihr eigentlich sagen wollte?

Ich hatte nur absolut keine Ahnung, wie ich sie finden konnte. Und diese Erkenntnis lähmte mich. Sie trieb mich in den Wahnsinn.

Es konnte doch nicht so enden! Es durfte nicht so enden.

Ich war ein Vollidiot! Ein unfassbarer Vollidiot.

Wieso hatte ich die Gefühle, die jetzt gerade wie ein Wirbelsturm in mir tobten, nicht schon lange vorher zugelassen? Dann hätte ich keine einzige Sekunde gezögert. Fuck, dann würde Brooke jetzt vielleicht in meinem Bett in meinen Armen liegen und wir würden den nächsten Urlaub planen!

Ich hatte es versaut. Die einzige Frage war nur: in welchem Ausmaß?

War sie wegen des Artikels gegangen oder wegen mir?

BROOKE

Ich zitterte noch immer, als ich auf das Bett in dem schäbigen Hinterzimmer der Bar sank, das ab jetzt mein Zuhause sein würde.

Wenigstens keine Brücke in der Bronx.

Es war nicht mehr und nicht weniger als Glück gewesen, diese Stelle in meiner Nacht-und-Nebel-Aktion zu finden.

Auf meinem ziellosen Weg durch New York.

Es war ein heruntergekommenes Verlies, in das garantiert nur Stammkunden kamen, die den Alkohol brauchten, um zu überleben. Kein vernünftig denkender Mensch würde sich an diesen Ort verirren – also bestand auch keine Gefahr, jemals einem Knight über den Weg zu laufen.

Das Hinterzimmer war nur eine vorübergehende Notlösung, bis ich etwas Besseres gefunden hatte. Nichts schwerer als das in dieser Stadt. Wenigstens hatte ich etwas Geld von meinem Job bei Christian. Ein Job, den ich gekündigt hatte, ohne Christian etwas davon zu erzählen, ohne ihm Lebewohl zu sagen. Es zerriss mich innerlich, nur an ihn zu denken.

Wie es ihm wohl damit ging, dass ich einfach verschwunden war? Vermutlich weinte er mir keine Träne hinterher ... Ach verdammt, ich wusste selbst, dass diese Gedanken Blödsinn waren. Obwohl ich mir nicht vorstellen konnte, dass er so sehr litt, wie ich es gerade tat.

Ich hatte das Gefühl, nicht denken oder atmen zu können. Diese ganze Situation ...

Wäre dieser Zeitungsartikel nie erschienen, hätte ich mit Christian gesprochen, statt einfach zu gehen. Doch ich wollte nicht riskieren, dass ihm etwas geschah wegen mir.

Er hätte mich mit Sicherheit aufgehalten oder irgendetwas aus dem Hut gezaubert, um mich vor Clyde zu schützen. Doch ich wollte nicht, dass er meinen Scheiß ausbadete.

Mit einem Seufzen ließ ich mich nach hinten fallen und starrte die dreckige Decke über meinem Bett an.

In diesem Raum gab es nur dieses Bett und einen kleinen Tisch. Als Badezimmer musste ich das Bad der Bargäste mitbenutzen. Eine Dusche befand sich in einem separaten Raum, allerdings wirkte sie so verrostet, dass ich nicht glaubte, vernünftig duschen zu können.

Ich musste so schnell wie möglich hier raus, doch auf der Flucht war das Leben nun mal kein Wunschkonzert.

Meine oberste Priorität war nun, zu verhindern, dass Clyde mich fand. Ich zwang mich dazu, darüber nachzudenken, was er wohl mit mir anstellte, wenn er mich in die Finger bekam. Was kannte ich besser als seinen Hass, seine unbändige Wut und seine Ausraster? Er würde nicht davor zurückschrecken, mich windelweich zu prügeln.

Davon ging ich fest aus. Deshalb war es so wichtig, mich jetzt zu verstecken und auch Christian aus dieser ganzen Sache rauszuhalten. Clyde würde auch nicht davor zurückschrecken, Christian etwas anzutun. Nicht, nachdem sich die Wut jetzt über eine so lange Zeit in ihm aufgestaut hatte. Dafür kannte ich ihn zu gut.

»Schätzchen, deine Schicht beginnt in fünf Minuten«, rief mir die Barinhaberin mit ihrer rauchigen Stimme durch die geschlossene Tür zu. Sie war ein Engel, auch wenn man bei ihrem Anblick von etwas ganz anderem ausging. Eigentlich hatte sie nicht geplant, das Hinterzimmer zu vermieten, doch als ich ihr von meiner Not erzählt hatte, war es kein Problem gewesen, hier unterzukommen.

Wahrscheinlich war sie einfach nur froh, dass überhaupt jemand das Stellenangebot angenommen hatte. Es war nicht gerade ein Ort, wo man sich gern freiwillig aufhielt.

Schon gar nicht als Frau.

Mein erster Eindruck sollte schnell bestätigt werden, denn es musste nicht mal Abend werden für die ersten sturzbetrunkenen Gäste, die sich in dieser Bar den Rest gaben.

Unter ihnen Proctor, ein Stammkunde. Ich hatte keine Ahnung, wie er wirklich hieß, Protor oder Protctor war alles, was ich bei seinem Gelalle noch verstanden hatte. Witzigerweise kannte auch Amy, die Barbesitzerin, seinen richtigen Namen nicht. Er kam wohl immer sternhagelvoll hier an.

Scheißegal, an diesem Ort würde ich garantiert keine Freunde suchen oder finden. Er sorgte nur dafür, dass ich ein Dach über dem Kopf hatte, an einem Ort, an dem Clyde nicht nach mir suchen würde. Er wusste, wie sehr ich betrunkene Menschen verabscheute ... dank ihm.

»Burney, hierher! Geradeaus«, rief Amy plötzlich, was mich aufblicken ließ. Ein alter Mann tastete sich mit seinem Blindenstock in die Bar. »Burney ist auch ein Stammgast. Er ist blind, findet aber irgendwie immer seinen Weg.«

Ich musste gegen den Kloß in meinem Hals ankämpfen, genauso wie gegen die Tränen, die sich in meinen Augen bildeten.

Christian.

Ich wollte zurück zu ihm. Zurück an diesen Ort, den ich gerade als mein neues Zuhause akzeptiert hatte. Stattdessen wirkte die ganze Situation vollkommen ausweglos und ein Wiedersehen mit ihm so unfassbar unwahrscheinlich.

Vielleicht war es besser so. Ich war nicht die Frau, die an seine Seite gehörte. Dafür kamen wir aus viel zu unterschiedlichen Welten ...

Eine Gossenbraut, so hatte Clyde mich oft betitelt.

Hierher, in diese gottverlassene Bar, gehörte ich definitiv eher. Es passte zu meinem bisherigen Leben.

Obwohl ich genau davor weglaufen wollte und noch immer weglief. Es war ein unvergesslicher Ausflug gewesen in die Welt des schönen Scheins, in der nichts in Ordnung war. So viel wusste ich jetzt.

Die Frage war nur, ob es mir wirklich jemals gelingen würde, Christian zu vergessen.

Allein die Vorstellung ließ einen unmenschlichen Schmerz in meinem Körper explodieren. Ich wollte ihn nicht vergessen, aber ich musste es einfach. Es war besser für uns beide.

CHRISTIAN

Ich schritt die Treppenstufen hinab und erwischte mich dabei, wie ich für einige Sekunden stehen blieb und darauf wartete, irgendein Geräusch zu hören.

Es blieb still.

Es war lächerlich, darauf zu hoffen, dass Brooke zurückkehren würde, doch ich konnte nicht anders. Ich musste mich an irgendetwas festhalten, denn die Wahrheit tat einfach viel zu weh.

Seit einer Ewigkeit war sie die erste Frau gewesen, die ich wieder an mich herangelassen hatte, mit dem Ergebnis, dass ich jetzt diesen unvergleichlichen Schmerz durchstehen musste.

Gepaart mit der Tatsache, dass ich wieder ein Stück meines Farbsehens eingebüßt hatte, war es eine Kombination, die mir eine Schlinge um die Kehle legte und diese immer weiter zuzog.

Am liebsten wäre ich heute Morgen gar nicht aufgestanden, sondern im Bett liegen geblieben. Doch dank James hatte ich einen guten Grund, genau das nicht tun zu können. Er entführte mich nach Treboka, auch wenn es zu einem ganz anderen Zeitpunkt geplant gewesen war.

Durch Evan hatte er gehört, dass ich dringend rausmusste, um auf andere Gedanken zu kommen. Sonst hatte ich noch mit niemandem darüber geredet, dass Brooke weg war.

Seit drei qualvollen Tagen, in denen ich nicht aufgehört hatte, mir die Frage nach dem Warum zu stellen.

Eine Frage, die nur Brooke selbst mir beantworten könnte, doch ihr Telefon war weiterhin ausgeschaltet und auch so hatte ich keine Ahnung, wo sie sich wohl aufhielt.

War sie weg, weil ich mich ihr gegenüber im besoffenen Kopf schlecht verhalten hatte?

War sie gegangen wegen meiner Unfähigkeit, mich festzulegen und meine Gefühle wirklich zuzulassen, oder war sie nicht mehr da wegen des Zeitungsartikels und der Angst vor ihrem Ex-Mann?

Ich hätte sie beschützen können. Ach was, ich hätte sie bedingungslos beschützt. Niemals wäre dieser Wahnsinnige noch mal in ihre Nähe gekommen, doch vielleicht vertraute Brooke mir in diesem Fall einfach nicht genug. Oder sie nahm die Dinge lieber selbst in die Hand, so wie sie es bei ihrem ersten Weggang getan hatte, der sie direkt in mein Appartement getrieben hatte.

Ich wünschte, sie hätte genug Vertrauen in mich gehabt, um mit mir zu reden. Zusammen wäre es uns garantiert gelungen, eine Lösung zu finden. Wenn es denn überhaupt daran lag.

Das waren nur meine Mutmaßungen.

Mein Handy vibrierte und für den Bruchteil einer Sekunde regte sich eine leichte Hoffnung in mir, doch es war Liams Vibrationsmuster.

Wir hatten gestern in der Firma eine recht unschöne Aussprache gehabt, wobei eigentlich Evan die meiste Scheiße hatte einstecken müssen. Bei mir war er noch ganz human gewesen, vermutlich weil er die gesamte Schuld auf Evan schob, obwohl ihn gar keine traf. Eine Tatsache, die Liam einfach überhört hatte, dabei war das Autorennen nur meine Idee gewesen. Ich hatte Evan regelrecht überredet. Es konnte ja niemand ahnen, dass wir eingebuchtet werden würden für so eine Lappalie.

»Hey«, sagte ich lustlos.

»Selbst hey. Wie gehts dir heute?«

»Gut. Und selbst?«

»Du bist ein verdammt schlechter Lügner, Christian. Man hört es schon an deiner Stimme, dass es dir nicht gut geht. Wegen dieser Brooke oder wegen deines Augenlichts? Hat es sich wieder verschlimmert?«

»Halb so wild. Was gibts?«

Ich wich seinen Fragen aus, denn ich wollte jetzt nicht darüber reden. Ich wollte ihm nicht erklären, dass die Welt nur noch schwarz und weiß war oder, dass es mir das Herz aus der Brust zu reißen drohte, wenn ich nur an Brooke dachte.

Diese Frau war für mich so viel mehr gewesen als meine Haushälterin. Sie hatte mich in meiner dunkelsten Stunde aufgefangen. Sie war für mich da gewesen, als mir selbst alles ausweglos erschienen war. O Gott, diese gemeinsame Zeit auf Hawaii ...

In meinem ganzen Leben hatte ich noch nie einen Menschen so sehr vermisst, wie ich sie jetzt schon nach dieser kurzen Zeit vermisste. Vor allem, weil ich nicht einmal wusste, ob wir uns je wiedersehen würden und ob es irgendwelche Antworten auf meine Fragen gab.

Gestern Abend war ich wirklich froh gewesen, den scheiß Whiskey nicht zu finden, den Brooke weiß Gott wohin geräumt hatte. Es wäre bestimmt mein Verderben gewesen.

»Die Anwälte haben sich gemeldet. Es wird auf eine Geldstrafe und einen Führerscheinentzug von drei Monaten hinauslaufen.«

»Armer Evan. Eine Schande, das schöne Auto drei Monate stehen zu lassen. Meinen haben sie ja eh schon eingesackt, deshalb interessiert es mich reichlich wenig.«

»Sei lieber froh, dass die Anwälte euch da so rausgehauen haben.«

»Bin ich.« Ich hatte ehrlich gesagt nicht den Hauch eines Gedanken an diese ganze Sache verschwendet. Eine Tatsache, die mir nur noch einmal verdeutlichte, wie sehr Brookes Weggang mich mitnahm.

»Wann geht es los mit James?«

»Ich denke, er wird jeden Augenblick hier sein, um mich abzuholen.«

»Wenn ihr zurückkehrt, wird der Umbau deines Arbeitsplatzes abgeschlossen sein.«

»Super. Das sind gute Neuigkeiten.« Ich versuchte, wenigstens ein bisschen froh und optimistisch zu klingen, obwohl es mir gerade ebenfalls egal war. Dabei hatte Liam Gott und die Welt in Bewegung gesetzt und einfach alles möglich gemacht, damit ich selbstständig und ohne Barrieren arbeiten konnte.

»Okay. Dann wünsche ich euch viel Spaß in Treboka.«

»Danke. Liam?«

»Ja?«

»Ich meine es ernst. Danke. Für alles. Ich bin gerade wirklich beschissen drauf und das tut mir leid.«

»Schon gut. Bau nur einfach keine Scheiße, okay?«

»Versprochen.« Ich wusste, dass er sich Sorgen um mich machte, und das schätzte ich sehr, genau wie alles, was er für mich tat.

Ich hatte gerade das Telefonat beendet, als James klingelte. Die Auszeit würde mir mit Sicherheit guttun. Genau wie ihm.

Er arbeitete viel und hart, aber behielt seine Auszeiten rigoros bei. Was nicht nur ihm, sondern uns allen wichtig war, schließlich hatten wir damals alle dabei zugesehen, wie er sich bis zum Äußersten und weit darüber hinaus gepusht hatte. Mit gravierenden Folgen.

So weit würde es nie wieder kommen innerhalb unserer Familie, weil wir aufeinander achteten. Das zeichnete die neue Generation der Knights aus – das hatten wir uns versprochen.

»So, hier möchte jemand raus aus der Stadt, habe ich gehört?«

»Ich muss aus dieser Stadt«, erwiderte ich, während ich hörte, wie James auf mich zukam. Vor ihm musste ich mich nicht verstellen, denn auch wenn ich es versuchte, er schaffte es sowieso, hinter meine Fassade zu blicken.

»Alles gut?«

»Nein, nicht wirklich. Die ganze Sache mit Brooke ... Fuck, ich vermisse!« Es war das erste Mal, dass ich es laut aussprach.

»Nichts mehr von ihr gehört?«

»Nein, sie ist ohne Bild und Ton einfach verschwunden. Mein Kopf macht mich wahnsinnig. All diese Gedanken. Ich hab es echt versaut, James.«

»Es tut mir wirklich leid.«

»Ich weiß. Egal, darum geht es jetzt auch gar nicht, sondern um unseren Trip nach Treboka. Nachdem Liam mir gerade mitgeteilt hat, dass ich nur eine Geldstrafe bezahlen muss, können wir es richtig knallen lassen.«

»Uh, ich weiß schon Bescheid. Evan hat heute Morgen getobt, weil er seinen Führerschein abgeben muss.«

»Kann ich mir denken. Ich würde ja sagen, er kann meinen haben, aber hey, ich habe gar keinen mehr.«

»Ich bin fast froh, dass du für das Event mit mir nur ein paar Tage in Treboka ausgewählt hast.« Ich stimmte in James' Lachen ein, was wirklich unglaublich guttat. Hoffentlich würden mich die Tage auf dem Land auf andere Gedanken bringen.

Wir fuhren mit James' BMW, in dem man wie auf einem übelst bequemen Sofa saß, wobei ich wirklich auf der Hälfte der Fahrt einfach eingeschlafen war. Zumindest wurde mir das bewusst, als er mich anstieß, um mir zu sagen, dass wir gleich da waren.

»Das ging aber schnell«, erwiderte ich grinsend.

»Wie kann man denn bitte als Beifahrer einschlafen?«

»Was denn? Ich kann die schöne Landschaft eh nicht genießen und weil mir dann oft schwindelig wird, schließe ich die Augen, um genau das zu verhindern. Sagen wir mal so, ich habe nicht wirklich viel geschlafen in den letzten Nächten.«

»Ich meinte eher das Gottvertrauen in meine Fahrkünste.«

»Was soll ich denn machen? Selbst fahren? Außerdem kann ich eh nicht erkennen, was sich da vor oder neben uns abspielt, und muss dir so oder so vertrauen.«

»Stimmt. Wir sind jedenfalls in zehn Minuten da. Ich dachte, ich wecke Dornröschen mal auf.«

»Ich bin wach. Außerdem habe ich nur gedöst und nicht fest geschlafen.«

»Erklärt das Schnarchen ungemein.«

»Ich schnarche nicht.«

»Nein, ich auch nicht. Nie!«

Auf der Farm angekommen, hörte ich, wie James nach dem Aussteigen tief Luft holte, was ich ihm gleichtat. Ich hatte es immer geliebt, hierherzukommen und ein paar Tage außerhalb von all der Hektik und dem Lärm zu verbringen.

»Hier sieht alles absolut unverändert aus«, klärte James mich auf, während ich bereits zum Haus ging. Die Lichtverhältnisse waren gut und ich fand mich allein zurecht. Gott sei Dank. Wobei James mir natürlich jederzeit helfen würde.

Im Haus warf ich meine Tasche aufs Gästebett und richtete mich etwas ein. Es war schon immer recht dunkel in diesem alten Haus gewesen, weshalb ich abends mit Sicherheit nicht so gut zurechtkommen würde. Doch das war okay. Ich wurde immer besser darin, mich mit diesen Situationen zu arrangieren. Schließlich blieb mir auch keine andere Wahl. Statt sofort wieder runterzugehen, sank ich aufs Bett und atmete tief durch, als eine Welle von Erinnerungen an den Urlaub mit Brooke mich einfach so überrollte. Ohne jede Vorwarnung.

Es kam mir vor, als wäre es eine Ewigkeit her, dabei war noch gar nicht viel Zeit vergangen, seit wir aus Hawaii wieder da waren.

Ebenso war es mir mit Brooke ergangen. Ich hatte so schnell das Gefühl gehabt, sie schon lange zu kennen, dass es wirklich gruselig war. Vielleicht hatte ich es auch einfach überstürzt und mich viel zu schnell auf sie eingelassen ...

Fuck, hätte ich ihr das nur zeigen und sagen können. Vielleicht wäre sie dann noch an meiner Seite.

Wenn sie mir nur mehr vertraut hätte ...

»Willst du mich den ganzen Scheiß hier unten allein sauber machen lassen?«, drang James' Stimme nach oben, weshalb ich mich aufrappelte. Ich hatte schon viele Stunden auf dieser Farm gearbeitet und für jede davon war ich heute dankbar. Jetzt konnte ich ihm nicht mehr viel helfen, wobei, das musste ich auch nicht mehr, denn er kam nicht nach Treboka, um zu arbeiten, sondern um runterzufahren. Was für James eine unglaublich wichtige Rolle spielte und wovon ich mir wahrscheinlich eine Portion abschneiden sollte. Genau wie der Rest meiner Brüder.

James hatte diese Farm als Rückzugsort behalten. Logan sprang Fallschirm, wenn er den Kopf klarkriegen wollte. Evan hatte sich durch halb New York gevögelt, Liam war mir wie immer ein Rätsel in diesem Punkt und ich ... Tja, ich hatte es nie so weit kommen lassen, dass ich mich irgendwie abreagieren musste. Aber vielleicht war es Zeit, mir nun etwas zu suchen. Schließlich spürte ich den Druck, den diese Situation auf mich ausübte, gerade unmenschlich, durch die Wut, die in mir brodelte.

Ich half James damit, die Möbel zu entstauben, bevor wir uns mit einem Wasser auf die Terrasse setzten.

»Wie ist es für dich, hierher zurückzukommen?«, fragte ich und durchbrach damit die alles beherrschende Stille.

»Gute Frage. Schön. Richtig schön eigentlich. Weil ich weiß, dass ich diese unendliche Weite nicht aufgeben musste, falls ich mich in New York wieder eingeengt fühlen sollte.«

»Also war es für dich die richtige Entscheidung, zurückzukommen?« Ich hatte mich schon so oft gefragt, ob James es wohl bereut hatte.

»Mehr als nur die richtige Entscheidung. Es geht mir gut. Das konnte ich eine volle Ewigkeit nicht behaupten, aber jetzt geht es mir gut. Ally und ihre gesamte Familie wieder in meinem Leben zu haben, ist einfach unbeschreiblich. Dazu die Arbeit in der Firma, wir als Brüder. Es war nie schöner.«

Ich klopfte auf James' Unterarm, denn er hatte recht, wenn man meinen Zustand einmal außen vor ließ.

Zwischen uns als Brüdern war es nie schöner und auch ich genoss, wie wir zusammengerückt waren. Alle Mann, selbst Liam.

»Wie gehts dir?« Ich hatte befürchtet, dass James mir diese Frage stellen würde, aber ich hatte keine wirkliche Antwort darauf.

»Ganz ehrlich?«

»Immer.«

»Ich weiß es nicht. Ich meine, ich werde blind, das ist verdammt beschissen, Mann!«

»Das ist es und ich wünschte so sehr, dass ich irgendetwas tun könnte, um dir diese Scheiße zu ersparen.«

»Weißt du, was wahnsinnig ist? Gerade ist mir das vollkommen egal, weil ich einfach nur über die Frage nachdenken kann, warum Brooke gegangen ist, ohne ein Wort zu sagen.«

»Du stehst auf sie, oder?«

»Wir hatten eine unglaubliche Zeit auf Hawaii. Mit ihr ist alles so einfach, so normal, als würde es sie gar nicht interessieren, dass ich auf ihre Hilfe angewiesen bin oder manche Sachen einfach nicht sehen kann.

Als es anfing, schlimmer zu werden, sie war einfach da, weißt du? Sie war die Erste, der ich von meinen Problemen erzählt habe. Vielleicht weil es einfacher war, mich vor einem Menschen zu öffnen, mit dem mich nichts verbindet. Vielleicht aber auch, weil ich ihr von der ersten Sekunde an vertraut habe. Also genau das, was für uns Knights absolut nicht typisch ist.«

»Das stimmt wohl. Aber hey, war es bei Ally und mir anders? Oder bei Evan und Kathy? Wenn die richtige Frau vor dir steht, merkst du es einfach. Davon bin ich überzeugt. Dann weißt du, dass du ihr vertrauen kannst, ganz egal, was dir der alte Mistkerl auch eingebläut hat.«

»Sie hat mich mehrfach gefragt, was das zwischen uns ist.«

»Aber du konntest nicht antworten, weil dich all die Dinge, die du gelernt hast, daran gehindert haben, dich fallen zu lassen und ehrlich zu sein. Mann, du brauchst mir nichts erklären, ich weiß ganz genau, was in dir vorgeht.«

»Hinzu kommt dann noch die Sache mit meinen Augen. Ich will ihr nicht zur Last fallen, weißt du? Auf keinen Fall.«

»Du hast gerade selbst gesagt, dass es für sie alles selbstverständlich war.«

Ich nickte und starrte in die unendliche Dunkelheit, die über uns hereingebrochen war.

Sie hatte für mich nichts Faszinierendes mehr, sondern machte mir Angst, denn ich blickte in diesem Moment in meine Zukunft. Eine Zukunft, die ich höchstwahrscheinlich in dieser undurchdringlichen Dunkelheit verbringen musste.

»Ich vermisse sie. Zwischen uns war einfach so vieles selbstverständlich, was ich mir vor ihr nicht mal im Traum hätte vorstellen können. Jeden Morgen war sie da, wenn ich aufstand. Sie war immer da ... Und dann im Urlaub … James, ich wusste, dass ich sie nicht mehr gehen lassen wollte. Während der gesamten Zeit haben wir uns ein Zimmer geteilt und es war einfach wunderschön!«

»Dich hat es vollkommen erwischt, Christian Knight, und ich hoffe wirklich, dass ihr zwei die Chance bekommt, die ihr verdient.«

»Sie ist weg, James!«

»Und es gibt genug Privatdetektive auf der Gehaltsliste der Familie Knight, die man dafür arrangieren könnte, sie zu finden. Oder meinst du nicht?«

Eine Möglichkeit, über die ich ebenfalls schon nachgedacht hatte.

»Das ist ja das Problem. Ich weiß nicht, ob sie gefunden werden will.«

»Ja und? Dann lässt du sie halt wieder in Ruhe, aber dann weißt du wenigstens, woran du bist.«

Ein gutes Argument. Wir würden die nächsten drei Tage hier in Treboka Hights verbringen. Also mehr als genug Zeit, um in Ruhe nachzudenken.

»Muss ich dir eigentlich wieder bei der Farmarbeit helfen?«

»Ich wüsste nicht, warum nicht. Außerdem können wir ja nicht den ganzen Tag nur auf der Veranda sitzen und Wasser trinken. Aber, zu deiner Beruhigung, es gibt nicht mehr wirklich viel zu tun. Wir werden uns schon schöne Tage machen.«

Ein Versprechen, das James hielt.

Wir nutzten die Zeit für Spaziergänge, wobei ich dank ihm sehr gut klarkam, und aßen in dem kleinen Diner, in das wir uns schon einmal verirrt hatten. Ich verbrachte einfach gern Zeit mit James, so wie wir es damals in Treboka getan hatten, nur unter vollkommen anderen Voraussetzungen.

Nun musste ich nicht wieder trauern und mich fragen, wann ich ihn das nächste Mal sah, sobald ich mich ins Auto setzte, um nach New York zurückzukehren.

Nun fuhren wir gemeinsam.

Und das war alles, was zählte.

CHRISTIAN

Eine Woche später

Ich saß in meinem Büro, wo das Programm mir den Text auf meinem Computerbildschirm vorlas. Fuck, ich hasste diese Funktion, weil ich dabei immer so gut aufpassen musste, was für mich gerade eine unmögliche Aufgabe war.

Also noch mal von vorn.

Im Großen und Ganzen kam ich gut mit dem neuen Equipment zurecht, so viel stand fest, nur die Konzentration war etwas, das ich vergeblich suchte.

Ein Klopfen ließ auch meinen zweiten Versuch scheitern, weshalb ich seufzend in dem Bürostuhl zurücksank, bevor ich den Besuch hereinbat.

»Ich bins, Liam«, sagte mein Bruder sofort, obwohl ich ihn schon erkannt hatte. Die Beleuchtung war ebenfalls auf meine Bedürfnisse angepasst worden und noch hatten sich meine Augen nicht wieder verschlechtert, auch wenn es unglaublich war. Doch ich war nicht naiv genug, um zu hoffen.

»Was gibts?« Liam kam oft vorbei. Von all meinen Brüdern am häufigsten, wobei er mich meist nur über die Arbeit ausfragte. So starteten wir auch heute, doch dieses Mal kam ich ihm schnell auf die Schliche.

»Du bist nicht wirklich wegen der verdammten Zahlen hier, oder? Ich meine, du hast sie alle digital vorliegen.«

»Erwischt. Ich wollte einfach sehen, wie alles so klappt, wie es dir geht ...«

»Das kann man auch einfach so fragen, Liam. Man braucht nicht immer irgendwelche Ausreden. Nur so als kleiner Tipp.«

»Ja, ja, witzig.« Sobald man das Arbeitsthema verließ, wurde Liam unsicher, auch wenn man ihn wirklich kennen musste, um das zu bemerken. Doch so weit waren wir mittlerweile.

»Es geht mir nicht gut und es wird mir vermutlich auch noch eine Weile lang nicht gut gehen«, antwortete ich ehrlich. Was nützte es, immer um den heißen Brei herumzureden?

»Diese ganze Geschichte mit der Frau belastet dich sehr, oder?« Oh, diese Schlussfolgerung hatte ich Liam nicht zugetraut. Ich war davon ausgegangen, dass er es auf meine Erblindung zurückführen würde.

»Keine Ahnung.« Ah ja, also Schluss mit der Ehrlichkeit, die ich mir gerade noch selbst attestiert hatte.

»Es gibt eine Spur. Sie arbeitet vermutlich als Kellnerin in einer Bar in der Nähe der Bronx, aber das ist noch nicht bestätigt.«

»Was?« Ich musste mich verhört haben. Eine Spur? Was zum Teufel? Ich hatte keinen Privatdetektiv arrangiert.

»Smissler ist dran. Die Bestätigung, dass es sich wirklich um Brooke handelt, steht allerdings noch aus.«

»Smissler? Der Privatdetektiv? Was zum Teufel, Liam? Was fällt dir ein, einfach einen Detektiv zu arrangieren, der hinter Brooke her schnüffelt, ohne das vorher mit mir zu besprechen? Das ist doch wohl ein schlechter Scherz, oder?«

»Ich wollte dir helfen, weil ...«

»Ich habe dich nicht um deine Hilfe gebeten, verdammt noch mal! Vielleicht gibt es Gründe, dass sie nicht gefunden werden will.«

»Aber ich dachte, du kannst dir nicht erklären, warum sie weg ist.«

»Ja, darum geht es doch gerade. Vielleicht ist ihr alles zu viel geworden mit meiner Erblindung, oder aber ich habe etwas gesagt, das sie verletzt haben könnte. Ich kann mich nicht mal mehr an unser letztes Aufeinandertreffen erinnern. Sie wird ihre Gründe haben und die will ich respektieren.«

»Okay, dann werde ich Smissler darüber in Kenntnis setzen.«

Frustriert schüttelte ich mit dem Kopf. Eine Bar in der Nähe der Bronx. Ernsthaft?

Ich wollte mir nicht vorstellen, dass sie dort arbeitete.

»Lass dir bestätigen, dass es sich um sie handelt, dann sehen wir weiter.«

»Christian, ich wollte nur, dass du noch mal mit ihr reden kannst, weil ich weiß, wie sehr du leidest.«

»Ich weiß.« Liam hatte es nur gut gemeint. Im Endeffekt rührte es mich sogar, dass er sich derartige Gedanken um mich gemacht hatte. »Danke, dass du ihn angesetzt hast.«

»Kein Ding. Aber du hast recht, ich hätte es mit dir durchsprechen sollen.«

»Hey, Liam, wir lernen das gerade alle erst, dieses neue offen und ehrliche Miteinander unter uns Brüdern, ohne dass der große Mister Knight über allem steht und uns dirigiert. Es ist okay. Du machst deine Sache sehr gut und ich weiß, dass du nur das Beste für mich willst.«

Liam nickte, bevor er sich erhob und mein Büro verließ. Irgendwie wäre das der perfekte Moment für eine brüderliche Umarmung gewesen, doch solchen Sachen wich Liam immer aus. Ich kannte es von ihm nicht anders.

Eine Bar in der Bronx ...

Was konnte bitte vorgefallen sein, dass sie so einen Job dem bei mir vorzog? Das bedeutete auf jeden Fall, dass ihr alles egal war, Hauptsache, sie war nicht in meiner Nähe. Eine Erkenntnis, die meinem Herz einen neuen Stich versetzte.

Wenn ich etwas versaute, dann richtig.

Vielleicht würde ich die Chance wirklich nutzen, um noch einmal mit ihr zu sprechen.

Ich würde sie besuchen, kurz klären, warum sie verschwunden war, und es dann einfach akzeptieren. Dann hätte ich wenigstens Klarheit und für Brooke würde sich nichts ändern. Ich war nicht der Typ Mann, der ihr nachstellte.

Ich war nicht ...

Ihr Ehemann!

Clyde!

Fuck, vielleicht ging es um ihn. Vielleicht hatte er sie gefunden und sie versteckte sich deshalb an diesem Ort.

Ich nahm mein Handy zur Hand und wählte ihre Nummer. Das Handy war eingeschaltet. Das war es schon gestern und in den letzten Tagen gewesen, als ich es versucht hatte.

Und verdammt, ja, ich versuchte es jeden Tag in der Hoffnung, dass sie irgendwann rangehen würde, um mit mir zu reden. Doch das geschah nie. Auch jetzt nicht.

Ihre Mailbox war mittlerweile voll, wozu ich maßgeblich beigetragen hatte.

Ich überlegte, ihr noch eine Nachricht zu schreiben, doch ich entschied mich dagegen.

Sie wollte mir anscheinend nichts erklären und nicht mit mir über die ganze Sache reden. Keine Ahnung, warum es mir so unglaublich schwerfiel, das auch zu akzeptieren.

Vielleicht, weil ich sie nicht loslassen wollte. Um keinen Preis der Welt.

In Filmen hieß es so oft, man sollte um die Frau, die man wollte, kämpfen. Ich hatte keine Erfahrung darin, denn bis jetzt hatte ich nie kämpfen müssen.

Doch woher zum Teufel sollte man wissen, dass die Frau auch wollte?

Verdammte Scheiße, ich würde mich jetzt wieder meiner Arbeit widmen, bevor ich noch weiter in Rückstand geriet.

BROOKE

Ich warf einen Blick auf mein Handy, nur um festzustellen, dass Christian erneut angerufen hatte. Er versuchte es immer und immer wieder.

Die ganze Mailbox war voll mit seinen Nachrichten, in denen er mich bat, ihn wenigstens anzurufen oder ihm zu schreiben.

Ich hatte es nicht getan.

Nicht weil ich es nicht wollte, sondern weil es besser war.

Für ihn.

Ich musste ihn schützen und wenn ich mich nicht von ihm fernhielt, würde ich ihn automatisch mit in die Scheiße ziehen. Was ich nicht riskieren konnte.

»Hey Süße, ich verdurste hier!« Ein alter Kerl grinste mich mit seinen verfärbten Zähnen an und hielt mir sein Glas entgegen. Hier verdursteten definitiv alle, denn egal, wie viel Alkohol sie auch in sich schütteten, es würde nie genug sein. Wie erwartet bestand diese heruntergekommene Kneipe aus Stammgästen, die sich den ganzen Tag an diesem Ort aufhielten und ihre sonderbare Gemeinschaft mit dem Alkohol genossen.

Wenigstens waren es friedliche Zeitgenossen, auch wenn ich mir natürlich oft irgendwelche dummen Sprüche anhören musste oder angebaggert wurde. Ich konnte diese Sachen gut ausblenden. Da hatte ich in meinem Leben schon viel mehr ausblenden müssen, was weitaus schmerzhafter gewesen war als diese Worte.

Clyde.

Ich musste meine Nummer wechseln, dieses Handy endlich ausschalten, doch dann würde ich auch meine einzige noch bestehende Verbindung zu Christian abbrechen – und das konnte ich nicht. Egal, wie sehr ich es mir auch vornahm. Wenn ich ihn wirklich komplett verlor ... nein, das wollte ich mir gar nicht vorstellen.

Trotzdem musste ich mir eingestehen, dass nicht nur Christian jeden Tag versuchte, mich anzurufen.

Ich hatte noch immer keine Erklärung, woher dieses Arschloch meine Nummer hatte, doch Clyde war schon immer gut darin gewesen, zu bekommen, was er wollte. Mit seinem falschen Charme, hinter dem sich das Böse verbarg.

Ich wusste schließlich, wovon ich redete, denn auch ich war damals seinem Charme heillos verfallen. Mit sechzehn ... wäre ich älter gewesen und nicht so unglaublich verzweifelt, vielleicht hätte die ganze Sache anders ausgesehen. Dann wäre ich garantiert nicht so schnell zu ihm gezogen, hätte ihn so schnell geheiratet und mich ihm quasi mit Haut und Haaren überlassen.

Die Gedanken an diesen Mann und an die Dinge, die er mir angetan hatte, waren erbarmungslos und drohten, wieder auf mich einzuprasseln, weshalb ich stattdessen den Chat mit Christian öffnete. Ich klickte auf sein Profilbild und ließ meine Finger langsam über sein Gesicht gleiten.

Das Foto zeigte ihn am Strand, die Haare nach hinten gestrichen, voller Salzwasser und Sand. Seine Haut gebräunt von der Sonne. Doch was wirklich faszinierend war und mich sofort in den Bann zog: sein unverwechselbares Strahlen. Bei dem Foto handelte es sich nicht um eine alte Aufnahme. Ich hatte sie selbst geschossen, am Strand von Hawaii.

Wie konnte ein Mann, der gerade durch eine so schlimme Zeit ging, so sehr strahlen? So voller Zuversicht, voller Glück und voller Positivität.

Genau das war es, was mich an ihm faszinierte, von der ersten Sekunde an. Ja, auch ein Christian Knight hatte dunkle Momente. Momente, in denen ich hautnah dabei gewesen war, doch im Großen und Ganzen war er dieser strahlende Kerl auf dem Bild. Das machte ihn so besonders.

Er war einer der stärksten und wundervollsten Menschen, den ich je kennenlernen durfte.

Verdammt, ich spürte bereits wieder einen Schwall von Tränen in meinen Augen. Eigentlich grenzte es an ein Weltwunder, dass ich überhaupt noch weinen konnte, schließlich heulte ich mich schon jede Nacht in den Schlaf, wenn ich denn überhaupt mal schlief. Ich vermisste ihn so sehr.

Ja, wir kannten uns noch nicht lange und vielleicht war es auch vollkommen wahnsinnig, wie sehr ich mein Herz an ihn verloren hatte, doch es war nun einmal passiert und ich konnte es nicht rückgängig machen, selbst wenn ich wollte – und das wünschte ich mir so oft. Dann wäre gerade alles leichter.

Es war bereits spät, als der letzte Volltrunkene die Bar verließ, wobei ich mich eigentlich nicht beschweren konnte. Hier herrschte tagsüber reger Betrieb, doch am Abend, wenn sich alle genug abgefüllt hatten, kehrte schnell Ruhe ein. Keine Bar, in der ich die halbe Nacht verbringen musste, weil sich an diesen sonderbaren Ort auch niemand freiwillig verirrte.

Ich schloss die Tür ab und ging zum Hinterzimmer, wo ich mich auf mein Bett setzte. Eine andere Möglichkeit zu sitzen gab es hier nicht. Genauso wenig wie irgendwelche Unterhaltung. Ich hatte nur mein Handy, auf dem ich auch jetzt wieder Musik einschaltete. Diese Stille würde mich sonst nur erdrücken. Sie hatte mich schon genug dazu gezwungen, über meine Vergangenheit nachzudenken.

Über Clyde.

Über die Dinge, die ich mit ihm erlebt hatte.

Über alles, was ich dank ihm durchleiden musste.

Ich war viel zu lange geblieben, doch vielleicht war es nötig gewesen, damit ich verstand, dass ich etwas Besseres verdient hatte. Ein anderes Leben, in dem ich mich nicht wie den letzten Dreck behandeln lassen musste.

Jetzt hieß es nur noch, einen Weg zu finden beziehungsweise eher dieses Leben zu finden. Es war leider nicht so einfach, Fuß zu fassen.

Auch heute Abend durchforstete ich wieder den Wohnungsmarkt. Diese Preise ...

Vielleicht wäre es doch das Beste, aus New York wegzugehen. Auch wenn ich immer hier leben wollte, ich konnte es mir einfach nicht leisten. Dafür war ich nicht reich und gebildet genug und konnte keinen unglaublich krassen Job vorweisen, bei dem ich das große Geld verdiente.

Neben dem Wohnungsmarkt behielt ich auch den Stellenmarkt im Auge. Ich hatte nur einen Highschoolabschluss, war nie am College gewesen und hatte auch keine vernünftige Ausbildung gemacht.

Mein Leben hatte nur in dem Bestreben bestanden, von meinen Eltern wegzukommen. Und nun bestand es in dem Bestreben, von Clyde wegzukommen.

Eine Nachricht erschien auf meinem Bildschirm, wobei ich sofort zusammenzuckte, als ich seinen Namen ließ.

Ein Foto von Clydes Handy. Ich wollte es ignorieren, so wie ich all seine Nachrichten ignorierte, doch ich konnte einfach nicht anders, als es mir anzusehen. Irgendwie rechnete ich damit, dass es ein Foto von der Bar war und er jede Sekunde in diesem Hinterzimmer stehen würde, doch stattdessen zeigte das Foto etwas ganz anderes. Es ließ mir augenblicklich das Blut in den Adern gefrieren.

Nein!

Nein, nein, nein!

Ich war extra von Christian weggegangen, um ihn zu schützen, doch Clyde war schlauer, als ich dachte. Natürlich würde er Christian dazu nutzen, um mich aus meinem Versteck zu locken, weil er mich nicht finden konnte. Ich hätte es besser wissen müssen, gerade weil Clyde einfach zu allem fähig war.

»Guck mal, wen ich hier gefunden habe. Meine Güte, der ist ja wirklich blind wie ein Maulwurf. Er kriegt nicht mal mit, dass ich hier in der

Tiefgarage hinter ihm hergehe!«

Das stand unter dem Foto geschrieben, das Christian von hinten zeigte.

Ich erkannte ihn sofort, doch Clyde hielt es natürlich für eine bessere Idee, mir auch noch ein Foto von Christian von vorn zu schicken.

In der Tiefgarage konnte er durch seine Nachtblindheit nichts sehen, was Clyde sich gerade zunutze machte. Er war so nah dran an ihm. Viel zu nah!

»Niemand berührt meine Frau! Niemand nimmt sie mir weg! Niemand – und das wird er jetzt lernen! Alles, was ihm jetzt geschieht, ist nur deine Schuld, Brooke! Du hättest nicht vor mir weglaufen sollen. Das war ein dummer, dummer Fehler, denn ich gebe nicht ab, was mir gehört!«

Das Nächste, was auf meinem Bildschirm aufleuchtete, war ein Videoanruf von Clyde, den ich sofort entgegennahm. Mein Herz klopfte wie wild.

»Lass ihn in Ruhe! Clyde, er hat dir nichts getan! Lass ihn in Ruhe. Mach mit mir, was du willst. Sag mir, wohin ich kommen soll, ich komme. Aber bitte, lass ihn in Ruhe!«, rief ich ins Telefon, doch er schien mich nicht zu hören. Vermutlich hatte er das Handy auf stumm geschaltet, damit Christian nicht gewarnt wurde, hinter dem er gerade vor dem Aufzug stand.

Ich sah, wie Christian reinging und das Nächste, was ich sah, war, wie Clyde ihm von hinten einen Schlag verpasste, der Christian zu Boden schickte. Clyde schaltete den Ton wieder an und drehte die Kamera, sodass ich in sein Gesicht blicken konnte. Er sah schrecklich aus. Vollkommen heruntergekommen. Seine Augen waren blutunterlaufen. »In seinem Appartement. Ich will, dass du dich auf den Weg machst. Bist du in einer Stunde nicht hier, wird die Blindheit das kleinste Problem von Richie Rich sein, hast du mich verstanden? Ich werde ihm sämtliche Knochen brechen.«

»Hör auf! Clyde bitte, hör auf! Ich bin es, die du willst, aber er hat dir nichts getan.«

»Hatte er seinen verdammten Schwanz in dir, Brooke?«

»Nein! Ich habe nur als seine Haushälterin gearbeitet.«

»Hör auf, mich anzulügen!«

Ich spürte die Tränen in meinen Augen, während ich mich bereits auf den Weg machte.

»Wenn du auch nur darüber nachdenkst, die Polizei oder irgendwen von der Sicherheit hier anzurufen, dann verspreche ich dir, wird Mister Knight das nicht überleben.«

Clyde hielt eine Waffe in die Kamera, um seinen Worten noch mehr Nachdruck zu verleihen. Was definitiv nicht nötig gewesen wäre, denn ich wusste auch so, dass er zu allem fähig war.

Trotzdem zögerte ich, nachdem er den Anruf beendet hatte. Bis die Polizei in seiner Wohnung war oder der Sicherheitsdienst ... wenn Clyde nur den Fahrstuhl hörte, würde er abdrücken. Ich könnte ihm sagen, dass ich da war und ...

Nein, er wollte mich und er würde bekommen, was er wollte.

Im Austausch für Christian.

CHRISTIAN

Ich öffnete die Augen und versuchte, in der Dunkelheit etwas zu erkennen. Natürlich vollkommen erfolglos. Ich lag auf einem eiskalten Boden. Marmor oder Fliesen. Mein Kopf schmerzte.

Ich fasste nach hinten und spürte, wie meine Hand nass zurückkam. Scheiße, ich konnte mich nicht daran erinnern, was ...

Der Aufzug. Ich war in den Aufzug eingestiegen und dann ... keine Ahnung. Vielleicht war ich gestürzt.

»Du siehst ja echt gar nichts, was?« Eine mir vollkommen fremde Stimme ließ mich zusammenzucken. Ich konnte immerhin einen groben Schatten erkennen, oder zumindest bildete ich mir das ein.

»Wer sind Sie?«, fragte ich, doch eigentlich konnte ich mir die Antwort bereits denken. Er roch nach Alkohol und da ich mit niemandem Ärger hatte ...

»Ich bin der Mann, dessen Ehefrau du vögelst, du mieses Arschloch.« Ich sah den Schlag nicht kommen, aber ich wusste, dass er auf diese Worte und den Hass in seiner Stimme folgen würde. Deshalb drehte ich mich zur Seite, sodass er mich wirklich verfehlte.

Er fluchte, als seine Hand stattdessen mit dem Boden kollidierte. Aber klar, der nächste Schlag saß natürlich, obwohl ich mich zurück auf meine Füße gekämpft hatte.

Wenn ich doch nur wüsste, wo ich war, dann würde es mir wenigstens helfen, mich in dem Raum zurechtzufinden. So konnte ich keinen Schritt machen ohne Angst, zu fallen.

Trotzdem schaffte ich es, ihn zu erwischen. Meine Faust prallte gegen etwas hartes. Keine Ahnung, was es war. Hoffentlich sein Kopf.

Ich spürte eine unbändige Wut in mir aufsteigen. Eine Wut auf den Mann, den ich nicht kannte. Ich wusste, was er Brooke angetan hatte, und dieser Hass reichte mir, um mich vollkommen zu entfesseln. Es war ein ungleicher Kampf, da ich diesen Mistkerl nicht sehen konnte, aber ich würde nicht einfach aufgeben. Jeder Schlag, den ich platzieren konnte, war ein Schlag, den ich für Brooke austeilte.

»Wie ist es, du toller Held? Turnt dich das an, einen so ungleichen Kampf zu kämpfen? Frauen schlagen oder blinde Kerle verprügeln?«

»Hat sie dir das erzählt, ja? Hat sie schön auf die Tränendrüse gedrückt, diese kleine Schlampe. Du hast keine Ahnung, wer sie wirklich ist.«

»Aber du, ja? Weil du sie kennst, ausnutzt und scheiße behandelst, seit sie ein junges Mädchen ist?«

Wir tänzelten immer noch umeinander herum, doch wenigstens hagelte es gerade keine Schläge mehr. Es war eine trügerische Sicherheit, in der ich mich gar nicht erst wohlfühlte, denn jeder Schlag traf mich aus dem Nichts. Ich sah sie nicht kommen und hatte keine Chance, auszuweichen. Wenn er mich erwischen wollte, dann konnte er das problemlos tun. Vielleicht hatte er ja auch noch irgendwelche Waffen dabei. Doch ich würde mich wehren. Bis zuletzt.

»Ich werde sie mitnehmen. Gleich nachdem ich dir gezeigt habe, was mit Mistkerlen geschieht, die die Frau eines anderen vögeln. Ich werde dir vor ihren Augen die Eier abschneiden und dich dann zum Sterben hier zurücklassen.«

»Wow, eindrucksvoll. Ich habe ja solche Angst.« Ich bluffte, denn ich konnte mich an Brookes Worte erinnern, dass sie diesem Kerl alles zutraute.

Ein Schlag traf mich ohne jegliche Vorwarnung. Er traf mich so hart und so erbarmungslos, dass ich zu Boden fiel. Wie im Aufzug. Der Schlag. Ich erinnerte mich wieder.

Er hatte mich k. o. geschlagen, während ich jetzt noch immer bei Bewusstsein war.

Clydes Handy klingelte, während ich am anderen Ende Brookes Stimme vernahm, die ihm mitteilte, dass sie jetzt in den Fahrstuhl stieg, den ich hören konnte. Verdammt, wir waren bei mir zu Hause?

Im Flur. Direkt neben dem Aufzug. Das Kalte unter mir war der Marmorboden. Ich musste nur an den Lichtschalter kommen, dann würde das ganze Spiel anders verlaufen. Dann könnte ich derjenige sein, der diesen Kerl zu Boden schickte.

Hoffentlich hatte Brooke die Polizei mitgebracht oder den Sicherheitsdienst.

»Christian!«, erklang ihre Stimme sofort, nachdem das helle Licht den Raum auch für mich wieder sichtbar machte. Sie hatte den Lichtschalter Gott sei Dank sofort betätigt, weil sie wusste, wie wichtig dieses Licht für mich war. Ihr wunderschönes Gesicht. Ich konnte endlich wieder in ihre Augen sehen. Sie weinte. »Rede mit mir«, bat sie mich.

»Du hättest nicht zurückkommen sollen«, flüsterte ich, doch sie schüttelte vehement den Kopf.

»Ich hätte erst gar nicht hierherkommen sollen damals, denn ich wusste, dass er mich irgendwann finden würde.« Ihre Lippen berührten meine, in einem kurzen, verzweifelten Kuss, der sich viel zu sehr nach Abschied anfühlte.

»Du Miststück hast Nerven!« Brooke schrie auf, als Clyde sie an den Haaren von mir wegzog und sie zu Boden schleuderte. Ich würde nicht kampflos dabei zusehen, wie er ihr wehtat. Niemals!

Obwohl mein Körper protestierte, richtete ich mich auf. Ich würde für diese Frau kämpfen und wenn es das Letzte war, was ich tat.

Mit einem Ruck zog ich ihn von ihr runter und ließ dann meine Fäuste sprechen.

Egal ob er gerade in meinem Blickfeld war oder nicht. Ich schlug einfach nur auf ihn ein. Dieser untrainierte Fettklops.

Ich war ihm körperlich gleichzeitig überlegen, wegen meiner Kraft und unterlegen, weil ich ihn nicht sehen konnte. Doch das interessierte mich nicht.

Es ging darum, dass ich kämpfte.

Für Brooke!

Ich würde nicht zulassen, dass er ihr wehtat.

Nie wieder!

BROOKE

Zitternd lag ich am Boden. Wie gelähmt. Gelähmt von der Art und Weise, wie Clyde mich an den Haaren gezogen und sich dann über mich gebeugt hatte, um mir einen Schlag zu verpassen.

All die Erinnerungen.

All die Schmerzen.

All die Qualen.

Die Dinge prasselten unbarmherzig auf mich ein. Sie ließen mich nicht mehr klar denken, verschleierten meine Sicht, zogen mich hinab in eine unendliche Finsternis. Bis Christians Stimme zu mir durchdrang.

»Du wirst ihr nie wieder wehtun!«, brüllte er. Erst da realisierte ich, dass er nicht mehr am Boden lag und dass Clyde sich auch nicht mehr länger über mir befand. Ich hatte auf weitere Schläge gewartet, war in meine altbekannte Schutzposition gegangen, doch es war nichts mehr geschehen.

Erst jetzt sah ich, dass Christian und Clyde kämpften. Christian musste ihn von mir runtergezogen haben. Er hatte die Überhand gewonnen und schlug auf Clyde ein, unwissend, dass dieser nicht untätig war, sondern nach der Waffe griff, die sich nicht weit von ihm entfernt befand.

Ich war schneller zurück auf meinen Beinen, als ich denken konnte, und griff nach der Waffe, bevor Clyde sie packen konnte.

»Christian, ich habe eine Waffe!«, sagte ich. »Hör auf. Geh einfach von ihm runter. Er kann uns nichts mehr tun.«

Doch Christian hörte mich nicht. Er war gefangen in seinem Tunnel aus blanker Wut und Hass. Er kämpfte und rächte sich. Für mich.

Er behandelte Clyde so, wie dieser mich jahrelang behandelt hatte.

Christian fügte diesem Mistkerl den Schmerz zu, den ich ihm so verdammt gern selbst zugefügt hätte.

Unfähig, etwas zu unternehmen in diesem Handgemenge, musste ich dabei zusehen, wie Clyde den Kampf wieder für sich entschied und Christian mit einem weiteren gezielten Schlag zu Boden schickte, wo er regungslos liegen blieb.

Nein!

Nein, nein, nein!

Clyde richtete sich auf und blickte mit einem schäbigen Grinsen auf die Waffe in meiner Hand.

»Und jetzt, Süße? Was jetzt? Willst du mich erschießen, ja? Da habe ich aber Angst. Du bist doch gar nicht in der Lage dazu. Guck mal, wie sie in deiner Hand zittert.«

Sie zitterte tatsächlich. Ich zitterte. Mein gesamter Körper, nicht nur meine Hand, mit der ich die Waffe umklammerte.

Ich nahm meine zweite Hand hinzu, obwohl ich wusste, dass es nichts an dem Zittern ändern würde. »Lass den Blödsinn einfach und komm mit mir zurück nach Hause.«

»Das werde ich garantiert nicht tun!«

»Ach ja, weil dir Richie Rich einen Floh ins Ohr gesetzt hat? Glaubst du ihm etwa? Glaubst du, eine Gossenbraut wie du ist gut genug für ihn, ja? Das ist lächerlich und das weißt du auch. Er benutzt dich doch nur als billige Krankenschwester. Brooke, ich bitte dich, der Kerl ist blind wie ein Maulwurf. Er ist doch kein richtiger Mann.«

»Sagt die Witzfigur, die eine Frau schlägt!«

»Meine Güte, Baby, du musstest viel lernen und das musst du auch immer noch. Also bitte, sei lieber dankbar für das Leben, das ich dir ermöglicht habe, und hör auf mit diesem Gezicke.«

»Dankbar? Für was soll ich denn dankbar sein? Dafür, dass ich dich von morgens bis abends bedienen durfte? Dafür, dass ich Schläge und Bestrafungen bekommen habe, wenn etwas nicht zu deiner Zufriedenheit war? Du willst mich doch wohl verarschen!«

»Hätte ich dich nicht so hart rangenommen, hättest du es doch nie gelernt, deshalb tu bitte nicht, als wärst du so vollkommen unschuldig. Du brauchtest diese harte Hand.«

»Ich war sechzehn, Clyde. Ich hätte alles gebraucht, aber garantiert keine harte Hand. Mir ist in meinem Elternhaus so viel Scheiße passiert und bei dir dachte ich, dass ich in Sicherheit wäre. Stattdessen hast du dich zu einem noch größeren Albtraum entpuppt. Ich werde nie wieder zu dir zurückkommen. Ich werde zur Polizei gehen und dich anzeigen, damit du für ewige Jahre in den Bau wanderst. Bin gespannt, was sie mit Frauenschlägern wie dir machen.«

»Dir wird doch niemand glauben, Brookie. Nach all den Jahren kommst du plötzlich darauf, mich anzuzeigen. Das ist lächerlich.« Er kam einen Schritt auf mich zu, während ich mit der Waffe fuchtelte.

»Bleib stehen oder ich werde abdrücken.«

»Bullshit.«

»Du wirst mich nie wieder anpacken. Nie wieder!«

»Ja, ja, das diskutieren wir dann zu Hause aus.«

Er kam immer weiter auf mich zu und ich wich so lange zurück, bis ich bei der Glastür angekommen war, die den Vorraum vom Wohnzimmer trennte.

Ich presste meinen Rücken dagegen. Die einzige Möglichkeit, um die Tür zu öffnen, wäre, eine Hand von der Waffe zu nehmen, doch das würde ich garantiert nicht tun.

»Bleib stehen oder ich drücke ab!«, sagte ich noch mal, doch Clyde blieb nicht stehen.

Der Rückstoß der Waffe fuhr durch meinen ganzen Körper, während ich erschrocken aufschrie. Ich hatte abgedrückt. Meine Finger hatten es geschafft, mir zu gehorchen.

Ich sah in Clydes Augen. Er blickte mich erschrocken an, bevor er zu Boden ging.

»Du Miststück. Du verdammtes Miststück!«, schrie er. Schockiert ließ ich die Waffe fallen und sank zu Boden.

Der Schuss musste endlich die Wachleute alarmiert haben, denn das Telefon klingelte sofort.

Ich konnte mich nicht bewegen. Nicht atmen. Ich hatte abgedrückt, ich hatte ihn getroffen, ihn verletzt – und es fühlte sich an wie die beste Entscheidung meines ganzen Lebens.

Diese Gedanken und Gefühle in mir waren so viel befremdlicher als die Tatsache, abgedrückt zu haben.

Er hätte mich mitgenommen, mich vielleicht sogar umgebracht und Christian erst recht.

Christian!

Ich musste zu ihm. Er lag noch immer bewegungslos da.

Ohne noch weiter zu zögern, rappelte ich mich auf, doch ich fiel, als jemand meine Beine umfasste.

Clyde.

Was zum Teufel. Ich war davon ausgegangen, dass er bewusstlos war, bewusstlos oder ...

Ich knallte unsanft zu Boden, wo er mich zurückzog und sich über mir aufbaute. Ich hatte ihn lediglich am Arm erwischt, wo er blutete.

Clydes Hände legten sich um meine Kehle. In seinen Augen sah ich den unmenschlichen Hass, den ich schon so oft in ihnen gesehen hatte. Er war ein böser Mensch. Ein verdammt böser Mensch, der bereit war, mich zu töten.

Die Erkenntnis wog schwer auf meinen Schultern, denn ich wusste, dass es für mich kein Entrinnen mehr gab.

Ich bekam keine Luft mehr. Er würde das letzte bisschen Leben aus mir treiben.

Ich war noch nicht bereit zu gehen. Nicht solange ich nicht wusste, dass es Christian gut ging und er dass alles überstehen würde.

Der Fahrstuhl setzte sich in Bewegung. Ich konnte es hören. Im Gegensatz zu mir schien Clyde es nicht zu realisieren, denn er drückte weiter zu und war nur auf mich fixiert.

»Ich habe dir den Arsch gerettet. Ich habe dir alles gegeben, habe dich ernährt und das ist der Dank dafür? Dass du mit diesem Arschloch schläfst, auf mich schießt und meinst, mir einfach entfliehen zu können? Wie dumm bist du, Brooke? Ich habe dich nie für schlau gehalten, aber definitiv nicht für so ...«

Die Türen des Fahrstuhls öffneten sich.

»Sofort runter von der Frau!«, hörte ich eine Stimme. Sie rückte in die Ferne, da ich auf dem besten Weg war, das Bewusstsein zu verlieren.

»Nehmen Sie die Hände von der Frau.« Clyde blickte auf, sodass ich nicht in seine Augen sehen musste, als er von einem weiteren Schuss getroffen wurde. Dieses Mal war er präziser als bei mir, denn Clyde sank auf mir zusammen. Mit seinem ganzen Gewicht.

Mit all meiner Kraft schob ich ihn von mir und befreite mich von ihm – nicht nur von seinem Körper.

Es war eine Geste, die für so viel mehr stand.

»Ma'am, sind Sie in Ordnung?« Ich ignorierte die Frage des Securityguards, der auf mich zukam, während ich zu Christian ging. Weg von Clyde.

Ich musste bei ihm sein. Ich musste wissen, dass es ihm gut ging.

Er lag noch immer reglos da, als ich neben ihm auf die Knie sank und sein Gesicht zwischen meine Hände nahm. So viel Blut. Da war einfach viel zu viel Blut. Von all den Schlägen, die er für mich in Kauf genommen hatte.

»Christian, hörst du mich?«, fragte ich, während er sich leicht regte und die Augen aufschlug.

»Brooke …«

»Pssst, schon gut. Es ist vorbei. Ich bin hier.« Ich presste meine Stirn gegen seine, bevor ich ihn küsste.

Ich würde nicht zulassen, dass uns noch einmal etwas trennte. Außer Christian würde es von mir verlangen.

»Clyde ...«

»Er kann uns nichts mehr tun.« Ich drückte Christian, der sich aufrichten wollte, zurück nach unten und strich ihm dabei sanft über die Wange. »Niemand wird uns jemals noch mal etwas tun«, versprach ich ihm, ohne zu wissen, ob ich dieses Versprechen auch einhalten konnte – oder ob es ein uns gab.

Keine Ahnung, wie viel Zeit vergangen war, als ich realisierte, dass Polizei und Sanitäter gekommen waren. Sie drängten mich weg von Christian, doch ich hielt seine Hand weiter fest, während ich zur Seite blickte, wo ein Sanitäter versuchte, Clyde wiederzubeleben.

Ich spürte nichts bei dieser Szene vor mir. Absolut gar nichts.

Wahrscheinlich, weil ich komplett unter Schock stand oder weil es mir wirklich vollkommen egal war.

Alles, was für mich gerade zählte, war Christian und dass es ihm gut ging.

CHRISTIAN

Sanitäter redeten mit mir, während ich versuchte, mich zu orientieren. Mir war so unglaublich schwindelig.

Ein Mann, dessen Gesicht ich nicht richtig erkennen konnte, beugte sich über mich. Er leuchtete mir in die Augen.

»Er hat eine Augenerkrankung und nur noch eine sehr geringe Restsehfähigkeit.« Eine bekannte Stimme. Eine Stimme, die ich so sehr vermisst hatte.

»Brooke?«, flüsterte ich, während diese sofort meine Hand fester drückte. Ich hatte gar nicht gemerkt, dass sie da war und sie festhielt.

»Ich bin da. Alles okay«, versicherte sie mir.

»Clyde.«

»Mach dir keine Gedanken. Es ist alles unter Kontrolle. Die Polizei und die Sanitäter sind da. Alles okay.« Sie klang so unglaublich stark.

»Bist du okay?« Ich versuchte, meinen Kopf zu drehen, um sie ansehen zu können, doch die Halskrause, die mir wohl einer der Sanitäter angelegt hatte, hielt mich komplett davon ab.

Und dann erschien sie direkt über mir. Ich konnte sie nicht gut sehen, aber ich erkannte Teile ihres wunderschönen Gesichts.

»Es ist alles okay«, erwiderte sie und hauchte einen sanften Kuss auf meine Lippen, der mir eine so unendliche Last von den Schultern nahm. Ich atmete tief durch und schloss meine Augen wieder. Nur noch ein bisschen Pause.

Nur noch ein bisschen ausruhen, bevor wir das alles in Angriff nahmen.

Das Nächste, was ich mitbekam, war ein penetrantes Ruckeln, was mich die Augen aufschlagen ließ. Es war zu dunkel. Viel zu dunkel.

Ich konnte nichts erkennen, außer ein paar verschwommene Lichter.

»Sir, Sie sind auf dem Weg ins Krankenhaus.« Eine fremde Stimme, doch ich spürte Brookes Hand. Sie lag in meiner, hielt sie fest.

»Ich bin da«, sagte sie sofort wieder, was dafür sorgte, dass ich meine Augen erneut schloss. Diese bohrenden Kopfschmerzen waren wirklich die Hölle. »Ich bleibe bei dir«, versprach sie mir, weshalb ich mich entspannen konnte. Es war eine beängstigende Situation, die Augen zu öffnen und nicht zu wissen, wo man sich befand. Eine Situation, an die ich mich über kurz oder lang gewöhnen musste. Vielleicht.

Hauptsache, Brooke war da.

Ich vertraute ihr. Obwohl ich nie einem Menschen vertrauen durfte.

Sollte sich der alte Stinkstiefel doch im Grabe rumdrehen und mich dafür verfluchen, dass ich mit der schwachsinnigsten Regel der ganzen Welt brach.

Ich spürte, dass ich wieder wegdriftete, dabei versuchte ich gerade doch alles, um wach zu bleiben.

Der Sanitäter hatte etwas von Schmerzmittel gesagt und dass ich mich benommen fühlen könnte. Jetzt dämmerte es mir wieder.

Weiterschlafen.

Noch ein bisschen ausruhen.

»Brooke?«, fragte ich, dann fiel ich wieder in diese unendliche Dunkelheit.

Die nächste Stimme, die ich wahrnahm, gehörte nicht zu Brooke.

Ihre Hand war weg.

Sie hatte mir versprochen, bei mir zu bleiben.

»Brooke?« Vielleicht war sie ja im Raum. Ich trug immer noch diese beschissene Halskrause und konnte mich nicht umsehen.

»Mister Knight, Sie sind im Krankenhaus. Mein Name ist Doctor Allister und ich werde sie jetzt untersuchen. Haben Sie Schmerzen?«, fragte er.

»Wo ist Brooke?« Es interessierte mich nicht, was mit mir passierte. Ich musste wissen, dass es ihr gut ging.

»Ihre Freundin wartet draußen vor der Tür. Es ist Begleitpersonen nicht erlaubt, mit in den Schockraum zu kommen. Deshalb jetzt zu Ihnen. Es ist wichtig, dass Sie genaue Angaben machen.«

»Mein Kopf, ich fühle mich benommen.«

»Gut, okay. Wir werden das alles in Ruhe untersuchen.« Er ordnete ein CT an, bevor er mir mit einer Taschenlampe in die Augen leuchtete.

All diese Dinge ließ ich einfach über mich ergehen.

Hauptsache, ich war gleich wieder bei Brooke oder sie bei mir.

Clyde.

Ob sie ihn festgenommen hatten?

Die Bilder in meinem Kopf ergaben keinen Sinn.

Dieser laute Knall.

Brooke war wieder da gewesen. In meinem Appartement.

Ob sie wegen ihm gegangen war?

Um mich genau davor zu beschützen, was gerade geschehen war?

Vermutlich hatte sie gewusst, dass er kommen würde.

Statt mit mir zu reden ...

Vielleicht tat ich ihr gerade aber auch einfach unrecht.

Ich musste sie fragen, doch der Doc hielt mich davon ab, aufzustehen.

Und dann wurde wieder alles dunkel.

BROOKE

Ich hatte die Untersuchungen widerwillig über mich ergehen lassen, denn eigentlich wollte ich nur zurück zu Christian und sehen, wie es ihm ging. Ich hatte ihm versprochen, bei ihm zu bleiben, und mir ebenso, doch die Ärzte hatten mich nicht zu ihm reingelassen.

»Wir werden den psychologischen Dienst anrufen. Sie können hier im Behandlungszimmer warten.«

»Nein, ich möchte draußen warten. Wenn die Familie meines ... also Christians Brüder ankommen … Ich will einfach da sein, okay?«

»Natürlich.« Die Schwester lächelte mich freundlich an. Ob ich ihr sagen sollte, dass ich mit niemandem reden wollte? Ich holte Luft, schluckte die Worte dann allerdings doch runter. Es stimmte nicht.

Jahrelang hatte ich mit niemandem geredet, meine Probleme mit mir selbst ausgemacht, doch jetzt war es vermutlich an der Zeit, mir professionelle Hilfe zu holen. Vielleicht war das auch nur der Schock, der mich so denken ließ.

Clyde war tot.

Ich hatte gehört, wie ein Arzt den Zeitpunkt des Todes erklärt hatte.

Noch immer wartete ich darauf, dass es mich irgendwie traurig stimmte, doch das geschah nicht. Stattdessen spürte ich eine Erleichterung, für die ich mich schuldig fühlte. Ein Mensch hatte sein Leben verloren. Ein Mensch, von dem ich jahrelang gedacht hatte, er wäre mein Lebensinhalt, und die Dinge, die er mit mir anstellte, wären okay, weil wir uns erst aneinander gewöhnen mussten.

»Brooke!« Es war Evan, der sofort auf mich zustürmte und mich umarmte. »Wo ist er? Was ist passiert?« Ich hatte Kathy aus dem Krankenwagen angerufen, damit sie den Brüdern Bescheid gab. Ich wusste nicht, ob irgendwelche medizinischen Entscheidungen für Christian getroffen werden mussten und wer diese Entscheidungsfreigabe innerhalb seiner Familie besaß.

»Hey«, auch Liam erschien, gemeinsam mit Logan. »Gibt es was Neues?«, wollten sie ebenfalls wissen.

»Mein Ehemann ... er hat Christian aufgelauert und es kam zu einem Kampf. Clyde ist tot.«

»Was?«

»Ein Wachmann hat ihn erschossen.«

»Und Christian?«, fragte Evan erneut.

»Ich weiß es nicht. Er hat viele Schläge eingesteckt und war bewusstlos.« Liam fuhr sich mit der Hand durchs Gesicht und schüttelte den Kopf.

»Gibt es was Neues? Wo ist Christian?« James war nun ebenfalls da, doch seine Brüder übernahmen, ihn über die neusten Erkenntnisse zu informieren. Ich spürte, wie das Zittern wieder Besitz von meinem Körper ergriff, wobei ich mich schon Sekunden später in starken Armen wiederfand. Logan hatte nicht gezögert und sprach beruhigend mit mir, doch ich konnte mich nicht beruhigen.

Clyde war tot. Christian lag verletzt in einem dieser Behandlungsräume – wegen mir!

Ich haderte gerade mit dem Gedanken, einfach zu gehen, als sich die Tür des Behandlungszimmers öffnete und ein Arzt heraustrat.

»Mister Knight hat eine Gehirnerschütterung und einige Prellungen, aber nichts, was uns besorgen würde. Wir möchten ihn zur Beobachtung über Nacht hierbehalten, doch das lehnt er bereits vehement ab. Sind Sie Brooke? Er möchte unbedingt zu Ihnen. Vielleicht können Sie ihn ja zum Bleiben überreden. Eine Nacht wäre definitiv angebracht.«

»Oh, ich ... es möchte doch bestimmt einer von euch ...«

»Geh, Brooke. Er fragt nach dir«, bekräftigte mich Evan darin, dem Arzt zu folgen.

Christian lag noch auf der Behandlungsliege, obwohl das Bett schon danebenstand und nur darauf wartete, dass er sich hineinlegte.

»Ich habe gehört, hier ist jemand dickköpfig und weigert sich ganz ausnahmsweise mal, auf die Anweisungen der Ärzte zu hören«, sagte ich und atmete tief durch, als ich das Lächeln auf seinem Gesicht sah. Noch bevor er etwas entgegnen konnte, presste ich meine Lippen auf seine, in einem verzweifelten Versuch, mir selbst zu zeigen, dass es ihm gut ging, dass er noch da war und dass uns nichts mehr trennen würde.

»Hätte ich gewusst, dass ich nur im Krankenhaus landen muss, damit du mich wieder so küsst …

»Du bist bescheuert.«

»Ich bin einfach nur unglaublich froh, dass du wieder bei mir bist. Habe ich diesen Mistkerl erwischt?«

»Er ist tot. Ein Wachmann hat ihn erschossen.«

»Fuck. Wie geht es dir?«

»Ich ... keine Ahnung. Lass uns jetzt nicht darüber reden, okay?«

»Okay.«

»Wie geht es dir?«

»Mein Kopf brummt.«

»Der Arzt meint, du weigerst dich, eine Nacht hierzubleiben.«

»Definitiv. Mir fehlt nichts. Die Kopfschmerzen kann ich auch zu Hause auskurieren.«

»Du hast eine Gehirnerschütterung und nicht nur ein paar leichte Kopfschmerzen.« Sein Gesicht verfärbte sich bereits an einigen Stellen. Seine Nase war genauso angeschwollen wie seine Lippen. Ich wusste, wie man sich nach solchen Treffern fühlte.

»Bist du wegen ihm gegangen? Weil er dich durch den Zeitungsartikel gefunden hat?«

»Ja, das bin ich. Er schickte mir eine Nachricht und den

Artikel und ich wusste einfach, dass ich wegmusste, damit er dir nichts antun konnte. Dabei habe ich dann wohl meine Rechnung ohne Clyde und seine verdammte Skrupellosigkeit gemacht. Dass er dir folgt, um über dich an mich ranzukommen ... über diese Option hätte ich nachdenken müssen, dann wäre das alles nicht passiert!«

»Du hättest mit mir reden sollen, Brooke. Ich bin mir sicher, dass wir zusammen eine Lösung gefunden hätten.«

»Aber ich wollte dich da nicht mit reinziehen!«

»Deine Probleme sind auch meine Probleme, verstehst du? Meine letzte Beziehung ist zwar schon eine Weile her, aber ich weiß noch sehr genau, wie wichtig Vertrauen ist. Du hast mir von Clyde erzählt und du hättest mir auch davon erzählen sollen, dass er dich aufgespürt hat. Wir hätten zusammen eine Lösung finden können. Das ist meine Meinung.«

»Es tut mir leid, ich wollte wirklich ...«

»Hey! Stopp! Es gibt nichts, was dir leidtun muss, okay? Nichts!« Christian hatte nach meinem Gesicht gegriffen, welches er jetzt zwischen seinen Händen festhielt. »Gar nichts! Ich bin einfach nur froh, dass du wieder bei mir bist. Brooke, ich war ein kompletter Vollidiot, weil ich mich nicht festgelegt habe, aber ... es ging einfach alles so schnell und ich habe gerade so viele Probleme.«

»Neuanfang?«, fragte ich, was er mit einem leidenschaftlichen Kuss besiegelte. Christian schaffte es in dieser grauenvollen Situation, mir Hoffnung zu geben. Er ließ mein Herz schneller schlagen und mich daran glauben, dass alles gut werden würde. Ganz egal, was sich uns auch in den Weg stellte.

»Und dieses Mal ganz ohne das Gefühl, wir wären vor irgendetwas auf der Flucht, denn das sind wir nicht.«

»Deal. Brauchst du zufällig noch eine Haushälterin?«

»Nein. Ich möchte dich als meine Freundin, nicht als meine Haushälterin.«

»Aber ...«

»Wir werden eine Lösung finden. Ganz in Ruhe.«

Als seine Freundin ... »Das ist meine Antwort auf deine Frage, was das zwischen uns überhaupt ist. Das wäre sie von Anfang an gewesen, hätte ich mich getraut, es mir selbst einzugestehen, doch das konnte ich nicht. Als es mir wirklich bewusst wurde, warst du weg.

Brooke, ich habe noch nie in meinem Leben so sehr gelitten und einen Menschen so sehr vermisst.«

»Also gibt es jetzt ein wir?«, fragte ich noch immer ungläubig. Spätestens nach der Sache mit Clyde und meinem Weggang hatte ich genau das nicht für möglich gehalten.

»Gibt es das nicht schon längst?« Eine Frage, die Christian stellte. Gefühlt hatte es das »wir« schon nach wenigen Tagen gegeben, nur jetzt war es wohl offiziell.

Ich hatte mich von Clyde befreit.

In jeglicher Art.

Offen für Neues. Für meinen Anfang und mein Ende.

CHRISTIAN

Widerwillig rutschte ich auf das Bett, welches für mich bereitstand, auch wenn ich mit Brooke einfach nur nach Hause gehen wollte. Doch sie bestand auf eine Nacht Beobachtung im Krankenhaus. Eine Nacht, in der sie bei mir bleiben würde. Das hatte sie mir versprochen. Nur deshalb zog ich es überhaupt in Erwägung, zu bleiben.

Ich rückte zur Seite, zog sie an mich und schloss die Augen, während ihr Kopf auf meiner Brust ruhte. Es war eine so friedliche Szene, sie wirkte einfach surreal, wenn man bedachte, was wir gerade erlebt hatten.

Clyde würde uns nie wieder Probleme bereiten. Er würde Brooke nie wieder ein Haar krümmen. Wofür ich gern selbst gesorgt hätte, doch meine eingeschränkte Sehfähigkeit hatte es mir unmöglich gemacht.

Unsere Zweisamkeit wurde schnell bedroht, denn die Polizei wollte mit uns reden. Liam hatte wohl bereits dafür gesorgt, dass ein Anwalt auf dem Weg war, sodass uns wenigstens noch ein bisschen Zeit blieb in unserer kleinen, unglaublich fragilen Blase.

Eine Zeit, die ich dazu nutzte, Brooke in meinen Armen zu halten und ihr beruhigend über den Rücken zu streichen. Ich wusste, dass sie unter Schock stand und dass der Tod von Clyde sie noch einholen würde, deshalb musste ich dringend mit James reden, damit er ihr die beste professionelle Hilfe organisierte, die es in dieser Stadt gab. Ich wollte, dass es Brooke gut ging, dass sie die Dinge aufarbeiten konnte.

Die Frage war nur, ob sie das genauso sah.

Doch noch war es zu früh, es anzusprechen. Noch befanden wir uns in einer ganz anderen Phase. Wir mussten beide erst einmal verstehen und verinnerlichen, was überhaupt passiert war.

Dieser Mann, der es mit Leichtigkeit geschafft hatte, mich zu überfallen, und der dann schlussendlich in dem Eingangsbereich zu meinem Appartement gestorben war.

Der Mann, der Brooke jahrelang Grausamkeiten angetan hatte, über die sie noch nie mit jemandem gesprochen hatte. Ich selbst wusste nur kleine Bruchstücke, die mir allerdings schon mehr als deutlich vor Augen geführt hatten, was sie hatte durchleben müssen.

Viel zu viel, selbst für eine starke und so unglaublich toughe Frau, wie sie es war.

Aus diesem Grund verwunderten mich auch die Tränen nicht, die ich durch das dünne OP-Hemd, in das sie mich gesteckt hatten, spürte. Ich hielt Brooke einfach nur fest, ohne ihr zu versprechen, dass schon alles gut werden würde, oder den Versuch, sie zu beruhigen. Die Tränen, die gerade flossen, waren gut und wichtig, auch wenn sie mich innerlich zerrissen.

Ich konnte nicht mehr tun, als für sie da zu sein. Genau wie sie von Anfang an für mich da gewesen war.

Die Befragung durch die Polizei verlief recht unspektakulär, da der Fall wohl klar auf der Hand lag. Wir mussten keine Sorge haben, für irgendetwas belangt zu werden oder in den Fokus der Ermittlungen zu geraten. Wenigstens eine gute Nachricht. Obwohl nein, es war nicht die einzige gute Nachricht. Brooke war hier, bei mir, zurück in meinen Armen.

»Stimmt das mit der Bar in der Bronx?«, fragte ich, nachdem wir eine ganze Weile einfach nur dagelegen hatten, was Brooke dazu bewog, mich anzusehen.

»Woher weißt du das schon wieder?«

»Liam hat ohne mein Wissen einen Privatdetektiv auf dich angesetzt. Ich habe gelitten wie ein Hund, als du plötzlich weg warst.«

»Ich habe jede einzelne Nachricht von dir gehört. Auch die um vier Uhr morgens, als eher der Whiskey mich bat, zu dir zurückzukommen, als du.«

Unschuldig zuckte ich mit den Schultern. Ich hatte mich die ganze Zeit über bestmöglich im Griff gehabt, bis zu dieser einen Nacht, als der Whiskey zu meinem besten Freund geworden war. »Christian, ich weiß nicht, wie schnell ich wieder bereit bin ...«

»Hey, ich unterbreche dich lieber mal sofort. Es geht nicht um schnell. Das Wort will ich erst gar nicht hören. Wir waren so oder so zu schnell, egal bei was. Ab sofort lassen wir uns Zeit. All die Zeit, die du brauchst, okay?«

»Okay. Darf ich bitte wieder als deine Haushälterin arbeiten? Ich ... ich möchte einfach mein eigenes Geld verdienen und dazu will ich nicht in diese Bar zurückkehren müssen.«

»Wenn du das wirklich möchtest, natürlich. Aber nur dann, Brooke.«

»Ja, ich möchte es wirklich. Zumindest bis ich etwas anderes gefunden habe.«

»Gut, dann betrachte dich als wieder eingestellt, aber nur unter einer Voraussetzung.«

»Die da wäre?«

»Du vernichtest Olgas Buch und machst alles so, wie du es für richtig hältst.«

»Habe ich das nicht schon immer getan?«

»Ja, Gott sei Dank. Sonst hätten wir uns ja nie zu Gesicht bekommen.«

Brooke lachte leise und schmiegte sich wieder an mich. Ich wusste nicht, seit wie vielen Stunden wir so auf dem Bett lagen, aber ich würde sie festhalten, so lange, wie sie wollte. Hauptsache, es ging ihr gut.

Am nächsten Morgen war es James, der uns aus dem Krankenhaus abholte. Brooke war die ganze Nacht über bei mir geblieben und Gott sei Dank hatte auch keine der Schwestern auf irgendwelche Besuchszeiten gepocht.

Ich war so unglaublich froh darüber, dass James nun da war.

»Mann, Christian. Du machst Sachen. Ich hätte genauso gehandelt!«, sagte er sofort und zog mich in eine lange Umarmung. »Allerdings solltest du mit Evan mal über deine Deckung reden. Alter, du bist grün und blau.«

»Ich habe nicht vor, mich noch mal zu prügeln. Ist echt umständlich, wenn man seinen Gegner nicht sieht.«

»Umso mehr Respekt habe ich davor, dass du dem Kampf nicht ausgewichen bist. Aber jetzt zu dir, Brooke. Wie geht es dir?«

»Mir? Alles okay«, antwortete sie viel zu schnell. Ich wusste, dass es in ihr ganz anders aussah.

Sie hatte während der kurzen Schlafphasen geweint und gezittert in der Nacht.

»Du solltest das nicht auf die leichte Schulter nehmen, das weißt du, oder? So was kann sich schnell zu ernsthaften Problemen manifestieren, wenn man versucht, es zu verdrängen, statt es zu bearbeiten.«

»Danke, aber ich komm schon klar.«

»Okay. Wenn du Hilfe möchtest, weißt du, an wen du dich wenden kannst. Sag einfach Christian oder mir Bescheid und wir helfen dir, ja?«

»Danke. Das weiß ich wirklich zu schätzen.« Brooke umklammerte meine Hand fester, während ich sie festhielt.

Seit gestern hatte sie nicht einmal den Körperkontakt zwischen uns unterbrochen. Sie war nicht okay, wie sollte sie das auch sein?

BROOKE

Ich fühlte mich nur sicher in Christians Armen oder wenn ich ihn berühren konnte. Was sich dringend wieder ändern musste, denn ich wollte nicht die ganze Zeit wie eine Klette an ihm hängen. Aber noch war es nicht mal vierundzwanzig Stunden her. Ich musste mich einfach mit dem, was geschehen war, auseinandersetzen, und dann würde auch alles wieder gut werden.

Bereits im Fahrstuhl spürte ich, wie sich mir der Magen drehte. Jedes Mal, wenn ich nun hier ankam, musste ich an das Bild denken, welches sich mir geboten hatte. An Christian, der blutend auf dem Boden lag. An Clyde, wie der Sanitäter versucht hatte, ihn wiederzubeleben, und ich verdammt noch mal dafür gebetet hatte, dass es ihm nicht gelänge.

Ich fühlte mich so unglaublich schuldig. Schuldig für diese Gedanken. Schuldig dafür, wie unglaublich froh ich war, dass Clyde nicht mehr lebte. Durch seinen Tod war mein Leben auf der Flucht vorbei. Ich musste mich nicht mehr verstecken, keine Angst mehr davor haben, dass er eines Tages vor mir stand, dass er Christian oder mir etwas antat.

Die Fahrstuhltüren öffneten sich, doch ich konnte nicht aussteigen. Wie angewurzelt stand ich da und blickte auf den kleinen Flur, der zum Haupteingang führte.

»Ich ...«

Christian wartete gar nicht darauf, bis ich etwas gesagt hatte, sondern zog mich einfach nur in seine Arme.

»Ich bin da«, versicherte er mir und wartete so lange, bis ich den ersten Schritt machte. Auch wenn das bedeutete, dass wir eine halbe Ewigkeit in diesem Fahrstuhl standen und uns nicht bewegten.

Mein Körper wurde geschüttelt von den Erinnerungen an den gestrigen Tag, von Tränen aus Wut, Verzweiflung und Scham.

»Ich habe mir gewünscht, dass er stirbt. Als ich abgedrückt habe ...« Gott, ich hätte ihn fast selbst erschossen. Mit meinen eigenen Händen.

»Er war das Monster, Brooke. Nicht du bist es. Das musst du dir vor Augen führen. Er hat dich so weit getrieben, dass du diese Gedanken überhaupt erst hattest. Nicht weil du ein schlechter Mensch bist, sondern weil er dir das Leben zur Hölle gemacht hat.«

»Es fühlt sich so falsch an, so unglaublich erleichtert zu sein.«

»Soll ich dir etwas sagen? Ich bin es ebenfalls. Als ich im Krankenhaus davon erfuhr, dass er tot ist … Scheiße, ich war direkt erleichtert und froh, weil er dir nie wieder etwas antun konnte. Ich schwöre dir, Brooke, bevor ich zugelassen hätte, dass er dir noch einmal wehtut ...«

Stumm nickte ich an seiner Brust, bevor ich den ersten Schritt in Richtung Tür machte. Natürlich gemeinsam mit Christian, der meine Hand festhielt. »Brooke?«, fragte er, sodass ich ihn ansah. »Wir schaffen das gemeinsam, okay? Aber ich bin kein Therapeut, kein Psychologe. Ich kann einfach nur für dich da sein, aber ich befürchte, das wird nicht reichen. Die Dinge, die du durch ihn schon zuvor erlebt hast ...«

Christian musste nicht weiterreden. Ich wusste, dass er recht hatte. Ich war nur einfach noch nicht so weit, es mir wirklich einzugestehen.

»Gib mir Zeit«, bat ich ihn deshalb.

»Alle Zeit, die du brauchst. Ich habe nur Angst, dass es dir so schlecht geht, wie es einst meinem Bruder James ging, und das möchte ich auf jeden Fall vermeiden, denn das würde ich nicht aushalten. Dafür bedeutest du mir einfach zu viel.«

Ich spürte die Tränen in meinen Augen. Christian, der sich zuvor immer raus gewunden hatte, statt mit mir über Gefühle zu reden, war so unglaublich ehrlich. So sanft. Aber vor allem sagte er es mir an dieser Stelle, in diesem Flur, mit dem ich gerade so viele negative und grauenvolle Erinnerungen verknüpfte.

Keine Ahnung, ob es Absicht oder Zufall war.

Ich hatte mich von Clyde befreit. Und jetzt startete ich mit Christian in einen neuen Abschnitt unserer Geschichte.

Eine Geschichte, die noch so unglaublich frisch war, aber doch schon intensiver als alles, was ich je für möglich gehalten hätte.

Im Appartement wirkte alles so friedlich und unberührt, als wäre nie etwas vorgefallen. Es war ein schönes Gefühl, weil ich für einige Sekunden darauf hoffte, einfach so weitermachen zu können, als hätte es die letzten Tage nicht gegeben. Doch das konnte ich nicht.

Die Bilder holten mich ein. In Momenten, in denen ich mich nicht mit etwas anderem ablenkte, in Momenten der Ruhe und ganz besonders in der Nacht.

Es war grauenvoll gewesen. Ich hatte geweint, gezittert, geschwitzt, doch Christian war da gewesen, genau wie versprochen.

In seinen Armen fühlte ich mich sicher und geborgen, doch er konnte mich nicht für immer festhalten.

Irgendwann mussten wir zu so etwas wie einer Routine übergehen. Einem geregelten Tagesablauf. Es war nur eine Frage der Zeit, bis Christian wieder arbeiten musste ... eine Frage von Tagen.

Tage, die ich damit verbrachte, noch tiefer in dieses unendlich schwarze Loch abzurutschen, aus dem ich mich aus eigener Kraft wahrscheinlich niemals würde befreien können.

Beim kleinsten Geräusch zuckte ich zusammen und der Gedanke daran, allein in der Angestelltenwohnung zu schlafen oder auch hier im Appartement zu bleiben, während Christian arbeiten ging, überforderte mich maßlos.

Umso schwerer fiel es mir, als der Tag dann wirklich näher rückte.

Es war fast eine Woche vergangen seit dem Vorfall, doch ich drehte mich noch immer im Kreis und verlor dabei immer mehr den richtigen Weg aus den Augen. Es ging mir nicht gut, was auch für Christian kein Geheimnis war.

Auch jetzt sah er mir wieder tief in die Augen, wobei ich die Besorgnis in seinem Blick erkennen konnte. Er sah mich immer auf diese Art und Weise an und das hasste ich! Ich hasste es so sehr, weil er sich einfach keine Sorgen um mich machen sollte.

Was allerdings nur ich selbst ändern konnte.

In dieser Nacht, als ich mich nach einem schlimmen Albtraum übergeben musste, strich Christian mir beruhigend über den Rücken und sprach endlich das aus, worauf ich schon die ganze Zeit über gewartet hatte.

»Ich werde jetzt James anrufen, dass er dir Hilfe sucht. Hilfe, die du brauchst, Brooke. Ich werde nicht hier sitzen und dabei zusehen, wie du vor die Hunde gehst.«

Auf dem Badezimmerfußboden krallte ich mich an Christian fest, an meinem Rettungsanker, meinem Fels in der Brandung, so wie ich das seit dem Ereignis Tag für Tag und Nacht für Nacht getan hatte.

Die Albträume drehten sich schon lange nicht mehr nur darum, was in der einen Nacht geschehen war, sondern um alles. Um mein ganzes wirklich verkorkstes Leben und die Dinge, die Clyde mir während all der Jahre angetan hatte.

»Okay«, flüsterte ich leise, woraufhin ich die Erleichterung in Christians Körper spüren konnte. Er atmete tief durch, küsste meinen Haaransatz und hielt mich weiterhin fest.

»Ich habe in den letzten Tagen oft mit James gesprochen. Er meinte, es wäre gut, wenn du für ein paar Wochen in eine stationäre Therapie gehst, wo sie dir wirklich intensiv helfen können. Gerade nach einem so traumatischen Vorfall ...«

»Stationär?« Ich sah Christian erschrocken an, der mir liebevoll eine Strähne zurückstrich, die sich aus meinem Zopf gelöst hatte.

»Ja, stationär.«

»Aber ... ich meine, Christian. Wir ... die Zeit, also ...« Scheiße, wie sollte ich das jetzt in Worte fassen, ohne ihn zu verletzen? »Wir wissen nicht, wie viel Zeit uns noch bleibt ...«

»Ich habe mal gehört, für immer kann eine recht lange Zeitspanne sein.« Er grinste und zog mich erneut an sich. Erst nicht über Gefühle reden können und dann immer mal wieder so etwas raushauen ...

Das er es ernst meinte, hatte ich in den letzten Tagen mit jeder Pore meines Körpers spüren können. Christian war besorgt, er kümmerte sich um mich und war wirklich immer da. Was konnte man sich mehr wünschen? Was konnte man mehr von einem Mann verlangen?

»Das war süß, weißt du das eigentlich?«

»Es war vor allem ernst gemeint. Wir haben alle Zeit der Welt und müssen nichts überstürzen, Brooke. Außerdem, hey, ab jetzt kann es doch nur leichter werden, oder? Wir haben genug durchgemacht für den Rest unseres Lebens.«

»Aber ... Christian, wir wissen nicht, wie lange du noch sehen kannst. Diese Zeit ... ich will sie einfach nicht getrennt von dir verbringen.«

»Ich werde dich besuchen kommen, jeden einzelnen Tag. Außerdem kann es schon morgen vorbei sein oder erst in ein paar Jahren oder vielleicht auch gar nicht. Das ist das Unberechenbare an dieser Erkrankung. Ja, es wird immer schlechter, aber bis jetzt sind mir nur die Farben verloren gegangen, während das Sichtfeld, in dem ich noch sehen kann, gleich geblieben ist. Vielleicht ist das gut. Vielleicht aber auch nicht. Keine Ahnung.«

»Aber ich will nicht, dass du dann jeden Tag zu mir kommst, statt etwas zu tun, das du vielleicht nur noch jetzt tun kannst.«

»Ich will jeden Tag etwas Schönes sehen. Das habe ich mir irgendwann während der Phase meiner Erblindung einmal vorgenommen. Also habe ich doch alles, was ich will.«

»Hör auf, mich vollzusülzen.« Ich schlug ihn auf den Oberarm.

»Au! Was denn? Zu dick aufgetragen, oder was? Dabei habe ich es so gemeint«, er lachte. Ein Geräusch, das ich in den letzten Tagen nicht einmal gehört hatte.

Ich vermisste es.

Diese ausgelassene Art zwischen uns. Diese Leichtigkeit. All diese Dinge konnte ich nur erreichen, wenn ich an mir arbeitete, denn gerade scheiterte es wirklich daran, dass ich immer wieder in meiner eigenen, schmerzhaften Welt versank.

»Ich meine es ernst. Du solltest reisen oder deine Bucket List mit deinen Brüdern abarbeiten.«

»Ich meine es auch ernst. Ich bin mit Logan aus einem Flugzeug gesprungen, war mit James in Treboka, bin mit Evan dieses Autorennen gefahren, wurde verhaftet und von Liam aus dem Knast befreit. Von dem wunderschönen Urlaub mit dir und dem intensiven Sonnenuntergang einmal ganz zu schweigen. Es war genau rechtzeitig, ich konnte die Farben noch sehen. Jetzt wäre es nicht mehr dasselbe. Ich habe definitiv alles erreicht und bin jetzt bereit für das normale Leben.

Ich möchte wieder arbeiten, ich möchte die Zeit mit dir genießen, aber das geht nur, wenn ich weiß, dass es dir gut geht und du gesund bist, Brooke.«

»Okay.« Christian hatte mich überzeugt, nicht dass es viel Überzeugung brauchte. Ich wusste selbst, dass es so nicht weitergehen konnte, auch wenn ich mich davor fürchtete, was jetzt vor mir lag.

Wenigstens fiel ich dann nicht Christian zur Last. O Gott, jetzt konnte ich sogar diesen Gedankengang von ihm verstehen und seine Sorge, mir mit seiner Erblindung zur Last fallen zu können ...

»Gott sei Dank. Du kannst dir nicht vorstellen, wie sehr mich das erleichtert, Brooke.« Christian nahm mein Gesicht zwischen seine Hände, sodass er mir direkt in die Augen sehen konnte und meinen Blick ebenfalls sah. »Wir kriegen das zusammen alles hin, richtig?«

»Richtig«, erwiderte ich und schloss die Augen, als er seine Stirn gegen meine presste.

Ich hatte jegliches Zeitgefühl verloren. Als wir uns irgendwann wieder vom Badezimmerfußboden erhoben, war es bereits hell draußen.

»Wie viel Uhr ist es?«, fragte Christian, wobei mir ein Blick auf die Uhr bestätigte, dass wir stundenlang in unserer engen Umarmung ausgeharrt hatten, um den Anfang von »für immer« zu genießen. Ganz egal, was sich uns auch für Hürden in den Weg stellten.

»Kurz nach acht.«

»Okay, dann rufe ich James an. Wir können ja dann später runtergehen und deine Sachen zusammenpacken.«

»Das mache ich schon.« Ich strich Christian über die Wange und ging nach unten, wobei ich meinen pochenden Herzschlag zu ignorieren versuchte. Genau wie den Impuls, mich einhundertmal umzusehen auf dem Weg vom Aufzug in die Angestelltenwohnung, in der ich seit meiner Rückkehr noch nicht eine Nacht verbracht hatte.

Es war so paranoid, so verrückt. In der Zeit, in der Clyde wirklich hätte auftauchen können, war ich ruhiger gewesen als jetzt, da ich mir sicher sein konnte, dass er mir nicht mehr auflauerte.

Ich hatte meinen Koffer, den Evan für mich aus dem schäbigen Hinterzimmer der Bar geholt hatte, noch nicht mal ausgepackt, weshalb es mir leicht fiel, meine Sachen zu holen. In diesem verdammten Koffer war nun mal alles, was ich besaß.

Vielleicht würde ich das irgendwann ändern können, wenn ich arbeitete, mein eigenes Geld verdiente und die Möglichkeit hatte, mir Dinge zu kaufen.

Doch jetzt musste ich erst mal gesund werden, denn in diesem Zustand würde mich garantiert niemand einstellen.

Außer Christian, doch es fühlte sich verrückt an, weiterhin für ihn zu arbeiten.

Entscheidungen, die ich Gott sei Dank nicht jetzt treffen musste.

Mit der Zeit würde sich schon alles ergeben und wie hatte Christian so schön gesagt?

Für immer war eine lange Zeit ...

CHRISTIAN

Das Telefonat mit James war kurz, denn wir mussten nicht viel besprechen. Das hatten wir alles schon während der letzten Tage erledigt. Bei unseren täglichen Telefonaten, in denen ich mir meine Sorgen von der Seele redete und meine Angst um Brooke mit ihm teilte.

Ich hatte hilflos dabei zusehen müssen, wie sie sich quälte und wie es ihr von Tag zu Tag schlechter ging. Eine Situation, die ich einfach nicht länger aushalten konnte. Deshalb fühlte ich mich jetzt umso erleichterter, als James mir den Termin zusagte, zu dem ich Brooke noch heute begleiten konnte.

Es war eine sehr renommierte Privatklinik, in der sich James damals ebenfalls behandeln lassen hatte. Vermutlich war er das beste Beispiel dafür, wie gut ihre Therapiemethoden funktionierten, denn es ging ihm fabelhaft. Besser, als ich es jemals für möglich gehalten hätte.

Deshalb hatte ich auch Hoffnung für Brooke. Sie war eine so starke Person, sie würde es packen und ich würde sie auf jedem Schritt ihres Weges bedingungslos unterstützen.

Sie war die erste Frau, mit der ich mir wirklich eine gemeinsame Zukunft vorstellen konnte, und das in einer Zeit, in der mir doch eigentlich alles komplett ausweglos erscheinen sollte. Doch dank ihr tat es das nicht.

Ich war froh darüber, die Dinge auf der Liste abgearbeitet zu haben, denn jede Erfahrung, die ich machen durfte, war etwas Einzigartiges, was mir für immer in Erinnerung bleiben würde.

Ganz besonders der Urlaub mit Brooke. Die gemeinsamen Stunden mit ihr, in denen ich nicht nur zum ersten Mal seit meiner Krankheit, sondern wahrscheinlich zum ersten Mal in meinem ganzen Leben eine unglaubliche Leichtigkeit empfunden hatte.

Bei ihr konnte ich einfach Christian sein. Der Mann, der Fehler machte, der Mann, dem nicht immer die Sonne aus dem Arsch schien und der für alle nur der Sonnyboy war.

Brooke hatte mir so unendlich viel geholfen, dass ich mich weigerte, darüber nachzudenken, wo ich jetzt wohl ohne ihre Unterstützung wäre.

Vermutlich würde ich in Depressionen versinken, mich einsperren und an meiner Krankheit zugrunde gehen. Dinge, die sie verhindert hatte, wahrscheinlich ohne es zu wissen – mit unserem morgendlichen Kaffeetrinken, mit der gemeinsamen Arbeit, bei der sie mir geholfen hatte, und erst recht mit dem Urlaub.

Ich hatte so viel Halt bei ihr gefunden und jetzt war es an der Zeit, dass ich ihr etwas davon zurückgab.

Sie brauchte nun meine Hilfe und ich würde sie auf jedem einzelnen Schritt dieses Weges unterstützen.

Dass dieser Weg lang und mühsam werden würde, daran zweifelte ich nicht.

Schließlich kannte ich nur Bruchstücke von dem, was sie durchgestanden hatte, und schon das war mehr, als ein Mensch in meinen Augen aushalten konnte.

»Ich bin wieder da«, hörte ich ihre Stimme von unten, weshalb ich mich auf den Weg ins Esszimmer machte. Mit einem Lächeln hörte ich das Klappern von Geschirr und das Rauschen der Kaffeemaschine. So wie damals. Damals vor ein paar Wochen. Als wir uns Schritt für Schritt besser kennengelernt hatten.

In einer höllischen Geschwindigkeit, als müssten wir einen Marathon laufen, aber irgendwie war es ja auch genauso gewesen.

Mein Augenlicht, das immer schlechter wurde.

Die Bedrohung durch Brookes Mann, die immer über uns geschwebt hatte.

Das alles war jetzt vorbei. Wobei, noch sah ich etwas, da lag Brooke schon richtig, aber ich konnte nicht mehr irgendwelchen Dingen hinterherjagen, die ich unbedingt noch sehen wollte. Dafür war meine Beeinträchtigung schon zu groß. Dann behielt ich sie lieber so vor meinem geistigen Auge wie zu der Zeit, als ich noch alles wirklich sehen konnte. Mit leuchtenden Farben, in voller Pracht.

Ich sehnte mich nach meinem Alltag. Danach zu arbeiten und einfach mein normales Leben zu leben.

Ein normales Leben mit Brooke, denn ich konnte mir nicht mehr vorstellen, dass sie nicht bei mir war.

Als ich dachte, sie für immer verloren zu haben ... dieser Schmerz, ich würde ihn niemals vergessen und das wollte ich auch nicht. Er zeigte mir nur in voller Deutlichkeit, wie viel sie mir bedeutete.

Ihr Weggang hatte mich davor bewahrt, weiterhin ein Feigling zu sein, gesteuert von den irrationalen Denkweisen meines Vaters, der vom Leben genauso wenig Ahnung gehabt hatte wie von der Liebe.

Hoffentlich würde ich die Erinnerung daran auch weiterhin für immer bewahren.

Ich wollte nicht so ein Feigling sein. So ein unendlicher Dummkopf, der Angst davor hatte, sich von seinen eigenen Gefühlen steuern zu lassen.

Langsam ging ich zur Küche, wo ich sie schnell fand. Sie war gerade dabei, mein Müsli zuzubereiten. Ich legte meine Arme von hinten um sie und küsste sanft ihren Nacken, bevor sie sich zu mir umdrehte.

»James wird uns um zehn Uhr abholen.«

»Okay«, erwiderte sie leise. Ich hatte damit gerechnet, dass es sie schocken würde, dass es schon so bald losging, doch sie war erleichtert. Zumindest erschien sie mir so. »Aber Christian, dieser Therapieplatz ... ich habe keine Krankenversicherung und ...«

»Lass es, Brooke. Wirklich. Dafür ist Sorge getragen worden und nein, nicht von mir. Du brauchst dich also erst gar nicht schuldig fühlen, mein Geld anzunehmen. James war selbst in dieser Einrichtung und ist noch immer sehr engagiert. Er spendet viel Geld für die Therapien und die Einrichtung hat ihm sofort zugesagt, dich aufzunehmen und sich um dich zu kümmern, ganz egal, wie lange es auch dauert.«

»Ich weiß nicht, womit ich das verdient habe.« Ich hörte in ihrer Stimme, dass sie weinte.

»Brooke, du warst von der ersten Sekunde an immer für mich da, weil du ein großes Herz hast und ein wunderbarer Mensch bist, der nicht zögert, wenn jemand Hilfe braucht. Denk mal darüber nach.«

Sie atmete tief durch, bevor sie ihren Kopf an meine Brust lehnte und einige Tränen vergoss. Ich hielt sie fest, so wie in den letzten Tagen, denn es war alles, was ich tun konnte.

»So und jetzt trinken wir Kaffee und frühstücken und freuen uns darauf, wenn wir das nächste Mal gemeinsam hier sitzen. Wie klingt das?«

»Zu schön, um wahr zu sein«, erwiderte sie. Ich würde von meiner Seite aus alles dafür tun, dass es kein Traum blieb, sondern wirklich in Erfüllung ging, falls Brooke es ebenfalls wollte.

Zwei Monate später war ich unglaublich froh, als der Fahrer den Wagen vor der Klinik stoppte, in der ich jeden einzelnen Tag gewesen war.

Vierundsechzigmal, um genau zu sein.

Es war dreiundsechzig Tage her, seit ich Brooke mit James in die Hände ihrer Therapeutin gegeben hatte. Eine Entscheidung, an der ich zwischendurch gezweifelt hatte, als es ihr wirklich verdammt schlecht gegangen war – doch das war nur einer von vielen wichtigen Schritten auf dem Weg in die richtige Richtung gewesen.

Mittlerweile brauchte ich auch niemanden mehr, der mich zu ihrem Zimmer brachte, denn ich kannte den Weg. Außerdem war die Beleuchtung einigermaßen okay, sodass ich zumindest auf manchen Ebenen auch wirklich etwas sehen konnte.

Meine Sehfähigkeit hatte sich nicht weiter verschlechtert, sondern war bei vier Prozent Restsehfähigkeit stehen geblieben. Das sagte zumindest der Spezialist, wobei es weiterhin keine Garantie dafür gab, dass es so bleiben würde.

Ein Thema, über das ich mir nicht mehr so ausufernde Gedanken machte wie noch zu Anfang.

Es kam so oder so, wie es kommen würde. Außerdem konnte ich mir sicher sein, dank meiner Brüder und auch dank Brooke so viel Hilfe zu haben, wie man es sich nur wünschen konnte.

Natürlich hatte ich ebenfalls schlechte Tage. Erst gestern war ich beinah verzweifelt, als ich wieder in der Dunkelheit nach Hause hatte gehen müssen, doch ich war nicht mehr zu stolz, um Hilfe zu fragen oder meine mir zur Verfügung stehenden Hilfsmittel einzusetzen. Der Blindenstock war dabei mein wichtigstes Helferlein, der mir das Leben so sehr erleichterte.

»Ich habe gehört, hier ist jemand bereit, nach Hause gebracht zu werden?« Ich betrat mit diesen Worten Brookes Zimmer, die sofort auf mich zustürmte und mir um den Hals fiel.

Sie hatte so unglaublich hart auf diesen Tag hingearbeitet, wobei sie ihn am Schluss wirklich herbeigesehnt hatte.

Es war ihre Entscheidung gewesen, mit mir nicht viel oder detailliert über die Dinge aus der Therapie zu sprechen. Eine Entscheidung, die ich respektierte, schließlich musste sie mir nur so viel erzählen, wie sie wollte.

»Geschafft«, sagte sie und küsste mich stürmisch.

»Daran hatte ich nie einen Zweifel.« Brooke hatte sich durchgeschlagen, auch wenn weiterhin noch ein langer Weg vor ihr lag.

Von der stationären Therapie wechselte sie jetzt zu einer ambulanten, zu der sie anfangs zweimal in der Woche und danach einmal in der Woche gehen würde, egal wie lange sie es brauchte.

Hauptsache, es ging ihr gut.

BROOKE

Die letzten Wochen waren wahrscheinlich mit Abstand die schwierigsten, aufwühlensten und lehrreichsten meines gesamten Lebens gewesen. Daran gab es für mich keinen Zweifel – und doch war ich einfach nur unendlich froh, diesen Schritt gewagt zu haben.

Es ging mir nicht gut. Bis es so weit war, würde wahrscheinlich auch noch einige Zeit vergehen, wenn es mir jemals wieder gut gehen würde, aber ich war okay. Die ersten »Reparaturen« an meiner wirklich harten Vergangenheit waren erfolgt, damit sie mich nicht mit all ihrem Schmerz in die Zukunft verfolgte.

Ich hob meinen Blick und musterte Christian, der mich zufrieden anlächelte, während er mir über die Wange streichelte.

Mein Fels in der Brandung. Dieser unfassbare Mann. Er hätte jede haben können und doch war seine Wahl auf mich gefallen.

Auf uns.

Vielleicht weil wir beide wussten, wie sehr wir uns gegenseitig brauchten, wie sehr wir uns vertrauen konnten.

Christian war jeden einzelnen Tag bei mir gewesen. Immer nach der Arbeit, bis die Besuchszeit voll ausgeschöpft war. Wir hatten unsere eigene kleine gemeinsame Welt in diesem Therapiealltag geschaffen. Eine Welt, die ich jetzt mit einem lachenden und einem weinenden Auge hinter mir ließ. Es war so ein geschützter Rahmen gewesen und alles, was mich nun erwartete, war Neuland.

Doch ich fühlte mich bereit, diesen Schritt zu gehen.

»Dann los, raus hier. Es fällt ihnen bestimmt schon schwer genug, dich gehen zu lassen.« Christian spielte auf einige Freundschaften an, die ich während meiner Zeit hier geschlossen hatte und von denen ich mir erhoffte, sie auch außerhalb der Therapie fortführen zu können. Es war so unglaublich hilfreich und heilsam gewesen, zu spüren, dass ich auf dieser Welt nicht allein dastand, mit diesem Berg aus Problemen. Auch anderen Menschen ging es so – es war nur alles eine Frage, wie wir damit umgingen.

Im Auto blickte ich nicht zurück, sondern nur nach vorn, während ich Christians Hand umklammert hielt und mir selbst das Versprechen gab, aus dieser Zukunft, die mir geschenkt worden war, nur das Beste zu machen. Selbst wenn es mir noch so schwerfiel, zu akzeptieren, welch ein Glück ich hatte mit diesem Mann an meiner Seite und mit allem, was er für mich tat.

Ich hatte nie gewusst, wohin ich gehörte. Nie einen Ort gehabt, den ich mein Zuhause nennen konnten. Bei meinen Eltern war ich nicht zu Hause gewesen, denn sie wollten mich eigentlich gar nicht haben. Bei Clyde war ich nicht zu Hause gewesen, denn er hatte mich nur wie ein Stück Dreck behandelt. Bei Christian war ich nicht zu Hause gewesen, weil ich eigentlich seine Angestellte war und das mit uns alles viel zu schnell ging.

Doch jetzt.

Jetzt fuhren wir nach Hause.

In meine erste eigene Wohnung, die ich mir nur dank Christians Unterstützung leisten konnte. Doch ich protestierte nicht mehr dagegen. Es stieß bei ihm so oder so nur auf taube Ohren und ich musste mir eingestehen, dass ich seine Hilfe einfach brauchte.

Seine finanziellen Mittel gaben mir die Möglichkeit, zum ersten Mal mein Leben zu leben und mich auch auf mich zu konzentrieren.

Klar wäre es auch möglich gewesen, zu Christian zu ziehen, er hatte es mir sogar angeboten. Doch wir waren uns schnell darüber einig gewesen, dass dieser Schritt viel zu überhastet wäre – und genau das wollten wir ja vermeiden.

Wir wollten Dates.

Wir wollten Zweisamkeit, aber gleichzeitig auch Raum für uns, damit wir uns nicht zu sehr einengten.

Wir wollten diese ganze Sache einfach nicht versauen, denn dafür war das, was wir hatten, viel zu wundervoll.

Ich hatte Christian nicht davon abhalten können, mir eine Wohnung im selben Appartementkomplex zu besorgen, in dem er ebenfalls lebte, auch wenn ich mir wahrscheinlich nicht mal im Traum vorstellen konnte, wie viel Geld er dafür hatte hinlegen müssen. Doch ich konnte ihn verstehen. Er wollte nicht immer darauf angewiesen sein, gefahren zu werden oder sich in einer neuen Umgebung zurechtfinden zu müssen. Deshalb hatte ich zwar protestiert, ihn aber schlussendlich gewinnen lassen.

Meine Wohnung befand sich in der Etage über den Angestelltenwohnungen und war mit Christians nicht zu vergleichen. Öffnete man die Eingangstür, stand man direkt im Wohn- und Esszimmer, welches über ein großes Panoramafenster verfügte, aber nur über wenig Aussicht, weil man einfach zu weit unten war und nur auf die Straße und das gegenüberliegende Gebäude sehen konnte. Was mich rein gar nicht störte, denn alles an dieser Wohnung war perfekt.

Zur linken Seite befand sich eine kleine Küche, zur rechten Seite das Schlafzimmer mit angrenzendem Bad.

Die Wohnung war komplett möbliert, weshalb ich mir darum keine Sorgen machen musste, denn noch besaß ich weiterhin nur den Koffer mit meinen Anziehsachen. Doch das würde sich hoffentlich bald ändern.

Ab der nächsten Woche arbeitete ich nämlich hochoffiziell im Familienimperium in der Poststelle. Aus all den Jobs, die Christian mir präsentiert hatte, war es der, der mir am meisten zusagte, denn für ihn brauchte ich nicht sein Vitamin B und nicht seine Empfehlung. Ich hätte mich auch ohne, dass er der Personalchef war, auf diese Stelle bewerben können, denn für sie brauchte ich keine speziellen Qualifikationen oder ein abgeschlossenes Studium.

Ich würde endlich mein erstes eigenes Geld verdienen und konnte mir davon meine eigenen Träume erfüllen. Auch wenn ich damit niemals reich werden würde, aber ich musste keine Miete zahlen und konnte meinen Lebensunterhalt damit selbst finanzieren.

»Willkommen zu Hause!«, sagte Christian, wobei ich auflachen musste, als ich die Girlande sah, die er vermutlich höchstpersönlich angebracht hatte. Sie hing falsch herum, doch es war der Gedanke, der zählte.

Dieses Willkommen war so perfekt imperfekt wie wir.

»Danke«, sagte ich fröhlich und fiel Christian um den Hals, um ihm einen zärtlichen Kuss zu geben. Ein Kuss, der sich mit jeder Sekunde weiter intensivierte.

Es war lange her, seit wir uns das letzte Mal unserer Leidenschaft füreinander hingegeben hatten. Verdammt lange, doch ich hatte diese Zeit gebraucht und das wusste auch Christian.

Mit einem Ruck hob er mich auf seine Hüften, ließ mich dann allerdings schnell wieder sinken und trat einen Schritt zurück. Er war außer Atem und blickte in meine Richtung, doch seine Augen trafen meine nicht. Die Beleuchtung war zu schlecht. Was ich ändern würde, damit er sich auch in meiner Wohnung gut zurechtfinden konnte.

»Entschuldige«, sagte er, während ich ihn unsicher musterte. Er hielt sich zurück. Wegen mir. Wir hatten offen darüber gesprochen, dass ich Zeit brauchte.

»Nein. Bitte. Hör nicht auf, Christian«, flehte ich ihn an und ging auf ihn zu. »Ich habe dir gesagt, dass ich dir Bescheid geben werde, wenn ich wieder so weit bin, und glaub mir, das bin ich. Ich kann mir gerade nichts Schöneres vorstellen, als dir nah zu sein.«

Ich umfasste seine Hand und führte ihn hinter mir her zum Schlafzimmer, wo wir gemeinsam aufs Bett sanken.

Es war der perfekte Moment, der perfekte Zeitpunkt für unser erstes Mal ... unser erstes Mal in meiner eigenen Wohnung.

Unser erstes Mal als Christian und Brooke, die mittlerweile ganz genau wussten, was sie wollten.

Nicht die zwei Menschen, die sich, gehetzt von ihren Problemen, einem heißen Quickie in der Dusche hingaben. Obwohl ich noch immer verdammt gern daran dachte.

Unsere Berührungen waren jetzt zärtlicher, intensiver, doch was sich vor allem geändert hatte, war die Tatsache, dass wir uns vertrauten.

Ich warf meinen Kopf in den Nacken, als Christian seine Lippen um meine entblößte Brustwarze legte und mit der Zunge über meinen gereizten Nippel fuhr.

Wir hatten uns in Windeseile von unseren Sachen befreit, doch für den ganzen Rest ließen wir uns Zeit.

Als müssten wir uns neu kennenlernen und vielleicht war es auch so.

Wir hatten uns verändert. Zum Positiven.

Mit seinen Händen fuhr Christian an meinen Seiten herab, bevor er meine Pobacken ergriff und mich noch näher an sich zog. Diese Nähe zwischen uns war etwas Besonderes. Etwas Einzigartiges und Wundervolles, das wir uns hoffentlich für immer erhalten würden.

Er strich von meinem Nippel zurück zu meinem Mund, wo sich unsere Zungen einen leidenschaftlichen Kampf lieferten.

Zwei starke Persönlichkeiten, die gezwungen waren, sich im Leben wieder komplett neu zurechtzufinden.

Gemeinsam!

Ich erlaubte mir nicht, darüber nachzudenken, was ich ohne Christian getan hätte. Was ohne ihn passiert wäre. Damit hatte ich mich in der Therapie auseinandersetzen müssen, in meinen Gedanken hatte das jetzt aber keinen Platz mehr.

Es gab nur noch uns beide – und das hoffentlich für immer.

CHRISTIAN

Ich würde nie wieder aus diesem Bett aufstehen und Brooke nie wieder loslassen. Das waren die Gedanken, die mir durch den Kopf gingen, während wir gemeinsam dort lagen und ich ihren Arm streichelte.

Ihr Kopf ruhte auf meiner Brust, eine so unglaublich friedliche Situation, in der ich gern für immer verharrt wäre, würde mein Handy nicht die ganze Zeit über vibrieren.

»Meinst du nicht, du solltest rangehen?«, fragte Brooke leise. Wahrscheinlich ging es ihr wie mir und sie stand kurz davor, einzuschlafen.

»Es ist Liam.«

»Woher willst du das wissen?«

»Anhand des Vibrationsmusters. Bevor ich den Namen auf dem Bildschirm entziffert habe, behelfe ich mir lieber so.«

»Schlauer Trick. Ändert allerdings nichts daran, dass Liam gerade zum wievielten Mal anruft?«

»Es kann nur um die Arbeit gehen und das interessiert mich gerade rein gar nicht.«

Das Vibrieren stoppte, nur um kurz danach erneut zu starten.

Evan.

Okay, das war sonderbar.

»Ist das jetzt eine andere Vibration?«

»Ja, Evans.«

»Warte, ich hole dein Handy.«

Die Stelle, an der Brooke gerade noch gelegen hatte, fühlte sich kalt an, jetzt, da ihre Wärme so plötzlich verschwunden war.

Seufzend setzte ich mich im Bett auf und nahm das Handy entgegen.

»Christian, na endlich!« Der Klang in Liams Stimme beunruhigte mich.

»Was ist passiert?« Ich war mir sicher, dass etwas nicht stimmte.

»Logan. Er ... wir sind gerade auf dem Weg ins Mount Sinai.«

»Was?«

»Die Polizei hat angerufen. Man hat ihn in einer Seitenstraße gefunden. Er wurde wohl überfallen.«

»Ach du scheiße. Ich ... ich bin auf dem Weg. Weiß man, wie schlimm es ist?«

»Nein. Wir sind gleich da und halten dich auf dem Laufenden.«

»Was ist passiert?« Ich musste Brooke nicht sehen, um zu hören, dass sie genauso alarmiert war wie ich.

»Logan. Er ... er wurde überfallen. Wir müssen ins Krankenhaus.«

Es war ein wunderschöner Tag gewesen für Brooke und mich, während Logan aus irgendeinem Grund durch die Hölle gehen musste.

Ich konnte nur hoffen, dass es ihm gut ging, es musste ihm einfach gut gehen – alles andere würde ich nicht verkraften.

ENDE

Du kannst nicht genug kriegen von den Knights und möchtest wissen, wie es bei Brooke und Christian weitergeht?

Logan Knight erscheint am (01.04.2023)

ÜBER DIE AUTORIN

Mein Name ist Freya Miles und ich bin im wunderschönen Sauerland zuhause.

Wenn ich nicht gerade in die Tasten haue (was ich eigentlich immer und überall tue), findest du mich meist auf Reisen oder im Wald mit meiner kleinen Malteserhündin Mahoney.

Im Jahr 2016 ist für mich der unglaubliche Traum in Erfüllung gegangen, mich hauptberuflich als Autorin selbstständig machen zu können, aber so ganz kann ich das auch nach all den Jahren noch nicht fassen.

Schreiben, das ist einfach meine Leidenschaft, die ich als Jugendliche für mich entdeckt habe. Gefiel mir der Verlauf einer Serie nicht? Kein Problem, ich schrieb sie einfach so für mich um, dass ich es mochte. Doch von da an war es noch ein weiter Weg bis zum ersten Roman.

Wenn ich schreibe, tauche ich in meine eigene Welt ab.

Ich vergesse alles um mich herum – und ich mag mal behaupten, dass es für viele Menschen wahrscheinlich irritierend wirkt, wenn ich mit meinen Protagonisten lache, weine und mich ärgere. Das passiert mir übrigens ... immer. Egal, ob zuhause vor dem Computer oder im Zug.

Ich bin sozusagen die Verrückte an der Tastatur, die all diese Dinge mit ihren Protagonisten durchlebt.

In meiner Freizeit liebe ich es, zu reisen. Seit 2022 bin ich mit meinem Van Annette unterwegs, allerdings liebe ich es auch, ferne Länder zu entdecken, vorzugsweise mit dem Schiff. Wandern, Berggipfel erklimmen und die Natur genießen – das ist für mich das Größte. Habe ich schon gesagt, wie gut es ist, dass ich einfach überall schreiben kann? Das macht meinen Traumjob nur noch traumhafter.

Aber natürlich gab es auch eine Zeit vor meiner Autorentätigkeit, die mich, im Nachhinein betrachtet, perfekt auf die Auseinandersetzung mit meinen Protagonisten vorbereitet hat. Ich habe Sozialpädagogik studiert und lange Jahre in diesem herausfordernden Job gearbeitet.

Deshalb beleuchte ich meine Charaktere wahrscheinlich so gerne von allen Seiten und gehe auch in die Tiefe – selbst wenn das manchmal unangenehm wird.

(Kleiner Tipp: Da verbirgt sich doch so einiges, was die Protagonisten unglaublich lebendig macht – authentisch und ehrlich natürlich ebenfalls).

Ein Happy End darf übrigens nie fehlen. Die reale Welt ist doch schon kompliziert genug, nicht wahr?

Zeitfracht Medien GmbH
Ferdinand-Jühlke-Straße 7,
99095 - DE, Erfurt
produktsicherheit@zeitfracht.de

FSC
www.fsc.org
MIX
Papier | Fördert
gute Waldnutzung
FSC® C083411